科幻文学群星榜

惊险科幻探案系列

秘密纵队

叶永烈——著

山东教育出版社

图书在版编目（CIP）数据

秘密纵队 / 叶永烈著 . — 济南：山东教育出版社，
2022.2（2022.3 重印）
（科幻文学群星榜）
ISBN 978-7-5701-1929-5

Ⅰ.①秘… Ⅱ.①叶… Ⅲ.①幻想小说－中国－当代
Ⅳ.① I247.5

中国版本图书馆 CIP 数据核字（2021）第 277791 号

MIMI ZONGDUI

秘密纵队　　　　叶永烈　著

主管单位：山东出版传媒股份有限公司
出版发行：山东教育出版社
　　　　　地址：济南市市中区二环南路 2066 号 4 区 1 号　邮编：250003
　　　　　电话：（0531）82092600　　　网址：www.sjs.com.cn
印　　刷：北京市松源印刷有限公司
版　　次：2022 年 2 月第 1 版
印　　次：2022 年 3 月第 2 次印刷
开　　本：880 mm×1300 mm　1/32
印　　张：10
印　　数：10001－13000
字　　数：238 千
定　　价：38.80 元

总　序

　　我在1951年11岁时发表第一首诗，成为我创作生涯的起点。此后在19岁的时候，我写出了第一本书《碳的一家》，翌年由上海的少年儿童出版社出版。我因此被少年儿童出版社看中，20岁成为《十万个为什么》的主要作者。

　　1961年，21岁的我写出第一部科幻小说《小灵通漫游未来》，开始了科幻小说创作，至1983年，我总共大约写了300万字的科幻小说。除了科幻小说之外，从1959年至1983年期间，我还写了《十万个为什么》等1100万字的科普作品。这些早期的作品，编成28卷、1400万字的《叶永烈科普全集》于2017年出版。自从1983年之后，我转入中国当代重大政治题材纪实文学以及长篇小说、散文创作，离开了科普界。至今，我已经出版的作品约为3500万字。

　　在我的科幻小说作品中，有一些是以公安侦查人员金明为主角的系列小说，现在我把它们统称为"惊险科幻探案系列小说"。其中一些小说是当时公安部约我写的，大约100万字。他们为我提供了诸多典型案例，为我了解公安侦查手段提供了方便。虽是科幻小说，很多故事是以真实案例为原型创作的。这些小说出版时名为"惊险科学幻想小说"，共4卷，由群众

出版社出版：第1卷《乔装打扮》出版于1980年11月；第2卷《秘密纵队》出版于1981年12月；第3卷《不翼而飞》出版于1982年6月；第4卷《如梦初醒》出版于1983年8月。此外，"惊险科学幻想小说"中的两部长篇《黑影》和《暗斗》在1981年4月分别由地质出版社和四川少年儿童出版社出版。我还写了介绍破案手段以及相关知识的《白衣侦探》一书。

上述小说属于"惊险科幻小说"。

惊险小说和科幻小说，都是广大读者所喜爱的作品。"惊险科幻小说"则是两者的结合。

惊险小说是一个总称，它包括侦探小说、推理小说、间谍小说，以及各种情节惊险的政治小说、犯罪小说、国际阴谋小说。它的特点是故事讲究悬念，情节跌宕，结构严密，使读者欲罢不能，爱不释手。毫不夸张地说，惊险小说拥有最广泛的读者。

科幻小说则是通过小说来描述诱人、奇特的科学幻想，具有"科学""幻想""小说"三个要素。也就是说，它所描述的是幻想，而不是现实；这幻想是科学的，而不是胡思乱想；它通过小说这种体裁来表现，着力塑造人物典型形象，具有小说的特点。

"惊险科幻小说"兼具惊险小说和科幻小说的特点。它既有极为惊险的情节，又有大胆奇特的科学幻想。它具有很强的可读性。正因为这样，它跟惊险小说一样，拥有众多的读者，深受人们的喜爱。

1979年5月9日至11日连载于《工人日报》的《生死未卜》，是我写的第一篇惊险科幻小说。此后，我在1979年7月号《少年文艺》杂志上发表的《欲擒故纵》、1979年8月号《儿童文学》杂志上发表的《神秘衣》和1980年1月在《科学24小时》杂志创刊号上发表的《弦外之音》，都属于惊险科幻小说。

这些作品在读者中产生的强烈反响，使我意识到惊险科幻小说具有莫大的魅力，是一种"悬念的艺术"，它拥有极为广泛的读者。我受英国作家柯南·道尔《福尔摩斯探案集》的启发，觉得与其东一篇、西一篇地写，不如集中塑造同一主角，形成"惊险科幻探案系列小说"。

于是，我着手写以公安侦查人员金明为主角的"惊险科幻探案系列小说"。在1980年2月18日《光明日报》上，我谈了自己的创作设想："在新的一年里，我将把主要精力用在科学幻想小说的创作上。我很喜欢惊险小说，正在尝试把科幻小说与惊险小说结合起来，创作惊险式科幻小说，这是科幻小说创作中的新途径，还需要努力探讨。这种作品特别讲究悬念的运用，情节要曲折，幻想要大胆。我将创作一组以同一公安侦查人员为主人公而故事不同的'惊险科幻探案系列小说'。"

我的第一篇以金明为主角的惊险科幻探案小说是《杀人伞案件》，连载于1980年1至2期《科学与人》杂志；第二篇是《X-3案件》，我在《光明日报》发表创作打算的次日，广州《羊城晚报》开始连载这篇小说，至3月14日载毕。接着，我又写出了短篇小说《奇人怪想》《球场外的间谍案》，中篇小说《碧岛谍影》，电影文学剧本《归魂》与《国宝奇案》。在1981年元旦前后，我的四部以金明为主角的中篇、长篇——《科学福尔摩斯》（单行本名《暗斗》）、《鬼山黑影》（单行本名《黑影》）、《乔装打扮》、《纸醉金迷》、《秘密纵队》，分别连载于上海《文汇报》、广州《羊城晚报》、西安《西安晚报》、上海《科学生活》杂志和武汉《长江日报》。每部小说短则连载两个月，长则连载五个月。《文汇报》和《羊城晚报》都是发行量达一百万份以上的报纸。连载在读者之中

产生广泛影响，使金明开始成为读者熟悉的人物形象。

这些"惊险科幻探案系列小说"的主角是金明。金明，在汉语中，与"精明"同音，即为人精明之意。他的外号叫"诸葛警察"。诸葛亮是在中国享有极高声望的历史人物，是聪明、智慧的象征。诸葛亮又名孔明。主人公取名金明，这"明"字也含有取义于"孔明"之意。至于金明的主要助手戈亮，在汉语中与"葛亮"同音，也取自于"诸葛亮"。

我所着力塑造的金明形象，如《杀人伞案件》中金明首次出场时所描写的——"金明不是英国作家柯南·道尔笔下的侦探福尔摩斯，不是英国女作家阿加莎·克里斯蒂笔下的矮个比利时侦探埃居尔·博阿洛，也不是英国作家柯林笔下的探长克夫，金明是生活在科学技术高度发达的社会主义中国，采用现代化设备侦破疑案的具有广博科学知识的公安侦查人员。"——这，是他不同于别的惊险小说警察形象的地方。

"惊险科幻探案系列小说"同样要讲究悬念，它的中心事件同样是惊险案件，主人公也常是公安侦查人员。然而，它又不同于一般的惊险小说，它写的是科学境界、幻想境界。正因为这样，我着力塑造公安侦查人员金明的形象，与一般惊险小说中公安侦查人员不同之处，在于他懂得科学，能采用现代化的科学手段进行侦查，而敌方呢，也是用现代化的科学手段进行间谍活动、特务活动。这些惊险科幻小说的主要矛盾，是现代化的间谍、特务手段与现代化的侦查手段之间的激烈斗争。金明是一个精明强干、机智沉着、言语不多而常常能未卜先知的公安侦查人员，是一位具有现代科学技能的侦探。

金明是侦查英雄、"警察博士"。细心的"中国科幻小说研究会"日本会员野口真己先生于1981年6月2日来信询问：

"我看到单行本《神秘衣》里的金明是滨海市公安局侦缉处处长，单行本《碧岛谍影》里的金明也是公安局侦缉处处长，但单行本《乔装打扮》里的金明是公安局刑侦处处长，而且《球场外的间谍案》和单行本《暗斗》里的金明竟是公安局侦查处处长，请问这是怎么回事？我是个很喜欢金明和以他为主人公的作品的人，我希望以后金明更加活跃，斗争取得更多的胜利！"

我答复道：金明的身份，最初发表时为"侦缉处处长"。群众出版社认为，改作"刑侦处处长"或"侦查处处长"较好，以与目前中国公安部门所用名词统一起来。至于金明有时为"滨海市公安局侦查处处长"，有时为"公安部侦查处处长"，是看案情而定。如果是全国性案件，则以"公安部侦查处处长"身份出现；若是地方性案件，则一般以"滨海市公安局侦查处处长"身份出现。

1981年，我在接受《亚洲华尔街日报》（The Wall Street Journal Asia）记者采访时，曾就记者所问"金明与福尔摩斯有什么区别"作如下答复：

一、福尔摩斯是英国私人侦探，金明是中国公安英雄；

二、福尔摩斯破案是为了个人赚钱，金明是为了保卫社会主义祖国；

三、福尔摩斯连血型、指纹都不懂，金明是精通现代科技的"警察博士"，是"科学福尔摩斯"。

我力图把金明塑造为社会主义的新人、智勇双全的侦查英雄。如同我在作品中所写及：

"'上靠天，下靠地'，这是金明经常挂在嘴边的话。所谓'天'，就是党的政策、国家的法律；所谓'地'，就是人民群众。金明认为，'上靠天，下靠地'，再加上现代化的科学侦破技术，这是破案的三大

法宝。"

正因为这样，日本的评论《中国科幻小说中的英雄——金明》（日本《SF宝石》，1981年6期），称金明为"中国文艺作品中的新的英雄形象""中国人创造的、为了中国人民的、属于中国人自身的英雄"。

这套小说所表现的主题，如同《暗斗》中所言："在当今世界上，国与国之间虽有政治上的明争，更多的却是高科技领域内的暗斗。"对照发生在2018年中美之间的"中兴通讯事件""华为事件"，恰恰印证了1980年在《暗斗》中超越时空的预见。

这套小说，涉及脑电波研究、"克隆熊猫"、"穿壁衣"、复活冷冻人、海底机器人、外星人，以及太空卫星战等众多当代高科技领域。

这套小说，一边写，一边出，到了20万字左右交给群众出版社出一卷。每卷的首印数均达20万册（《秘密纵队》首印25万册）。

这套小说被改编成连环画，总印数超过1000万册。

这套小说中的部分作品，被译成英文、法文以及德文出版。

从《杀人伞案件》《X-3案件》《奇人怪想》《球场外的间谍案》《乔装打扮》《碧岛谍影》等作品中，可以明显看出，我的创作确实受《福尔摩斯探案集》的影响。渐渐地，我觉得柯南·道尔的作品虽然十分惊险，但是缺乏社会性。我很赞赏日本的社会派推理小说，所以在后续的创作中，我逐渐加强了作品的社会性。《秘密纵队》着力写人物的命运，使作品具有鲜明的主题思想，而不是单纯追求惊险和曲折的情节。《失踪之谜》（即《不翼而飞》）甚至被评论家称为"人才学科幻小说"。

《其实只有一个》是应美国科幻小说作家主席波尔（Frederic Phol）先生之约而写的。波尔先生"规定"了同一科幻构思——"思维传递"，邀请了不同国家的科幻小说作家根据各自不同的文化背景设计故事，所以我写了发生在上海的《其实只有一个》。这篇小说由吴定柏教授译成英文，收入波尔先生主编的集子里，在美国出版。《其实只有一个》英译篇名为"The Thursday Events"，即《星期四事件》。2019年1月，在美国的学者李桦给我来信，说他正在仔细研究《星期四事件》，撰写论文。他在信中说："在20世纪80年代，您就已经参与到国际性的科幻写作项目中，我觉得非常了不起，也非常超前。我想请教您，您的这篇小说之前在国内发表过中文版吗，篇名是什么，在哪个期刊上发的？我试着用《星期四事件》的篇名搜索，但没有找到，所以只能直接请教您。另外，我想了解一下是什么样的机缘令您参加到这个写作项目中来？我觉得您的这个经历对中国科幻史也是很重要的一个信息。"

我的文友、科幻作家郑文光先生于1981年6月5日给我来信说及："《暗斗》及《乔装打扮》，小儿河间拿到后一口气看完了，可见对青少年是颇具吸引力的。全始全终。当然，如果能从克里斯蒂作品中吸收其较曲折的构思，就更好了。"

对于我来说，1983年是我创作的转折点。从此我告别早年的科普、科幻小说创作，转向中国当代重大政治题材的纪实文学创作，转向纯文学长篇小说创作和散文创作。

应北京书香文雅图书文化有限公司之约，把"惊险科幻探案系列小说"分5卷结集，内中包括曾收入群众出版社出版的4卷中的"惊险科学幻想小说"。另外，把我之前所写的惊险科幻小说《生死未卜》《欲擒故纵》《神秘衣》《弦外之音》也收录其中。这4篇作品的主角不是金明，但是是与"惊险科幻探案系列小说"同类的作品。收入这4篇作品，也使读者了解我

从最初的零打碎敲，发展到系列小说的历程。

我写下以上的话，算是向读者言明它的创作始末，知道它的写作背景。

值得说明的是，"惊险科幻探案系列小说"毕竟写于20世纪80年代初，带有明显的时代印记。这次重新出版，并未作大的修改，大体保持原貌，这些时代印记犹如作品的"胎记"，无法抹去，倒是让读者了解作者是在怎样的时代背景下创作这些作品的。

叶永烈

2019年3月23日

于上海"沉思斋"

目 录

Catalogue

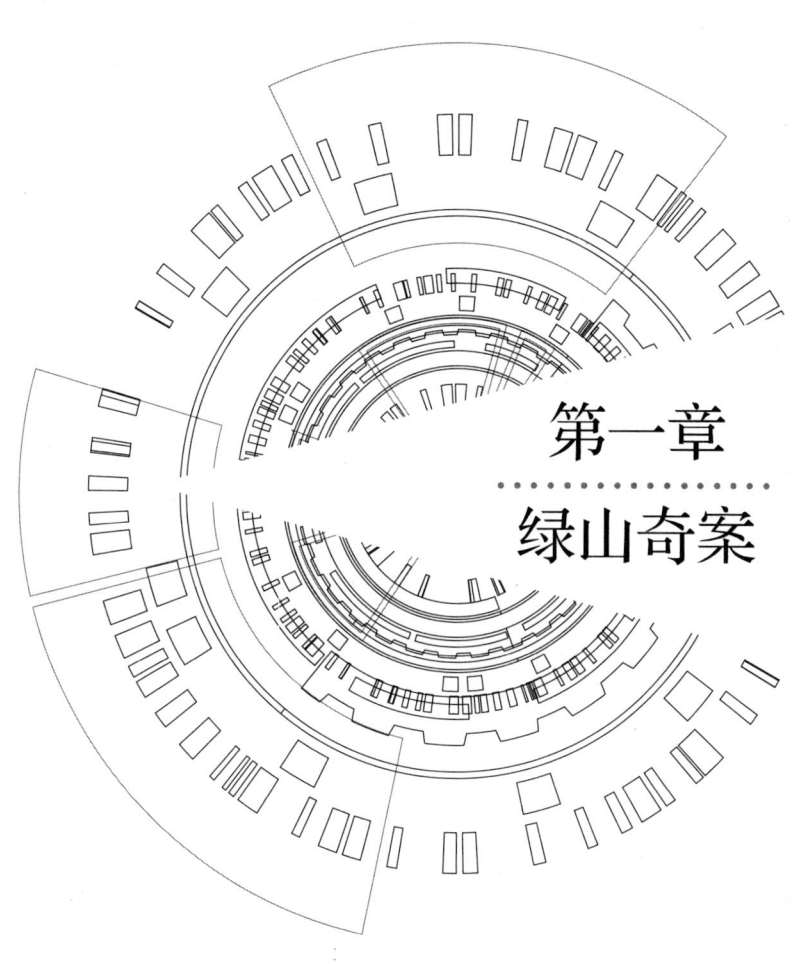

第一章
绿山奇案

一场虚惊

中国有句名言，叫作："人不犯我，我不犯人。"我国确实是恪守这条原则的，在历次国际冲突之中，我国从来没有开过第一枪。我国一再声称，中国实现国防现代化纯粹是为了自卫。

然而，就在一个平静的日子里，突然，3枚"尖刀1号"导弹从我国地下冒出，腾空，穿过云层，进入离地面七八十公里的高空。

3枚"尖刀1号"导弹朝着同一方向飞行。导弹的尾部喷射出明亮耀目的火焰，推动着导弹高速而又平稳地前进。从3枚导弹的飞行高度、速度、方向来看，肯定是要飞出中国国界的！如今的世界，再也不是第二次世界大战时的世界。那时——1941年12月7日（星期日）上午7时许，356架日本飞机飞临珍珠港上空，美国人还蒙在鼓里。美国的空军指挥官正在家中惬意地吃早饭，从窗口看见有9架飞机在低空直转港口，不由得骂道："这些混蛋飞行员，又违反飞行条令，为什么要做直转飞行？"直到他的儿子指着飞机说："翅膀上画着红圆片！"这才使指挥官如梦初醒。当他跳上吉普车，匆忙地驶向司令部的时候，大群日本飞机已开始轰炸，他的儿子也死于非命……

如今的世界，各国都用最现代化的电子仪器监视着国境。在太空中，形形色色的侦察卫星，正密切地注视着地球上的一举一动。在各国上空，一架架背着"大铁锅"——碗状天线的预警飞机在巡航。

正因为这样，当我国的3枚"尖刀1号"导弹一起飞，各国马上紧张起来。

他们的总司令部在几秒钟之内就接到了来自侦察卫星和预警飞机的警报。总司令部是处于日夜戒备状态的。1分多钟后，从荧光屏上显示的轨迹来看，中国的3枚"尖刀1号"导弹是笔直朝某邻国飞去，进攻的目标是最清楚不过了。

某邻国的总司令部迅速做出决策：立即发射30枚反导弹！几秒钟之后，30枚反导弹从地下发射出去。它们先是冒出一阵灰白色的浓烟，紧接着，尾部喷着明亮的火舌，一转眼，便钻进了碧蓝的苍穹。

自古以来，在人类的战争史上，总是"一物降一物"：

最初，当人们发明了进攻性武器——矛，便相应地发明了盾。

1914年9月22日拂晓，德国的"U9"潜艇在短短一个小时之内，一举击沉了英国3艘1.2万吨的巡洋舰——"阿希柯"号、"霍格"号和"克雷西"号，震惊了世界。不久，人们便发明了猎潜艇和深水炸弹，专门对付潜水艇。

1918年，当英国与德奥联军作战时，第一次使用了进攻性武器——坦克。这隆隆作响的铁甲怪物，如入无人之境，使德奥士兵闻风丧胆。然而，没多久，德军便制成了专门对付坦克的武器——反坦克炮，能把这庞然大物变成一堆废钢铁！

1942年，德国在科学家布劳恩领导下，秘密制成了"V-2"火箭，长14米，重13吨。1944年，"V-2"火箭携带炸弹，飞行了300公里，从天而

降，突然袭击了伦敦，使英国统帅部手忙脚乱。从此，人们开始注意研制导弹，还进一步制成了携带核武器的核导弹。核导弹成了现代最有威慑力的武器。为了对付核导弹，人们又制成了反导弹。反导弹能够在半途中截击核导弹，使它在高空中爆炸。

这一次，某邻国发射30枚反导弹，以10比1的优势，拦截"尖刀1号"核导弹。

当然，在那30枚反导弹一起飞的瞬间，世界各国的统帅、司令们也都很快就收到了来自太空或来自预警飞机的特急情报。

眼看着一场新的世界大战一触即发，各国都发布了紧急命令，要求部队处于一级战备状态。就在这千钧一发的时刻，奇迹发生了：

中国的"尖刀1号"导弹在快要越过国境线的时候，突然来了个急转弯，飞向中国西部。那30枚反导弹也快要飞到国境线，与中国"尖刀1号"导弹相遇了。本来，某邻国的总司令部想在"尖刀1号"刚一越过国境线，立即用反导弹把它们拦截，在边界附近爆炸。这时，一见"尖刀1号"猛烈调头，弄得某邻国的总司令部不知所措。因为再过几秒钟，他们的反导弹就要越过国境，进入中国境内了。他们也来了个随机应变，让反导弹在国境线的一侧，也朝西飞行，随时提防着"尖刀2号"越过国境线。他们实在弄不清楚中国发射"尖刀1号"导弹的意图。

"尖刀1号"平稳地朝西飞行，渐渐降低高度。最后，坠落在中国西北部的大沙漠之中。坠落时，没有发生爆炸。

这下子，那30枚反导弹也只好降低高度。在"尖刀1号"坠落之后，反导弹坠落在某邻国的一片大沙漠之中。

一场虚惊，终于过去了。

但是，中国为什么会突然发射"尖刀1号"导弹？为什么在临近国境线时又猛地拐弯？世界各国报纸议论纷纷，都认为是个"谜"。

半夜来客

几乎很难令人置信，"尖刀1号事件"不仅对世界各国来说是一个谜，对于我国来说同样是一个谜哩！这是为什么呢？因为我国有关机构也不知道那3枚"尖刀1号"导弹怎么会突然发射？

事情发生在我国某地山区。

那里群山逶迤，人烟罕见，古木参天，浓荫覆地。在山间，有一条蜿蜒的盘山公路。奇怪的是，公路的路面不是铺着沥青，而是铺着长长的塑料地毯。这种塑料地毯是绿色的，上面长着许多绿色的"塑料草"。这么一来，从飞机上看下去，几乎很难发觉这条神秘的山间公路。

平常，这条神秘的山间公路上，既看不到汽车，也见不到行人。那里静悄悄的，静悄悄的，只有野兽出没，偶尔有一两声狼嗥打破了沉寂。

人们只知道这里是一片自然保护区，禁止游览，禁止狩猎。要进入这片神秘的山林，必须到自然保护区办公室办理手续。

在一个漆黑的夏夜，一辆乌黑的"彗星牌"轿车在神秘的山间公路上

疾驶。轿车没有开灯，连车尾的方向灯也不开。它装有红外线夜视器，不用开灯，司机也可看清周围的一切。再说，在这条公路上，它是唯一的一辆汽车，当然也就不必开车尾的方向灯。

"彗星牌"轿车的发动机上，装有很好的消音装置。正因为这样，它行驶起来声音很小，如果从背后朝你开来，你如不注意倾听一点也不会发觉。

就这样，一辆神秘的轿车，在神秘的夜间，行驶在神秘的公路上。

轿车里，坐着一位神秘的人物。他穿着一身军装，30来岁，白净面孔，戴着一副眼镜，看上去，一点也没有军人的气派；大抵好几夜没有睡够，眼皮有点浮肿，眼白里布满血丝，但是那双眸子是明亮的，直视正前方。

他眉头微蹙，正在思索着什么。

车上，他是唯一的乘客，没有司机。这辆"彗星牌"轿车，每星期六晚间，都要进入山区，子夜之后，又准时返回。它在这里常来常往，只在这条神秘的公路上奔驰。正因为这样，在轿车上装了微型电脑，输入关于这条公路的信息，轿车便能自动地往返，可以无人驾驶。"彗星牌"轿车在山间时上时下，经过一番盘旋，准时在深夜11点半，到达一座名叫"鹰山"的山脚。鹰山是群峰之中最高的一座，怪石嶙峋，十分险峻。那条神秘的公路到了鹰山山脚，便算到头了。

"彗星牌"轿车停在一块巨大的山岩前，车前的大灯射出淡淡的光，对准山岩上的一棵小树，光线不规则地时明时灭。

忽然，山岩自动移开，露出了地道口。这时，车上乘客的嘴角，浮现出一丝笑意。

轿车驶进地道。刚一进去，山岩便自动合上，于是四周依旧是死一般的寂静，仿佛什么事情都未曾发生过。

轿车进入地道之后，地道里的灯便亮了。地道很宽敞，两辆汽车可以在里面对开。地道四壁及路面都铺着塑料，四壁天蓝色，地面黄褐色，使人仿佛置身于山区公路。

轿车往前开，前面的灯逐一亮起来。轿车过去之后，后面的灯自动地逐一熄灭。

车上那位乘客的笑容收敛了。他那双明亮的大眼睛警惕地注视着周围的一切。

轿车自动停了下来。面前，是一道黑色的大铁门。

乘客打开车门，跳下车来。他来到大铁门右侧，那里亮着一盏像一本书那么大的长方形的红灯。

乘客把两只手的十个手指头都按在红灯上。他的眉头又紧皱起来，双眼直勾勾地注视着大铁门。他的神情是紧张的，心怦怦地跳着。

铁门纹丝不动，这使来客更为紧张，鼻尖上沁出了晶莹的汗珠。

大约过了十来秒钟，突然，大铁门嘎的一声，自动开了。

来客这才松了一口气，从红灯上缩回那双手，然后快步走进门里。他刚刚走进，大铁门便迅速闭上了。那人不由得长长舒了一口气，从衣袋里掏出手绢，擦去鼻尖和额角的冷汗。

这位深夜来临的人，要干什么呢？

要害部门

那人走进去的地方，正是电梯。等铁门关紧之后，电梯便徐徐上升。

这不是一般的电梯，这是在山"肚子"里的电梯！电梯开了约莫半分钟，自动停住，启开铁门。眼前出现长长的甬道。甬道是拱形的，四壁天蓝色，地上黄色。

那人刚走出电梯，电梯门又自动关上了。

那人犹豫了一下，迈出了步子，朝前走去。他走到哪里，哪里的灯就亮了，而他背后的灯也就自动灭了。

面前，又是一道黑色的大铁门。铁门右边同样亮着一盏长方形的小红灯。那人把十个手指按在小红灯上，过了十多秒钟，大铁门自动开了。

面前，又是长长的甬道。那人继续朝前走去。

甬道里，真可以用"万籁俱寂"四个字来形容。除了脚步声之外，没有任何声音。那人走着走着，有点胆怯起来。他终于走到了最后一道铁门跟前。

当铁门打开之后，出现在那人面前的不再是甬道，而是一间宽大的地下室。

地下室里，安放着一排排银灰色的大铁柜，那是电子计算机。地下室的墙壁上，嵌着许许多多仪表和荧光屏。显然，这里是一个中心控制室。

偌大的中心控制室里，只有几个机器人，显得空荡荡的。不过，这不是那种方脑袋、铁身子的一般机器人，即"Robot"——"罗伯特"，而是具有人的外形、与人难以区别的高级机器人，即"Androiden"——"安德罗丁"。

除了"安德罗丁"之外，在中心控制台前，坐着一个身穿军服的人。旁边，一张沙发上，坐着另一个军人。这个军人一见来客，马上站了起来，与来客相互致军礼。那位坐在控制台前的军人，忙于工作，只是略微点了点头，打个招呼。

坐在沙发上的军人，与来客简单地说了几句"情况正常，无事"之类的话之后，伸手同来客握了一下，又行了个军礼，说了声"再见"。军人走到铁门旁边，把十个手指按在长方形的红灯上。十来秒钟后，铁门自动启开。那人走了出去，铁门便紧紧闭上。

墙上挂着的巨大的电子钟上，出现"00：00：00"字样，来客走到中心控制台前，接替那位值班的军人。

来客开始聚精会神地工作。那位值班的军人离开中心控制台，躺到旁边的一张沙发床上睡觉。

原来，这是我国某个核导弹基地的中心控制室。那一大片被划为"自然保护区"的地方，在生长着一片原始森林的地下暗藏着核导弹。自从太空中的侦察卫星越来越多，各国都纷纷把核导弹转入地下，隐蔽起来，使侦察卫星无法察觉。只在发射时，才突然从地下冒出来。

这些核导弹是由中心控制室控制的。只消在中心控制台上按动标明"发射"的电钮，核导弹便可立即点火发射。正因为这样，中心控制室深

藏在山洞之中，实行严格的保密制度。中心控制室是国家要害部门。进出那里，无须查看出入证。那里也没有警卫。因为越是这样高度机密的地方，人手越少越好。那里的工作人员，只有三个——蔡清、邱杰和杜雪平。这是最低限度，少到不能再少了。这三个人实行"111"轮换制：一个人坐在中心控制台前值班，一个人在控制室内休息，一个人回家休假。

这样，控制室内总是保持有两个人。在控制室里，每人一天要工作12小时。每人在控制室内连续工作两星期后，可以回家休假一星期。轮班时间安排在每星期六夜间。那辆"彗星牌"轿车，每星期六夜里在绿山市与鹰山之间往返一次，接送中心控制室的工作人员。中心控制室既然属于高度机密的地方，又无警卫守护，怎样检查来往人员呢？原来，那门旁的长方形红灯，便是最严格的电子警卫！它的正式名称，叫作"指纹检验器"。证件可以伪造，照片可以伪造，唯独指纹无法伪造！世界上有几十亿人口，没有两个人的指纹完全一样！

正因为这样，他们先把蔡清、邱杰和杜雪平的指纹图像输入"指纹检验器"，于是，只有把十个手指都放在长方形的红灯上，经过检验，与事先输入的图像完全吻合，铁门才会自动启开。"指纹检验器"在检验时非常仔细，逐一查对指纹的形状、条数、大小，经过十来秒钟的认真核对，这才决定是否启动铁门。

在通往中心控制室的道路上，设有五道铁门，称为"五关"。每一个来者，只有通过这"五关"，才能到达中心控制室。同样，从那里出去，也必须逐一通过"五关"。

每一道铁门，都是用30厘米厚的整块钢板做成的，即使用大炮轰，也纹丝不动。

如此严密的保卫措施，真可称得上"万无一失"！

那天深夜的来客，便是蔡清。坐在中心操纵台前工作的是邱杰，坐在沙发上等候蔡清的是杜雪平。蔡清经过一个星期休假之后，前来值班；杜雪平连续工作了两星期，在蔡清到来之后，便离开中心控制室，坐上那辆"彗星牌"轿车，回绿山市休假。

多少年来，只有蔡清、邱杰和杜雪平在那神秘的地方工作。他们你来我往很有规律地轮流休假，一切都很正常。

谁知，就在蔡清这次轮休之后，第二天——星期日清晨，却发生了震惊中外的"尖刀1号事件"！

这是怎么一回事情呢？

惊动金明

3枚"尖刀1号"导弹刚刚钻出了地面，遥测雷达立即发觉了，马上把这突然事件报告了上级总值班室。

总值班室感到非常震惊：首长并未下达过发射"尖刀1号"导弹的命令，为什么鹰山站会自行发射呢？

在30秒钟之后，导弹指挥中心首长打给鹰山中心控制室的电视电话接

通了。按照规定，在电话铃响之后1秒钟内，值班人员应当立即答话。出乎意外，电话接通后10秒钟，居然无人来接！

导弹指挥中心的首长马上意识到问题的严重性——鹰山中心控制室遭到了破坏。

首长给导弹总指挥部下达了命令：立即启动总指挥部的电子控制设备，控制"尖刀1号"导弹的行动，绝不允许它飞出国境，应当让它们飞向西北部的大沙漠，在那里坠落。于是，当3枚"尖刀1号"导弹飞临边境时，突然拐弯，终于安全地坠落在荒无人烟的西北沙漠。

一场挑起国际纠纷的严重事件，被制止了。

一架银光锃亮的后掠式超音速喷气式专机，正在准备从首都飞往绿山市。一辆"彗星牌"浅灰色轿车急驶而来，一直开到专机前面。

从轿车上匆匆走下两个人，一个中等个子，一个高个子。中等个子的人，大约40来岁模样，瘦瘦的，皮肤黑里透红，穿着短袖白衬衫，那露出的手臂肌肉结实而发达。他戴着一副宽镜片墨镜，一对浓眉紧皱着。高个子熊腰虎背，大约20多岁，一副体育运动员的派头。他手里拎着一只小巧的黑皮包，紧跟在中年人的后面。

"你好，金明同志，戈亮同志。"等候在专机旁的导弹指挥中心的首长老崔，和他俩一一握手，说道："专机立即起飞，请登机！"

"谢谢！"两位来客以极为利索、敏捷的动作，登上了专机。

半分钟后，专机就开始滑行。没一会儿，离开了跑道，飞上蓝天。

老崔望着在碧空中渐渐消失的黑点，不由得喃喃自语："人们常说——'金明出师，定有大事'，这话不假！"

确实不假。那位名叫金明的中年人，此刻正坐在专机中。他摘下墨镜，露出那双炯炯有神、闪射出智慧光芒的眼睛。他无心观赏舷窗外的景色，而是聚精会神地听取导弹指挥中心总值班主任陶正关于"尖刀1号"事件的情况介绍。他的眉间，皱起深深的"川"字纹。金明何许人也？他，是侦查中心的侦查处处长，以屡破疑案而著称。尽管他从未在电影、电视、报刊上抛头露面，但是几乎所有的间谍机构、特务集团都知道中国有个金明。每当间谍、特务到中国来进行阴谋活动的时候，他们的上级总是反复关照："当心金明！"

金明有很强的革命责任心，充满对敌人的恨，对人民、对祖国的挚爱。他具有一般侦查人员的特点，即为人精明，反应迅速，善于思考，明察秋毫。他的视觉、嗅觉、听觉都极为灵敏。然而，他与一般侦查人员最大的不同，在于他懂得科学，善于运用现代科学技术侦破疑案。正因为这样，人称"科学福尔摩斯"，或称"警察博士""博士警察"。

金明在闲暇的时候，总爱博览群书。他对文学、美术、历史、音乐、哲学、法律都有浓厚的兴趣，对天文、地理、数学、物理、生物学也颇有研究，对化学和解剖学则有着精深的造诣。他认为，案件总是错综复杂的，公安人员要尽可能懂得各方面的知识，才能为侦破疑案创造条件。

金明有着广泛的爱好：会拉小提琴、跳舞、游泳、下棋、踢球、摔跤、骑马、射箭、举重，打桥牌更是能手，还精通各种武术。他还会装配半导体收音机、电视机，会开摩托车、汽艇、飞机和汽车。至于摄影、录音，他更是在行。

金明能讲一口流利的普通话，也能像相声演员似的，惟妙惟肖地讲苏

北、四川、东北、广东、福建、浙江等地方言，还能像翻译人员似的讲一口流利的英语、俄语、法语和日语。金明的另一个雅号叫"夜游神"。他习惯于在深夜工作，睡眠很少。越是到深夜12点，他的精神反而越好，双眼闪闪发亮。有时为了侦破一个重大案件，他常常几昼夜不合一眼。白发，已经过早地爬上了金明的双鬓。

金明有两位年轻的助手，一个叫戈亮，一个叫张正。张正留在侦查中心值班。此刻，戈亮正坐在金明旁边，用微型录音机录音。

大抵是深受金明的影响，戈亮也是一个"科学迷""读书迷"，人称"小博士"。本来，戈亮办事马虎、急躁，如今也学会像金明那样慎密、冷静地思索问题。

在几分钟之前，他们获知"尖刀1号"事件的情报，当即赶来，参加这一重大事件的侦查工作。

半路回头

机翼下出现起伏的山峰。不久，出现了一条清澈、绿中带蓝的大江，那便是著名的绿江。在炎热的阳光下，江面闪射着银白色的亮点。不久，绿江上出现大铁桥，铁桥两旁是成片的房屋。那便是绿山市。它是一座漂亮的山城，大都是两层的别墅式房屋。

飞机刚一降落，几辆"彗星牌"轿车已在停机坪旁等候了。

金明和戈亮一下飞机，便坐上了轿车。

机场坐落在离绿山市30公里的一块盆地里。轿车没有进城，从山间的一条隧道中穿过之后，便消失在茂林葱郁的自然保护区中。

在车上，绿山核基地的司令员黄冰告诉金明一个意外的情况：

"杜雪平同志出事了！"

原来，昨天夜里，蔡清坐了轿车到鹰山，替换杜雪平同志。照理，他深夜12点从那里坐车出发，清晨4点可以回到绿山市。

杜雪平的妻子以为，也许他在那里有事，出发时间晚了一点，也许是半路上汽车出故障……他的50岁开外的妻子按照多年的习惯在3点半就起床，烧好点心，等他回来。

一直等到6点多，天已大亮，他的妻子知道可能发生什么情况了。因为按照保密规定，如果没有特殊情况，通往鹰山的秘密公路是不许白天行车的——每次轮换，都是安排在星期六深夜。所以，多少年来，杜雪平总是在天亮之前回到家中。

7点，杜雪平的妻子打电话给绿山基地司令部，询问杜雪平为什么没有按时回家。

司令部值班室立即打电话向鹰山中心控制室查问，竟无人接电话。值班室认为，那里可能发生了问题，马上向司令员黄冰汇报。

正在这时，远处传来了隆隆声。黄冰朝窗外一看，3枚"尖刀1号"导弹喷射着耀眼的火光，起飞了！

黄冰立刻一边向导弹指挥中心汇报，一边继续向鹰山打电话。导弹指

挥中心的电话在一秒钟内就接通了，而鹰山的电话一直没有人接。

黄冰马上派出了值班室主任，带着一个连，坐车赶往鹰山。

他们在半路上，用电报报告了紧急情况——"杜雪平途中遇袭，车被炸！"

黄冰命令他们，用一辆车载杜雪平，火速送医院进行抢救，也许还有救活的希望。其余人继续前进。

"彗星牌"轿车在秘密公路上飞驶。浓荫夹道，阳光斑斑点点，撒落在路面上。

金明一声不吭，细细地听着司令员黄冰讲述情况。他双目注视着已是两鬓苍苍的司令员。金明忽然问道："派往鹰山的部队，到达那里了没有？"

黄冰答道："到了，可是被挡在门外，无法进入中心控制室。"

"那里是采用'指纹检验器'看守大门？"

"嗯。"司令员点了点头，"采用指纹检验器，很可靠，也很安全，可是，也带来了麻烦。因为那里的指纹检验器里只输入了蔡清、邱杰和杜雪平的指纹，如今蔡清和邱杰在里面，杜雪平在医院，其他的人无法进去！"

金明沉默了一会儿，然后对司令员说道："我们调头吧，先去医院看看杜雪平。"

司令员感到十分惊讶："去医院，不去鹰山？"

金明点头，只答了一声："嗯。"

司令员以为，金明是侦查中心派来的，大约要去验尸，而他自己则急于想赶往鹰山现场。于是，司令员下车了，换乘另一部轿车，让一位秘书陪金明到绿山市中心医院去。

于是，金明便与司令员分手了。

金明为什么不急于去现场？他到医院里去干什么？

奇特的钥匙

金明在侦查案件时，常常做出这样出人意料的突然决定。

轿车掉头了，沿着原路驶向绿山市。

金明的突然决定，连戈亮都感到不解。这个很少皱眉头的小伙子，此时双眉紧锁，在思索着。

金明一眼就看出戈亮疑惑不解的神态，双眉一扬，笑着说道："怎么样，不知道为什么要去医院？"

戈亮点点头。

金明没有直接答复这一问题，却讲述了一个故事：

"指纹检验器"是一种新发明。当它在一年前出现之后，各国都纷纷采用，许多金库、银行、保密厂都装上了"指纹检验器"。

金明精通四门外语，经常浏览各种外国报刊。一个星期前，金明在一份用法文印刷的外国报纸上，看到一篇题为《奇特的钥匙》的报道，引起

了注意。

原来，法国的一个金库被盗，使警察局伤透脑筋。这座金库安装了三道大铁门，都用"指纹检验器"看管大门。窃贼竟然长驱直入，从金库中盗走了黄金。

警察局传讯了许许多多人——金库的设计师，"指纹检验器"工厂工程师，金库建造工人，铁门安装工人，金库经理的佣人、亲戚、朋友……毫无线索。

这个"指纹检验器"中，只输入了金库经理和他的独生儿子的指纹。也就是说，只有金库经理和他的独生儿子才能入库。

在发生盗案前一个月，金库经理病死了。他留下遗嘱，自己的全部财产，由他的唯一的儿子继承。因此，能够出入金库的两个人，都不会作案——一个已经死去，不会偷；一个已经继承了父亲的全部财产，不需要偷。这桩案件，迟迟不能破案。

后来，一个能干的警察深入调查了金库经理的病死经过。医生证明，经理确系冠心病发作而死，并非被人毒死。

这位警察来到了火葬场，一位火化工人提供了极为重要的线索——金库经理尸体火化时，两只手是假的！

这位警察抓住这一线索追查下去，获知在火化时，尸体是火葬场的经理亲自从停尸间中推来的。当时，那位火化工人值夜班。

警察局立即传讯了火葬场经理，经过一再追问，他才供认，金库经理的一双手，是他砍去的。但是，金库里的黄金，不是他偷的。当时，有人在暗地里同他做交易——以高价收买金库经理的一双手，据说是为了进行

"医学研究"。

买主是谁呢？火葬场经理支支吾吾，不敢直说。那位警察知道事关重要，便以警察局名义写下书面保证，绝对保障他的人身安全，直到这时，火葬场经理才供出，卖主是一位很有势力的议员！警察局逮捕了这位议员，从他的家中不仅查出了大量被盗去的黄金，而且在冰箱中找到了那双被砍下来的手！

原来，这位议员是金库经理生前的酒肉朋友。有一次，他宴请金库经理，故意用酒把他灌醉，从他的口中获知了金库的秘密——用"指纹检验器"看守大门。于是，便起了歹心。金库经理死后，议员以高价买到了死者的一双手。

夜里，议员潜入金库，把死者的手按在"指纹检验器"上，那厚厚的铁门居然便被打开了！这样，死者的手，成了"奇特的钥匙"！

议员一连偷了几次。后来，金库经理的儿子发觉黄金少了，向警察局报案，议员只能暂时歇手。不过，他仍把那双手放在冰箱中，以便等风头过去之后，还可以继续到金库中偷窃。当他获知警察到火葬场中调查，慌了手脚，正准备派人暗杀知道内情的火葬场经理和那个火化工人，谁知警察已经把逮捕证放到了他的面前。

……

戈亮听罢，恍然大悟。他记起了金明经常说的一句话："博览广闻，才能使侦查人员在破案时思路宽广。"

就在这时，"彗星牌"轿车开始进入绿山市市区。绿山市依山傍水，风光秀丽，使人心旷神怡。特别是这里的房子大都刷成粉红、天蓝、米

黄、苹果绿等颜色，使人更为赏心悦目。

轿车驶过绿江大桥。从桥上看过去，确如白居易所写的"春来江水绿如蓝"。

轿车过桥后，拐了个弯，驶进一扇大门，门口挂着"绿山市中心医院"的牌子。

死人开门

绿山市中心医院简直像公园一样漂亮。在洁白的塑料公路两旁，是鲜花、草地、树木。这里除了一幢15层的主楼之外，其余都是两层的别墅式小楼。

秘书驾驶着轿车，停在一幢天蓝色的小楼前。地区法医已在门口等候。

走进小楼之后，护士给这三位穿短袖衬衫的来客，分别发了医院专用的紫红色棉大衣。这里开放冷气。当护士领着来客走进一间手术室，那里滴水成冰，来客们不由得打了个寒噤。

手术室的四壁、天花板、地面全用整块的白色塑料做成，一走进去，仿佛来到了一个白色的世界。

手术室当中，是一个白色的手术台，上面躺着一个人，覆盖着雪白的被单。

护士掀开被单，金明看到被单下是一具尸体，中等个子，稍胖，头发灰白色，胡子刮得干干净净。显然，这便是杜雪平的尸体。

戈亮立即俯下身子，检查死者的双手，那双手完整无缺。相反，死者的脚，却断了一只，伤口满是淤血。大抵是出血过多，死者的皮肤呈灰白色。

戈亮接过地区法医递来的尸检报告单，看了一遍，向金明报告道："死亡时间大约为10小时前。"

金明看了一下手表，快中午12点了。也就是说，杜雪平是在凌晨2时左右死去。从那断了的右腿及臀部的伤痕来看，显然是被座椅下的什么东西炸死。

金明说道："给死者穿上衣服，装在我的车里，马上带走。"

很快地，死者被放入轿车后部的载物箱中。轿车开放冷气。

金明刚坐上车，便对那位秘书说道："快，全速前进，以最快的速度赶往鹰山！"

秘书有点不解。他开大油门，轿车很快就穿过了绿山市。在穿过山洞之后，"彗星牌"轿车真的像彗星似的飞驶着。

在半途，遇上一辆停弃在路旁的"彗星牌"轿车。金明下车看了一下，爆炸点是在前排右座的座椅之下。金明让戈亮拍了照片，并做出了判断："显然是一颗定时炸弹放在座椅下面爆炸所造成的。"

1分钟后，金明和戈亮上车，又继续飞快地往前赶路。

此时正值中午，太阳在头顶上照着，公路显得明亮了些，车速也就更

快了。

下午1点半，金明和戈亮赶到了鹰山，进入了山洞。

山洞里，停着好多辆轿车和越野车。金明一下车，便感到一股热浪扑面而来，空气中还夹杂着一股怪味。

金明一问，才知道司令员黄冰正在指挥战士用红外激光喷射器喷射铁门，以便把钢板烧化，打开大门。然而，那钢门实在太厚了，很难烧穿。正因为这样，尽管他们早就来到那里，却一直无法进去。

金明告诉司令员黄冰："我来试试，把门打开。"

司令员问道："你有办法？"

金明点点头："试试看，我有钥匙。"

"你有钥匙？"

"嗯。"

"在哪里？"

"在车上！"

金明说着，回身与戈亮来到车旁，打开车后载物箱，小心翼翼地抱出了杜雪平的尸体，放在特制的立式担架车上。

"这是钥匙？"战士们都感到异常惊奇。

金明和戈亮把担架车推到铁门旁边，把死者的10个手指按在那长方形的红灯上。

这时，大家屏着呼吸，睁大眼睛注视着大铁门。地道里，鸦雀无声，真可以用这样的话来形容——"连根绣花针掉在地上都听得见"。

大铁门纹丝不动。

戈亮有点紧张，前额沁出了汗珠。金明则把左臂一抬，眼睛看了看手表。

约莫过了10多秒钟，突然，大铁门自己打开了。

啊，连红外激光喷射器都打不开的铁门，却被死人打开了！

两具焦尸

金明带领着战士们，闯过了一道又一道铁门。黄冰司令员这才明白，金明为什么要在半途中赶到绿山市中心医院——原来是去取"钥匙"！他很赞赏金明的机智、聪明，同时也从中知道了，"指纹检验器"虽是现代科学的最新发明，却并不那么可靠。

到了最后一道门的时候，金明把开门的任务，交给了那位秘书。金明要第一个进入中心控制室，第二个是戈亮，第三个是黄冰。如无必要，其他的人就不一定要进入现场。

那位秘书戴着黑边近视眼镜，30来岁，文绉绉的，大约从来没有接触过死人，不敢从金明的手里接过装有尸体的立式担架车。倒是一位战士很勇敢，代替那位秘书接过担架车扶手，执行金明交给的任务。

通往中心控制室的大门刚一启开，金明双手持两支手枪猫着身子，一跃而入。

　　大抵是由于职业的锻炼，金明的嗅觉非常灵敏。他刚一进去，便闻到一股焦味儿。中心控制室弥漫着烟雾。

　　金明躲在一只银灰色的大铁柜之后，观看动静。室内静悄悄的，连机器人都站着不动。没一会儿，戈亮和黄冰也闪了进来。他们三人紧贴着那一大排铁柜，慢慢朝里面走去。

　　中心控制台前，空无一人。

　　刺鼻的焦味，是从控制台旁发出的。金明那敏锐的目光朝那边一扫，看到了一个触目惊心的场面：控制台旁放着一张床，床已烧焦，床上直挺挺地躺着两个浑身烧成黑色的人！金明、戈亮和黄冰走到床跟前。尽管死者已经烧焦，但是黄冰司令员从尸体的高矮、胖瘦，断定他们便是蔡清和邱杰。

　　经过检查，室内没有其他人。

　　戈亮拿出照相机，从各个角度拍摄了现场的情况，特别是拍摄了死者的面部。

　　金明在离床两米处的地上，发现一只精巧的微型打火机；在离床7米处的地上，发现一只方形塑料桶，桶盖被打开，桶内还剩有一点汽油。

　　在靠近床的墙上，虽然被烟熏黑，但是在墙面及墙角，还隐隐约约可看到血迹。

　　两个死者都戴着手表。身材修长的应当是蔡清，他戴着一只电子表，表已损坏，有机玻璃表面被烧掉，无法看清时间；个子矮小的死者则应当是邱杰，他戴着一只普通的机械式长三针双日历表，表玻璃也已烧化，表停止走动。可以看到表上的时间为7点23分，日期为27日，星期四。

金明还发现，离床4米处，有一只铁制小凳，凳脚上有血迹。

在床下，找到一些极薄的玻璃碎片。

现场的情况相当复杂，一时很难判断蔡清与邱杰，究竟是自杀还是他杀？

不过，金明经过初步侦查，至少得出了这样的结论：两人是被汽油浇在羊毛毯上烧焦的。烧的时间，应当是27日（也就是今天）上午7时23分。从墙上、墙脚、铁凳上的血迹来看，存在着他杀的可能性。

看来"尖刀1号"的突然发射，显然是与蔡清、邱杰之死有关。

作案者究竟是谁呢？

文弱书生

为了查清作案者，金明当即作出如下决定：

1. 摄取发射"尖刀1号"按钮上的指纹照片；

2. 摄取打火机、塑料汽油桶、铁凳上的指纹照片；

3. 刮取墙上、凳脚的血迹，化验血型；

4. 剪取两具焦尸上剩余的头发，用头发查验血型；

5. 把床下的玻璃碎片送去化验，查出玻璃瓶中原先是装什么药物；

6. 焦尸暂时不要搬动，保护好现场，立即请法医前来进行尸检。

戈亮遵照金明的命令，在按钮和汽油桶把手上喷了一种药水——显纹水，很快就显示出黑色的指纹，然后用照相机一一拍下。

同时，金明刮取了血迹，并取到了头发、玻璃碎片样品。

金明被同行们誉为"痕迹专家"。他对指纹、血型、头发、脚印、毒药之类，很有研究。他擅长从作案者留下的蛛丝马迹中破案。他认为，善于寻找蛛丝马迹，这是公安侦查人员的基本功。

在金明和戈亮完成现场侦查任务之后，便决定撤离。不过，撤离的时候，仍要通过一道道铁门。难道还是开一次门走一个人？再说，当法医前来检尸的时候，难道还要请死人帮助打开一道道门？

那位秘书，虽说是文弱书生，见了死人便吓得浑身的汗毛都竖起来，可是倒很会动脑筋，出点子。在金明侦查现场时，他站在门外，闲得无事，想出了一个好办法。

秘书见一位战士带了一根根粗的铁的撬棒，便借了过来。当铁门启开时，他迅速地把铁棒横在两扇门之间。这样，铁门无法闭拢，人们可以自由地进进出出。

本来，大家都奚落那位秘书，说他是"胆小鬼"。这么一来，大家都夸奖他，说他"脑子灵"。秘书的脸红了，露出了得意的笑容。

自从采用了秘书的"发明"，撤离时比进来时要顺利多了。黄冰司令员留下一个排，在这里守卫。金明和戈亮小心翼翼地抬着杜雪平的尸体，退出现场，仍把尸体放在车后的载物箱中。

金明告诉黄冰司令员，在案情大白之前，杜雪平的尸体应当冷冻保存，不可火化。因为死者的一双手，是打开鹰山之门的"钥匙"，万一发生什么意外情况，铁门关闭了，仍用得着这把"钥匙"。

黄冰司令员深为感叹地说："回去之后，我立即命令所有装了'指纹检验器'的部门，采取其他措施，加强保卫工作。"

在返回绿山市的时候，金明和戈亮仍邀那位秘书同车。金明很喜欢这个富有喜剧色彩的年轻人。

秘书姓宋，几年前从军事学院毕业，一副书生派头。一上车，他就老老实实地对金明说："刚才来的时候，我一直提心吊胆。"

"为什么？"

"车屁股里装着死人。"

"现在还怕不怕？"

"一回生，二回熟嘛！"

宋秘书的话，惹得金明和戈亮笑了起来，他自己也忍不住笑。上车后，由戈亮驾驶汽车。

在前往鹰山的路上，宋秘书一言不发，绷紧了脸。如今，他打开了话匣子，说起来没完没了："金明同志，你认为是谁作案？"

按照老习惯，金明在没有得出明确的结论之前，是绝不会轻易谈论这些问题的。他反问道："你看呢？"

宋秘书抓了抓头皮，说道："目前，这是世界上最难解的一个方程式！它的未知数有四个——杜雪平、蔡清、邱杰、X。"

"X是什么意思？"

"X表示是外来的间谍。"

"宋秘书，你倒有两下子嘛！"戈亮笑着插话道，"依我看，杜雪平

应当排除在外，他不可能是作案者。"

"为什么不可能？很可能是杜雪平杀死了蔡清和邱杰，然后逃跑，在半路上被别人炸死或者自杀。"

"蔡清呢？"

"也可能是他作案。他来接班以后，杀死邱杰，然后作案，自杀。"

"邱杰呢？"

"同样，可能是他作案，杀死了蔡清，然后作案，自杀。"

"X呢？"

"X的作案可能性最大。因为杜雪平、蔡清、邱杰都是经过组织上反复审查，政治上都很可靠，不可能作案。"

"你认为，到底可能是谁作案？"

这时，宋秘书又抓起头皮来了，把眼睛朝上翻了翻，说道："这个问题应当由你们来回答。不然的话，我也成了'科学福尔摩斯'啦！"

跟秘书聊聊

离开鹰山，已是下午4点多。太阳斜射着，林荫道变得阴暗起来。

起风了，树枝来回摇曳着，发出哗哗的声响。

一路上，宋秘书几乎没有住过嘴。金明请他随便聊聊鹰山的情况，介绍介绍杜雪平、邱杰和蔡清是怎么样的人。大概由于小宋当惯了秘书，对于汇报工作之类十分在行。他侃侃而谈，向金明和戈亮很有条理地汇报——一般来说，外人潜入鹰山作案，似乎可能性很小。

尽管外人可以想办法打开铁门，可是，只要他把手一放在红灯上，中心控制室的屏幕上马上会出现他的形象。中心控制室值班人员可以立即用电话向上级报告。昨天夜里，绿山基地并没有收到鹰山中心控制室的任何报告。另外，中心控制室值班人员一旦从荧光屏上发现来者是陌生人，可以发出指令，阻止铁门启开。这样，外人也无法进入。

多年以来，那里的值班人员一直是杜雪平、邱杰和蔡清，他们都是忠于职守、不辞辛苦的人。

先说说杜雪平吧。他为人和气、忠厚，大家都亲切地喊他老杜。他是鹰山中心控制室的副主任。

老杜办事非常严格。几年前，我刚到这儿工作，打电话给鹰山，问："杜主任在吗？"电话正好是他接的，很干脆地回答说："这里没有杜主任，只有杜雪平！"等我把工作谈完之后，他知道我新来乍到，便告诉我道："以后打电话，就说找老杜，或者找杜雪平，别来什么'杜副主任'，更不许喊'杜主任'。"这样，从一开始，老杜就给我留下了很深刻的印象。

老杜有一个很幸福的家庭。尽管老两口的儿子都已经结婚，老杜和杜大婶却如新婚夫妇似的。

我听说一个有趣的故事：老杜从小在江南农村长大，喜欢吃河蟹。杜大嫂一见到街上卖河蟹，总是想方设法买来，烧给老杜吃。杜大嫂自己，却从不吃河蟹。据说因为她是北方人，吃不惯河蟹，一吃就会拉肚子。老杜信以为真，有了蟹，总是独自在那里吃。有一次，杜大嫂知道老杜要回来休假，就买了一大串河蟹，等他回来吃。哪晓得由于出了点故障，老杜留在鹰山，没回来，老杜的儿子又出差去了，没在家。杜大嫂只得自己吃光了河蟹。后来，老杜一回家，见畚箕里有许多蟹壳，这才明白，原来杜大嫂也很爱吃河蟹。她装着吃不惯河蟹，为的是把河蟹让给老杜吃。昨天，杜大嫂知道老杜今天要回来，又买了河蟹哩！

邱杰是鹰山中心控制室的主任。他是一个具有坚强毅力的人，沉默寡言，不爱交际。虽然他也已经50开外，却仍独身。

邱杰为什么不结婚呢？说来话长，要谈到20多年前的一桩往事。

那时候，邱杰还是个小伙子，虽然个子不太高，长得却很英俊。他与一位姑娘深深相爱，正准备结婚。谁知就在这时，幼儿园的一个小朋友玩火柴，引起一场大火。邱杰奋不顾身冲进大火，救出了50多个孩子，而他自己却被大火烧坏了脸，留下非常难看的伤疤。那位姑娘竟然因此离开了他！

从那以后，邱杰铁了心，再也不考虑结婚问题。有的好心的姑娘出于对邱杰的崇敬，主动来找他，邱杰总漠然置之。

邱杰的心胸坦然。每当人们向他提亲，他总是说："我有孩子，为什么还要结婚？"

人们感到奇怪："你没结婚，哪来孩子？"

邱杰却笑着说："我有50多个孩子！"

被邱杰救出来的50多个孩子，都很尊敬他，喊他"爸爸"。如今，每当邱杰回到绿山市休假，家里热闹非凡，成群的"儿子"和"女儿"来看望他，抢着拉他到各家吃饭，帮他做衣服、洗衣服、大扫除。

至于蔡清，最年轻，30多岁。他身材颀长，英姿勃勃。他也是从军事学院毕业的，高才生，比我早几届。他不光学业优秀，而且兴趣广泛，是学校里的第一提琴手，足球队中锋，话剧队主角。姑娘们都喜欢跟他打交道。

蔡清毕业后，分配到绿山基地工作。他到这里才两个月，这里一位芭蕾舞演员便爱上了他。半年后，他们就结婚了。

不过，他们结婚以后，几年没生孩子。据医生检查，他的爱人没有生育能力。尽管这样，他们的小家庭一直很美满，蔡清对他的爱人很好。

不久前，我风闻他俩之间有些矛盾。详细情况不大知道。

……

金明习惯地用手托着下巴，很细心地倾听着宋秘书滔滔不绝的谈话。他很喜欢这位健谈的青年人，因为小宋所讲述的情况，比查阅人事档案所获得的死材料要生动得多，详细得多。戈亮在征得小宋的同意之后，用录音机收录了小宋刚才的谈话。

白衣侦探

回到绿山市，天已经快黑了。

轿车驶过绿江大桥，把杜雪平的尸体送还绿山市中心医院，放入冰箱保存。然后，由小宋驾驶，轿车盘山而上。

山上的公路七曲八拐的，小宋熟练地拐过一个个急转弯。不久，汽车爬上了山顶，那里有一群别墅式的小楼房——绿山基地司令部。

金明刚下车，一位穿着公安制服的女同志便走过来迎接他。

金明一见，说道："来啦？"

"嗯。"

他们之间的对话，异常简单。倒是戈亮见到她，热情地握着她的手，问长问短。

这位女同志约莫40多岁，中高个子，两颊略微显得瘦削，目光深邃，白皙的脸上已有淡淡的皱纹。她叫陈洁，从事法医工作已经20多年，有着丰富的经验，是国内著名的法医之一。

陈洁与金明，有着特殊的双重关系：她是金明的妻子，又是金明工作中的得力助手。他们一起从公安学院毕业，长期从事公安工作，配合默契。金明为人精明，陈洁办事细心，他们俩多年合作，屡破种种烧、杀、毒、奸、盗、抢、骗、逼等疑难案件。人们称颂金明是"痕迹专家"，其实有一半功劳应当归于陈洁，因为陈洁擅长于进行痕量分析，从一根头发中便可以得出几十种数据，为破疑案提供了重要线索。

此时，由于是在外地，旁边有许多别的同志，所以金明与陈洁只是略微点点头而已。

陈洁刚刚赶到绿山。今天早上，金明一出动，陈洁就像往常一样，作好了准备，等待金明的命令。中午2点，金明在鹰山侦查了现场之后，认为要法医进行尸检，便在中心控制室打了长途电话给侦查中心，请陈洁立即赶赴现场。

法医，这是一种特殊的职业。法医的观察力是非常敏锐的。十几年前，人们在一条河里发现一具姑娘的尸体。经过调查，找到了姑娘留下的绝命书，说自己因受不起失恋的折磨，含恨离开人世。于是，人们便以为她是自杀而死。陈洁仔细检查了女尸，用放大镜观看尸体的每一部分，结果在尸体颈部发现了擦伤的血痕，断定是被人把头揿在水缸里溺水之后，再扔进河中。颈部的血痕，是头颈与水缸摩擦所致。这样，经过侦查，查出了凶手，把一个强奸多名妇女的流氓捉拿归案。

又有一次，一个老人不断呕吐，然后死去。这时，老人的儿子出国去了，身边只有儿媳与侄子照料他。等儿子回国，老人已经火化。儿子觉得父亲得病十分奇特，便请公安部门侦查。陈洁从老人的儿媳那里得知，在火化前，儿媳曾把老人的衣服换过，让他穿上干净的衣服送去火化。陈洁拿到了换下来的脏衣服，见上面有呕吐物的残迹。陈洁运用"质子激发X射线技术"分析呕吐物残迹，查出其中含有较多的磷和硫，证明老人是被

有机磷农药毒死的。经过进一步侦查，终于查出了杀人凶手——老人的侄子。因为这个侄子参加了间谍活动，被老人发现，遂起杀心。

陈洁跟金明一样，也博览群书，除了本行医学之外，对化学、物理学、生物学、文学、历史学也有一定的研究。她认为，法医在侦查疑案时，广博的知识就是一把打开疑案之锁的钥匙。

陈洁的工作异常艰苦。一般的医生都是跟活人打交道，而她却整天跟死人打交道。有时，尸体已经腐烂，恶臭刺鼻，陈洁一点也不在乎，细心地解剖尸体，从中找出重要的线索。正因为这样，陈洁被人们誉为"白衣侦探"。

此时，金明在绿山基地司令部的一间办公室里，简要地向陈洁介绍了案情之后，把从现场搜集的血迹、玻璃碎片交给了陈洁，并要她对那两具焦尸进行仔细的检查。

陈洁一听案情重大，连晚饭都顾不上吃，请宋秘书连夜带她奔赴鹰山。

江边夜访

在夜色朦胧之中，又一辆"彗星牌"轿车，从绿山基地司令部的大门里驶出。

轿车里，坐着金明和戈亮。戈亮驾驶着汽车。

山区的夏夜是凉爽的。轿车里，已不必开放冷气。金明干脆把轿车侧窗的玻璃摇下去，让清凉的夜风不断吹进车里。

已是掌灯时分，山城灯光星星点点，映照在江面上。

戈亮对这里已是"熟门熟路"了。金明和戈亮每到一地，只要汽车从哪一条路上开过一次，便记住了这条路的各种特征。另外，他们也总是在出发前准备了有关的地图，背熟那里的主要道路。他们深知，在出了"尖刀1号"事件之后，绿山基地司令部是够忙的了，所以他俩自己驾车夜访，不再给司令部增加负担了。

金明和戈亮要上哪儿去呢？原来，金明和戈亮在送走陈洁、小宋之后，便来到基地司令部的组织处，查阅杜雪平、邱杰和蔡清的档案。

从档案上，看不出三个人有什么疑点。他们仨都是共产党员。杜雪平和邱杰曾多次立功；蔡清则多次获得优秀学生、先进标兵称号，是一位年轻有为的导弹专家。

金明和戈亮又查阅了他们家属的情况。邱杰的父母早亡，无兄弟姐妹，又未结婚，他的家属栏目中是空白的。杜雪平的妻子郑凤英，党员，绿山基地司令部机要打字员；儿子是绿山基地工程师；儿媳是绿山市第一中学校长。

蔡清呢？父亲是滨海军区某师政委，母亲是滨海军区文工团乐队指挥；他的妻子叫王娟，绿山市芭蕾舞剧团演员，她自9岁起便开始学习芭蕾舞。

金明看了档案，觉得这一案件颇为棘手。小宋虽然对公安工作完全外

行，不过他所说的这一案件只有四个"未知数"倒是正确的：杜雪平、邱杰、蔡清和X——间谍。然而目前，不但前三个"未知数"的作案可能性几乎不存在，而且最后一个"未知数"的作案可能性也极小。根据小宋介绍的情况，可以说不存在间谍潜入鹰山中心控制室的可能性。

戈亮建议道："我看，去访问一下蔡清的爱人，至少可以弄清楚小宋所说的事——'风闻他们俩之间有些矛盾'，也许对破案有参考作用。"

金明同意了戈亮的建议。他们从档案上查出了蔡清的家庭住址，便决定夜访蔡清的妻子王娟。

蔡清的家很好找——在一幢坐落在江边的小楼里。小楼外，有一个用竹篱笆围成的小院。

院子的门半开着，似乎屋里有人。

戈亮正要把车停下，金明却让他继续向前开了大约200米，把轿车停在另一家的门口。然后，他们下车往回走，步行到蔡清家。戈亮没有问金明，心里便明白，因为金明两句格言："谨慎永远不是多余的。"很显然，金明怕把汽车停在蔡清家门口，太醒目了，也许会惹麻烦。也正因为这样，出发时，金明嘱咐戈亮换上了便衣，大抵同样是为了不引人注目吧。江风阵阵吹来，使人精神振作。江边垂柳飘拂，江上船来船往，岸边的公路上汽车不时驶过。当金明和戈亮透过半掩着的大门一看，发觉小楼一片漆黑，似乎没人。

金明按了按门旁的电铃，大约过了10来秒钟，楼下的电灯忽地亮了，从里面咯噔咯噔地走出一个年轻妇女。她的头发有点凌乱，双眼皮、大眼睛，眼角有泪痕，手里拿着手绢，个子细高，瘦削，漂亮。

金明一看，便知道是蔡清的爱人王娟。金明和戈亮向她出示了工作证，王娟连忙请他们进去，并随手把门关上。

弹起了《蓝色的多瑙河》

王娟穿着白色高跟皮鞋，走过院子，领着客人们走进会客室。

会客室里放着一张双人沙发，两张单人沙发，当中是一张小茶桌。茶桌上放着一盆鲜花。墙上，挂着王娟在跳《天鹅湖》时的巨幅彩色照片。屋角放着一架卧式三角钢琴。

黑亮的琴盖上，醒目地放着一尊白色的半身石膏像。金明一眼就认得那是谁的塑像，说道："啊，看来你崇拜《幻想曲》的作者——波兰钢琴家菲利德瑞·肖邦？"

金明的话，使王娟刚才那像鼓皮似的绷紧的脸，松弛了下来。她有点怀疑地说道，"看样子，你对音乐很在行，怎么会是在公安局工作？"

金明笑了笑，反问道："难道在公安局工作的，就一定不懂音乐？"

这时，王娟连忙请金明和戈亮坐下，沏茶给他们。谁知她拿起三个热水瓶，都空空如也，这才想起今天忘了烧开水啦，便一边向客人致歉，一边烧开水去。

王娟走开以后，金明闲着没事，信手翻开钢琴盖板，弹起了约翰·施

特劳斯的名曲《蓝色的多瑙河》。

金明的手指在黑白琴键上飞舞，钢琴迸发出优美的旋律。王娟拎着热水瓶进来后，竟被吸引得呆呆地站在那里，沉醉于那动听的琴声之中，忘了给客人沏茶。

当金明弹完琴，站了起来，王娟这才从音乐迷梦中惊醒过来，一面给客人沏茶，一面连连赞叹："太好了，太好了，你弹得太好了！"她讲话时露出了一口整齐的白牙。

其实，与其说金明想在王娟面前露一手，倒不如说他想用琴声使王娟的情绪松弛下来，想用琴声向四周邻居表明——蔡清家里平安无事。

金明很善于察言观色。刚才，他按了门铃才见屋里开灯，又看到王娟手里拿着手绢，眼角有泪痕，便知道王娟已经听到蔡清的死讯，独自在家闷哭，连灯都不愿开。王娟忘了烧开水，这也说明了王娟精神恍惚，陷入了失去亲人的痛苦之中。

大抵是刚才的琴声，消除了王娟对金明的敬畏之感，所以当金明问她有关情况的时候，她也就有啥说啥，很随便。戈亮在一边全神贯注地听着，极力想把王娟讲的每一个字都记住——因为他知道，在这种场合下，既不能用录音机录音，也不可用笔记本记录，那样做会使王娟拘束起来，讲话顾前思后，字斟句酌，就不好了。

王娟的脸毫无血色，看上去像一尊维纳斯的石膏像。她用手理了理凌乱的头发，谈了起来：

"阿清——不，不，蔡清。在家里，我叫惯他'阿清'。他是在昨天晚上离家的。几点钟走的，我不大清楚，因为我昨晚在剧场演出，只他一个人在家。

"今天清早，我还没有起床——我夜里演出，睡得晚，起床也晚。电铃声吵醒了我。我揉了揉眼睛，急急忙忙穿上外衣，就去开门。一边朝外走，一边埋怨谁那么早就来打搅。

"一开门，见是杜大嫂——就是杜雪平同志的爱人，叫郑凤英，平常大家都喊他'杜大嫂'。杜大嫂为人和气，我们都很喜欢她，尊敬她。我连忙请她进来坐，她却不肯，只在院子里站了一会儿。

"她的脸色不大好。一见面，便问我'小蔡'——她总是这样喊我爱人——昨夜走了没有？

"我回答说：'走啦！'

"她一听，转身便要回去。

"我拉住她，问她出了什么事。她只说了一句，'老杜到现在还没回来！'说完，就急匆匆走了。

"我知道，蔡清一去，总是接老杜的班。平常，杜大嫂有什么事要转告老杜，常托蔡清带口信。

"上午，剧团是不上班的。我们通常是下午排练，晚上演出。于是，我在吃好早饭之后，去看望杜大嫂。她就住在离我们家不远的地方。

"杜大嫂呆若木鸡，坐在那里，使我吓了一跳。桌子上，放着一大碗河蟹和一瓶金奖白兰地酒。

"我预感到了不祥。

"下午，我从剧团下班回来，路过杜大嫂门口。我又进去看她，见她泪痕满脸。桌上，依旧放着那一大碗河蟹和一瓶金奖白兰地酒。

"我问她，是不是蔡清也出了什么事？

"她没有答复我。可是，那抑制不住的泪水从眼眶里涌了出来，沿着面颊滚了下去。

"回家以后，我呆呆地坐在床边的沙发上。我忘了烧饭，忘了烧开水。天黑了，我也不觉得。一直到刚才你们按了电铃，才把我惊醒！"

夫妇间的矛盾

王娟用标准的普通话，有条不紊地叙述了经过。她的脸色似乎比刚才好了些。不过，她一边讲着，一边不时流泪，长长的睫毛上挂着晶莹的泪花。她给自己沏杯浓茶，呷了一口，讲几句，似乎在竭力抑制自己悲痛的感情。

这时，戈亮插嘴问道："王娟同志，听说你与蔡清同志之间有点矛盾，是怎么回事？"戈亮刚说完，金明便用眼睛朝他扫了一下。戈亮马上意识到自己这样提问题，太唐突了点。他的心，太急了。

王娟沉默了半晌，呷了一口浓茶，才说："连这种事情，也要向你们公安局汇报？"

金明一听，连忙解释道："我们在调查一个与你爱人有关的重大案件，希望你能协助我们，提供一些线索。"

　　王娟恢复了平静，喝了一大口浓茶，那双水汪汪的大眼睛朝天花板看了一会儿，眉头紧皱。后来，她终于把嘴唇一咬，又开始讲述：

　　"我如实地谈谈我跟蔡清之间的'矛盾'吧。反正你们是公安局的，也许需要了解这些情况。

　　"就拿昨天来说，我知道蔡清要走，两个星期以后才回来。在过去，我总是给他带上好吃的东西，包好换洗衣服。可是，昨天我连理都没有理他。应该说，我已经有两个来月，没有理睬他了。

　　"我的心情是很矛盾的。我爱他，却又有点恨他！

　　"我们结婚多年，感情一直是很好的。他喜欢音乐，爱弹钢琴，拉小提琴，常常他弹我唱，或者他拉我跳，人们都说我们是天生的一对。在这样愉快、轻松的气氛中，一晃就是几年。

　　"我们之间的矛盾，最初是从孩子问题引起的。也许你们已经知道，我俩至今还没有孩子。

　　"我是一个爱事业胜于爱孩子的人。我从小就爱上芭蕾舞，直至今日，仍深深地热爱这一事业。结婚以后，我不愿过早地生孩子。因为一生孩子，体型会发生很大的变化，就意味着要离开芭蕾舞舞台，结束我的艺术生命。这是我绝对不情愿的。

　　"时间一长，大家见我们没有孩子，都很关心。我就推托说，经过医生检查，我不会生孩子。

　　"起初，蔡清是支持我的，觉得晚一点生孩子，也没什么，事业是首要的。然而，后来风言风语多了，特别是跟他同班毕业的同学们来玩，差不多都抱着孩子，'爸爸''妈妈'叫得亲热，他渐渐感到没有儿女的

寂寞。

"不过，蔡清尽管与我有点矛盾，但他还是通情达理的。人家都说他患了'气管炎'（'妻管严'），他也只笑笑。他的脾气很随和，不像我说一不二。在大多数情况下，他总是尊重我的意见。说实在的，别人说他'气管炎'，也确实有点道理。我俩不像老杜和杜大嫂，在他们家里，老杜说一，杜大嫂不会说二。

"对啦，对啦，金明同志，戈亮同志，我跟你们啰唆这些家务事儿，对你们的破案工作有用吗？俗话说，'清官难断家务事'，我看这些事儿就不要谈了吧！"

戈亮听了，也觉得王娟讲的事儿，是"隔着靴子搔痒"。谁知金明却很有兴趣，连忙说道："说下去，说下去，你谈的情况很重要。你刚才说，你对蔡清理都不理，已经有'两个来月'。是不是在'两个来月'前，发生了什么特殊的情况？"

王娟的大眼睛，又朝天花板看了一会儿。她似乎在考虑，该不该讲这件事。她把嘴唇一咬，下了决心：

"我可以把这'特殊情况'告诉你。不过，请你们不要把这件事传出去。

"这件事发生在蔡清去值班的时候——他一去就是两个星期。

"一天上午，少年宫邀请我去辅导少年舞蹈训练班。少年宫跟绿山公园紧挨着。我经过绿山公园时，吃了一惊！"

王娟说到这里，停顿了一下。她的胸脯，急剧地起伏着。看得出来，她的情绪异常激动。王娟为什么会"吃了一惊"呢？

不会把人看错！

　　王娟等自己的心情略微平静了些，才继续说了下去：

　　"我是常去少年宫辅导的。从绿山公园里的一条小路穿过去，是到少年宫的一条捷径。

　　"我走过小路，猛然间看见路边浓荫下的一条长椅上，坐着一个男人和一个女人，那男人的背影很像蔡清！

　　"我想，蔡清明明去值班了，怎么会跑到公园里来？会不会是我看错了？

　　"于是，我悄悄走近，绕到了他们的侧面。好在四周全是浓密的树，他们没有发觉我。

　　"使我异常震惊的是，那男人真的是蔡清，穿着一身军装！

　　"那女人我从来没有见过，二十五六岁的样子，杏眼，柳叶眉，稍丰腴，是个出众的美人，眉梢嘴角挂着轻浮的笑意。穿着一身粉红色连衣裙。

　　"他俩正在那里窃窃耳语，似乎谈得非常投机。

　　"我看了一会儿。忽然，我心头产生一种厌恶感觉，一回头就走了！

　　"我再也没心思到少年宫去。我径直回到家中，打了个电话给少年

宫，说我身体不舒服，请孩子们自己练习吧。

"回到家里，我的心乱极了。我一再问自己，那个人会是蔡清吗？"

这时，金明也追问了一句："那个人会是蔡清吗？"

王娟干脆利落地答道：

"是他，是他，一点儿也没错！妻子是不会看错丈夫的！

"我开始发烧，病倒了。我是A角，演出任务只好请B角担当。你们想想，我心乱如麻，怎么可能去演《天鹅湖》呢？

"我度日如年，好不容易等到星期天，蔡清总算回家了。

"他像压根儿没有发生什么事情一样，一回家就吹着口哨，吹贝多芬的《第九交响乐》，手里拿着吸尘器，忙着大扫除。他似乎没有发觉我那冷淡的态度，对我说，下午到绿山公园划船去。

"我一听'绿山公园'这四个字，顿时心头冒火，再也忍耐不住了。

"我问他：'上星期五，你不是已经去过绿山公园，怎么又想去？你对绿山公园，怎么会有那样大的兴趣？'

"他装聋作哑，说道：'上星期五去绿山公园？我在值班，怎么能去绿山公园？'"

我气坏了。当面撒谎，这太不像话。

"从那以后，我们之间产生了深刻的矛盾。我是一个自尊心很强的人。我寸步不让，我不理睬他。

"他呢？总是装作一副莫名其妙、受了委屈的样子。我知道他的脾气，一个从不生气的人。尽管我不理他，他却尽量没话找话，与我搭讪。在他休假的时候，每次我回家，他总是把饭、菜烧好，连筷子都放好。我一声也不吭，吃完饭，一撂饭碗，什么也不管。有时，我偷偷抬头看他，他总是忙着收拾碗、筷，忙着洗碗——在过去，这些事儿都是我干的。

"当然，那是我有意气他。我的内心，仍深深爱着他。今天，我就陷入难言的痛苦之中。我真后悔，为什么我昨天不对他说一句话？唉，一切都晚了……"

王娟说完，鼻翼翕动了几下，胸脯又急剧地起伏着。

沉默了片刻，金明重新问了一次："你再回忆一下，你在绿山公园里见到的，真的是蔡清？"

"绝对不会错！"王娟斩钉截铁地答道，"那天，他没有戴军帽。他的头发有个特点，发旋是长在前额正当中。我清楚地看到，他与那女人谈得津津有味，有时把头转过来，前额正中长着个发旋！如果我看错人，发旋总不会看错！在绿山市，我还没见过第二个像蔡清那样前额正中长旋的人。"

"这么说，你是不会看错人。"金明思索了一下，又问道，"那个漂亮的女人，后来你遇到过没有？"

"没有，再也没见过。"王娟思考了一下，做了一点极重要的补充，"她的右眉尖上有一颗明显的黑痣！"

"这件事，你问过蔡清没有？她是谁？"

"我去问他？我只要一提'星期五，绿山公园'这几个字，他心里就有数了，还用得着我去问？本来，一个已经结婚的男人，跟另一个女人在公园里散散步，也没有什么了不起的。不过，他们那亲热的劲儿，实在叫我看不惯。再说，我问他，他又死不承认。我当然生气。"

谈到这里，金明起身告辞了。金明临走时叮嘱王娟，这几天要看好门

户，要特别注意安全，他将采取措施保护王娟的安全。现在事情还未查清楚，不要悲伤，也不要随便对外泄露消息。王娟点点头，一直把他们送到大门口。金明劝她快进去休息，随手把大门关紧。

查验血迹和指纹

夜风凉飕飕的。江边公路上，行人已很少。除了路灯之外，各家的灯火已渐渐熄灭。金明和戈亮走了200多米，找到了那辆"彗星牌"轿车。

在回去的路上，金明和戈亮都保持沉默。他们的脑海里，翻腾着刚才王娟的讲话，思考着破案的线索。

回到绿山基地司令部之后，金明和戈亮没有去招待所，而是在办公室里支起两张折叠式钢丝床，准备夜里打个盹时派用场。根据他们的经验，遇上这类重大而又棘手的案件，夜里能打个把小时"盹儿"，就算不错了。

"你觉得刚才王娟谈的情况怎么样？"

金明问戈亮道。长期以来，金明和戈亮遇上疑难案件，总是各自先独立思索，然后互相切磋。

"我始终怀疑，王娟是不是看错了。"戈亮说道。

"如果王娟没有看错呢？"

"那当然是一个极为重要的线索——我们应当追踪那个与蔡清在一起的漂亮的女人。"

"嗯。我同意你的看法。在杜雪平、邱杰、蔡清和X四者之中，杜雪平作案的可能性可以排除——发生'尖刀1号'事件时，杜已死去，而且杜是被炸死的，可见是谋杀；邱杰和X作案的可能性也不大。目前最大的嫌疑，应当是蔡清。"

"对，应该把注意力集中到蔡清身上。"

经过这样简短的交换意见之后，金明和戈亮各自埋头工作：金明又从头仔细翻看杜雪平、邱杰、蔡清的档案，同时还调看了杜雪平的妻子郑凤英、蔡清的妻子王娟的档案。戈亮忙于整理王娟刚才的谈话。经过金明的专门训练，戈亮的记忆力很好。尽管刚才他既没用录音机录音，也没有用笔做记录，现在仍能凭记忆十分完整、准确地用打字机打出谈话记录。至于宋秘书在汽车上谈的内容，当时已录音，就省事多了，只消把录音磁带装在电子计算机的输入机上，输入信息，电子计算机就会自动把话音转换为文字并打印出来。

子夜，办公桌上的电视电话机忽然打破了沉寂，发出"嘟嘟"的响声。是谁在半夜打电话来？

戈亮按了一下电钮，电视电话的荧光屏唰地亮了，出现一个戴着白帽、穿白大褂的女人。起初，戈亮以为是金明的爱人陈洁，定睛一看却是一个不认识的医生。

原来，她是绿山市公安局化验科的大夫，受陈洁之托，连夜对陈洁转送来的血迹、头发、玻璃碎片等进行了化验。结果如下：墙上、铁凳上的

血迹，A型；头发中含有血型物质，根据高个子的头发化验，血型B型，矮个子则是A型；玻璃碎片经过化验，证明残留着某种麻醉剂。

戈亮随手记下了大夫报告的化验结果，复诵了一遍，大夫听后说"无误"，戈亮才挂断了电话。

金明是个精细的人。刚才他看过邱杰和蔡清的档案，便记住了他们俩的血型——A型和B型。

金明看了化验结果之后，说道："那高个子，当然是蔡清，从他的头发得悉血型为B型，与档案记载吻合。矮个子是邱杰，从他的头发得悉血型为A型，也与档案记载相同。"

戈亮点了点头说，"这从某个角度，证实了那两具焦尸确实是蔡清和邱杰的尸体。另外，墙上和铁凳的血迹是A型，这说明邱杰是他杀——被别人用铁凳击打要害部位而致死。"

"嗯。"金明赞同戈亮的意思，"这用事实证明，邱杰不是作案犯。不过，作案者是谁，这不得而知。"

这时，戈亮已把王娟的谈话记录整理完毕，便打开照相机，取出底片。没一会儿，自动洗印机就印出了现场照片和指纹放大照片。

由于进出鹰山中心控制室，是用指纹作为"证件"的，所以在杜雪平、邱杰和蔡清的档案袋中，都存有指纹印迹。于是，金明和戈亮便把指纹放大照片与指纹印迹相对照。

指纹，其实就是人们手指尖的皮肤纹理。指纹十分有趣，婴儿还没出生，指纹便已经定型，而且在出生以后一直不变。世界上还未发现过两个指纹相同的人！金明和戈亮都是"指纹专家"，对指纹很有研究。他们能一眼就分辨出指纹的类型：有的指纹像弓一样弯曲，叫"弓型"；有的像畚箕似的，叫"箕形"；还有的是由许多同心圆或者螺旋形的纹线组成，叫"斗型"。他俩除了查对指纹的形状外，还仔细数着纹线的数目。

就这样，金明和戈亮查出，那只打火机和塑料汽油桶上的指纹，是蔡清的。

在铁凳脚上，也有蔡清的指纹。最清楚、最重要的是，发射"尖刀1号"按钮上的指纹，与蔡清右手食指指纹一模一样！就在这时，电视电话又响起了"嘟嘟"声。

不谋而合

这一次，是金明来接电话。

很巧，出现在电视电话荧光屏上的，竟然是陈洁。她是从鹰山中心控制室打来电话。陈洁报告了对两具焦尸的检查结果。她查出，那具矮小的尸体的头颅骨有明显碎裂处，说明是受钝器打击而死亡。

陈洁报告的这一情况极为重要，以最确凿的事实说明邱杰是被谋杀，绝不可能是自杀——很难设想，有人会用钝器打击自己的头颅造成碎裂而死。

在中心控制室中，除了邱杰之外，只有蔡清。那铁凳脚上有蔡清的指

纹，说明是蔡清持铁凳重击邱杰头部，使邱杰死亡。再说，发射"尖刀1号"的按钮上有蔡清的指纹，则说明"尖刀1号"事件的主犯也是蔡清。看来，案情已经逐渐明朗化。

尽管如此，金明仍有点怀疑：任何做坏事的人，在作案之前，都有丑恶的作案动机。从蔡清的历史、家庭来看，似乎找不出他为什么要杀死多年的战友，破坏国防建设。在陈洁挂断电话之后，金明开始在屋里来回踱方步。戈亮一看便明白，这是金明陷入沉思的习惯动作。

"老金，看来今天夜里，我们连打个盹儿的工夫都没有了。还是'武装'一下我们的肚皮吧！"戈亮一边说着，一边递给金明一只大苹果。金明坐了下来，用小刀削好苹果，大口地吃着苹果。他确实有点饿了。

突然，金明把咬了一半的苹果往桌上一撂，脱口而出："牙齿！牙齿！对啦，牙齿！"

戈亮对金明的这一突然动作，感到吃惊。

正在这时，电视电话响起了"嘟嘟"声。

电话又是陈洁打来的。她除了向金明报告自己准备马上回绿山基地之外，还请金明帮助借调邱杰、蔡清的牙科病历卡。

金明放下电话，脸上露出了欣喜的神色，自言自语道："真有趣，都同时想到了牙齿！"戈亮一听，恍然大悟，拍手称赞道："对了，牙齿，是应当考虑到牙齿。你俩真是不谋而合！我去借他们的牙科病历卡。"

金明点点头，戈亮便驾驶着"彗星牌"轿车出去了。此时，天已微明，他俩度过了一个不眠之夜。

戈亮走后，金明独自在房间里踱着方步。他很希望借助于牙科病历卡，能够为破案提供重要线索。他与陈洁不约而同地想到了牙齿，那是因为在历史上曾有过类似的案件，曾用牙齿作为破案的"钥匙"。

最著名的，当然要算是"希特勒之尸案件"了。

1945年4月20日，苏军进逼柏林。4月29日凌晨1点，希特勒与他的情妇在50英尺地下的德军指挥部，举行了婚礼。次日，希特勒与部下告别，与新妇走进自己的卧室，自杀后焚尸。5月5日，苏军在希特勒的地下卧室里，找到两具烧焦的尸体，面部模糊，无法辨认。据专家们分析，认为是希特勒夫妇的尸体。苏联元帅朱可夫将发现希特勒尸体一事，通知了同盟国首脑。然而，斯大林认为此事缺乏有力的佐证，况且希特勒一向以诡计多端而著称，很难肯定真的是希特勒之尸。于是，这一消息便不准公开发表，遂成为一桩历史悬案。1976年，挪威法医专家索格内斯根据苏联公布的关于那具尸体的解剖材料，查出其中牙齿的资料及假牙的位置，又从美国国家档案馆中查到希特勒的牙科病历，以及1944年1月20日希特勒遇刺时耳部受伤所拍摄的下颌X光片，发现两者完全吻合，从而证实了那具焦尸确系希特勒之尸，解决了这一历史悬案。

金明以为，历史上的案例是破案工作中很好的借鉴。特别是对于面目全非的焦尸或者已经腐烂的尸体，检验牙齿往往是确定尸体身份的重要手段。

出乎意料的是，那两具焦尸经过陈洁鉴定牙齿，使本来已经逐渐明朗的案情，又复杂化了！

咄咄怪事

当戈亮取来邱杰、蔡清的牙科病历之后不久，陈洁便从鹰山回来了。

陈洁拿出了那具矮小的焦尸的牙齿照片，只见一口牙齿排列紧密、整齐。在右上第三齿部位有一空隙，缺一颗牙。这与邱杰牙科病历卡所记载的拔去右上第三齿的内容，完全吻合。这样，证实了那具矮小的尸体，确系邱杰。

至于蔡清，他曾多次患过牙疾，他的牙科病历卡上的记载，要比邱杰详尽得多，还附有三张他的牙齿的X光底片。这是十分有利的条件。

按照病历卡记载，蔡清右下第二臼齿磨损厉害，曾装了一个假牙。上面两颗门牙，因骑自行车时不慎撞在一棵树上，被撞坏，装上了活动假牙。

奇怪的是，那具高大焦尸的牙齿形状与蔡清极为相似，居然满口真牙，右下第二臼齿不是假牙。两颗门牙，也全是真牙！

这，真是咄咄怪事！

根据牙齿分析，那具高大焦尸，并不是蔡清；根据现场其他种种迹象查证，那具高大焦尸，却正是蔡清。

于是，金明和戈亮陷入了"山重水复疑无路"的境地。

陈洁是一个非常细致的人。除了牙齿之外，她还查出了别的证据：戈亮在借蔡清的牙科病历时，顺便借来了蔡清的所有病历。病历上写明，蔡清曾动过摘除扁桃体的手术。然而，陈洁在解剖高大焦尸时，发现扁桃体完整无缺。这再次证明了那具尸体并非蔡清。

金明虑事，人称如水银泻地，更为细致。他记得，曾发生过这样一个案例：

十多年前，地质队员们在一个山洞中，发现了一具尸体，立即向公安局报案。

那具尸体已经腐烂，皮肉不存，只剩骸骨，无法辨认。经法医鉴定，是一具女尸，死亡大约已经两年。由于头颅骨上有明显锐器击破处，说明死者是被人残害，必须查明凶手。公安人员查阅了失踪户口档案，查出一个名叫张美芳的年轻姑娘失踪时间与那死者死亡时间相近，而且张美芳的家庭在那个山洞附近的城市。因此，死者可能会是张美芳。

公安人员从医院调阅了张美芳的病历，查出张美芳的右小腿骨并无骨折，而尸骨右小腿有严重骨折痕迹。

另外，法医检查了死者的牙齿，查明上颌第一、第二犬齿镶有白色塑料假牙，而张美芳的牙科病历上，并没有装假牙的记载。法医认为死者并非张美芳。

于是，这一案件成为悬案。

金明阅读了侦查中心印发的这一悬案的案情简报。金明注视着"张美

芳"三个字，觉得这样的姓名极为普通，同名同姓者大有人在，便建议再去医院查一下，看看还有没有别的叫张美芳的人。

当地公安局遵照金明的意见，从医院里又查出两份名叫张美芳的病历卡。经法医核对，其中有一个"张美芳"的病历，与死者吻合——右小腿曾骨折，上颌第一、二犬齿装过假牙。由此，查明了死者的身份，证实那个张美芳失踪后在山洞中被杀。公安人员仔细调查了与张美芳有关的可疑对象，进一步侦查，终于破获了凶手——一个侮辱了张美芳又杀死了她的流氓分子……

此时，金明想到十多年前这一案例，担心医院所提供的病历，是否可靠。万一病历有误，将会使破案工作陷入歧途。

于是，金明派陈洁去医院调查，并走访曾给蔡清看过病的医生。

金明和戈亮在吃完早饭后，决定再访王娟。金明想从王娟那里，进一步了解关于蔡清的情况，而戈亮则提醒金明，王娟与本案有着密切的关系，她的某些情况也值得怀疑，需要在谈话中进行旁敲侧击。

戈亮对王娟的怀疑，有如下几点：她为什么在那么短的时间内，看中了肩负重任的蔡清？她说在那天看见蔡清在公园里与一女人幽会，而戈亮查阅了基地的值班记录，那天蔡清在鹰山与基地值班室通过电话，怎么可能跑到绿山公园里去？如果她在说谎，那意味着什么？

王娟在上午是不去上班的，总会在家里。奇怪的是，当金明和戈亮来到她家门口，按了好一会儿门铃，没有人答应。

王娟到哪里去了呢？

她答不上来

正当戈亮以为没有人，想往回走的时候，金明用手指了指门缝下方。戈亮一看，就明白了，又继续使劲地揿门铃。

金明让戈亮看什么呢？

原来，昨天夜里，当金明告别王娟时，随手把大门关紧。金明以极为敏捷的动作，把一只很小的监视器，安在门下方。

这是金明在侦查工作中常用的办法。门下方放了微型监视器。微型监视器射出看不见的红外线。如果有人进出，遮断了红外线，监视器就会记录下来。此刻，微型监视器指针指着0，表示无人进出过。

金明在王娟的大门装了微型监视器，有两个目的：第一，他确实也像戈亮一样，觉察到王娟有某些可疑之处。不过，仅仅是可疑而已。装了微型监视器，可以知道王娟是否曾在夜间外出或有人在深夜来访；第二，蔡清已是案件的中心人物，敌人也在注意王娟。如果有人开门进去，也将留下痕迹。

此时，戈亮一看，微型监视指针指着0，说明从昨夜告别直至现在，大门还未开过。也就是说，王娟一定在家。

足足按了5分钟门铃，才听见从里面传出清脆的女高音："请等一下，

请等一下。"

戈亮把手放下，不再按门铃了。他双眉紧锁，在思索着：为什么王娟迟迟不来开门？

她正在家里干什么呢？

金明背剪着双手，透过黑色的竹篱笆，细细欣赏起那小巧精致的院子。昨天夜里，黑咕隆咚的，他还未及细看院子。如今，在灿烂的朝阳之下，金明才看清院子里种满各种花卉，有虞美人、芍药，也有美人蕉、郁金香、晚香玉、菊花和月季，可见主人是一位热衷于侍弄花草的人。他仰首遥望，隔着绿江，对岸是一片青山，背后也是山，大有"采菊东篱下，悠然见南山"的意境。

高跟皮鞋咯噔咯噔的声音，打断了金明的遐想。一看，是王娟从屋里走出来开门。

门开了，王娟的波浪烫长发依旧十分凌乱，睡眼惺忪，脸上还有很深的枕席的凹纹，这说明她刚才还在睡觉。

王娟一边请金明、戈亮进门，一边十分抱歉地说："昨天夜里你们走后，我怎么也睡不着。一闭上眼睛，就看见蔡清。一直到早上4点多，我吃了安眠药，才算睡着了。所以门铃响了好久，我才醒过来。"

金明一走进会客室，见昨夜他和戈亮喝过的茶，还摆在小茶几上，没有倒掉。

王娟又连声道歉道："你们瞧，我连茶都没有倒掉。唉，心里太乱了！"

王娟一边说着，一边把隔夜茶从窗口倒到院子里，沏上新茶。金明注意到，从热水瓶里倒出来的水并不滚烫。也就是说，还是昨天夜里烧的开水。王娟的眼角，仍留着泪痕。

王娟给自己沏了一杯浓茶，茶叶几乎占了小半杯。她向客人们解释道："平常，我只喝白开水，不爱喝茶。可是，现在只好靠浓茶来提提精神。"

王娟坐在金明对面，一边喝着浓茶，一边用呆滞的目光看着金明。她的眼色白中带青，精神恍惚。

金明等王娟的情绪稍微安定了之后，便直截了当地说明了来意："王娟同志，我们今天再次登门拜访，还是为了弄清那个老问题——你在绿山公园里看见的，究竟是不是蔡清？这是一个事关重大的问题，请你再仔细回忆。"

"是他，绝对不会错！"王娟在金明刚一说完，便非常肯定地回答道。

"可是，我查阅了值班记录，那天上午，蔡清确实是在值班室里工作，不可能跑到公园里去。"戈亮提醒王娟道。

"他在值班室？"王娟感到有点惊讶，蹙起了眉头，然后说道，"那天上午，他是不是在值班室，这我不知道。但是，绿山公园里那个人，确实是他，这是肯定的！因为当时我离他只有二三米远，连他前额正中的发旋都看得一清二楚。"

这时，金明紧紧地追问道："蔡清的发旋，是朝左旋还是朝右旋？也就是说，是逆时针还是顺时针？"

"嗯，……朝右旋。"王娟略微思索了一下，答道。

金明又问："喔，是顺时针。在绿山公园里你看到的那个人，发旋是

朝左旋还是朝右旋？"王娟用吃惊的目光注视着金明。她实在想不到，金明会问得如此细致。她一时竟答不上来，只好捧起茶杯，大口大口地喝下浓茶。她的胸脯，又在那里剧烈地起伏着。

"少将之死"的启示

金明为什么会提出关于发旋朝左还是朝右、逆时针还是顺时针之类稀奇古怪的问题？难道这种近乎钻牛角尖的问题，会与侦破"尖刀1号"案件有关？金明是一个具有敏锐观察力的人，他在翻阅蔡清的档案时，偶然看到蔡清在社会关系一栏内，写了这样几句话：

"据我母亲说，我曾有一个孪生弟弟，但是我从未见到过他，至今下落不明，生死未卜。"

金明看到这几句话，马上联想到："尖刀1号"案件。如果说，蔡清有一个孪生弟弟，而孪生兄弟是极为相像的。那么，王娟所说的在绿山公园里看到的蔡清，会不会是蔡清的孪生弟弟？

金明博览群书，他曾在《秘密警察的秘密》一书中，看到过这样一个案例：

在第二次世界大战中，德国秘密警察计划暗杀一个美国少将。这位美国少将曾了解秘密警察的许多秘密，成为德国秘密警察的死敌。然而，这位少将行动诡秘，他的家又戒备森严，不易下手。

德国秘密警察打听到少将夫人有一位孪生妹妹，与少将夫人长得一模一样。少将最初爱上的是这位妹妹，后来姐姐知道少将身居要职，有权有势，便看中了少将。少将不晓得其中的奥秘，误将姐姐当妹妹，以为是一个人。妹妹看到少将与姐姐在一起，也就疏远了少将。不久，少将与那位姐姐结婚了。狠心的姐姐生怕妹妹在少将面前露面，使少将得知真情，便派人把妹妹发送到边远山区，不许她离开那里。

这件事被德国秘密警察获知，派出间谍前往山区，用重金收买那位妹妹。

那位妹妹本来就想报复，经间谍从中怂恿之后，便答应下来，收下间谍机构的无声手枪，却拒绝了那笔重金。

妹妹离开了山区。在一个深夜，步入少将寓所。

由于她的容貌与姐姐一样，佣人们都把她当成少将太太，进出自如。

那位妹妹潜入少将卧室，用无声手枪打死了狠心的孪生姐姐。此时，少将如梦初醒，才明白了是怎么回事。然而，那位妹妹认为，少将既然已与姐姐结婚，破镜无法重圆，忍着热泪要用枪打死少将，可是手指发抖，无法扣动扳机。

少将知道那位妹妹的心情，强忍悲痛，夺过无声手枪，自杀而亡。

那位妹妹掩上卧室的门，匆匆离去，回到边远山区。不久，因心情郁闷而病故。

案发后，美国警察局勘察了现场。经鉴定，少将夫人是被无声手枪击毙，少将则是用无声手枪自杀——他死后，手里还握着无声手枪。美国警

察认为，少将夫妇不和，少将杀死了妻子，然后也自绝于人世。

这一案件就此终结。

直到第二次世界大战结束，德国秘密警察头子被捕，坦白了自己的罪行，美国警方这才知道了少将之死的真相……

金明对各种案例滚瓜烂熟，为的是"他山之石，可以攻玉"，用来作为自己破案时的借鉴。他曾怀疑："尖刀1号"案件，会不会与"少将之死"案件相似？也许，蔡清的那位孪生弟弟被敌人所利用，潜入鹰山，先杀害邱杰，接着又杀死蔡清，作案后逃之夭夭？如果确是这样的话，那么王娟在绿山公园里见到的那位蔡清，当然就是蔡清的弟弟。也就是宋秘书说的第四者——X。

金明号称"警察博士"，他对"孪生学"也略知大概。在孪生兄弟或姐妹中，有的是由同一受精卵子分裂而产生的，称为"同一卵子孪生"。凡是"同一卵生"的孪生兄弟或姐妹，格外相似，而且彼此间存在着一种"镜像"关系。所谓镜像，就是实物与镜中虚像之间的关系。

比如说，一个发旋是顺时针方向的人，镜子中的虚像则发旋为逆时针。大量事实说明，"同一卵生"的孪生兄弟或姐妹之间，就存在着这样的关系：一个是左撇子，另一个则右撇子；一个发旋朝左，另一个则发旋朝右。

正因为这样，金明对发旋问题，产生了莫大的兴趣。

如果王娟能证实在绿山公园中所见到的那个蔡清的发旋朝左，也就是逆时针方向，那么便足以证实，他并不是蔡清，而是蔡清的孪生弟弟。这么一来，破案工作便会获得重大进展。王娟究竟作出怎样的回答呢？

长辫子的来历

在沉默的时候，人们总是感到时间过得特别慢。

王娟坐在金明对面，一对明亮的眸子直勾勾地望着天花板，双手捧着那杯已经喝光了的浓茶，忘了往里加开水。她一动不动，只有那长长的眼睫毛偶尔眨了一下。

王娟陷入了沉思。她在跳芭蕾舞的时候，动作是那么敏捷、迅速，此刻却迟钝起来。她竭力追溯往事，回忆着那天在绿山公园里见到的情景。然而，当时她怎么会注意什么发旋顺时针还是逆时针的问题？

王娟惘然，无言可答。沉默良久，她才简单地答了一句："我实在记不起来了！"

尽管王娟的这句话，使金明和戈亮大失所望，无法断定绿山公园里那位蔡清的身份，不过，金明从中却得到了另一个结论——王娟是可靠的，讲话是实事求是的。在当时那种场合之下，王娟的确不可能去观察发旋的方向，就连问她关于蔡清发旋方向时她都得思索一下才回答，可见她平时是不会去注意这些只有公安人员才注意的问题。事情过去两个多月了，当然更不可能回忆起来。如果王娟用非常肯定的口气说出那位蔡清的发旋方向，这倒是可疑的！金明换了一个角度，提出问题："你是不是听说过，

蔡清还有一个弟弟？"

这下子，王娟倒很利索，详细地作了答复：

"蔡清跟我说起过，他有一个同胞弟弟。不过，他只是听他妈妈讲的，他自己从来没见过这个弟弟。

"有一次，蔡清的妈妈来度假，来我们家。在闲聊时，说起我们结婚几年，还没有生孩子。他妈妈就说，年轻人嘛，别着急，趁年轻力壮，把精力放在事业上。

"她谈起了自己的体会。她结婚之后，没几个月，就怀孕了。有一个孩子，当然是高兴的事。可是，在分娩之前，经医生检查，吃了一惊，说是双胞胎！

"这下子，她犯愁了。当时，她刚刚担任乐团指挥，事业才开始，他们只想养一个孩子，怕孩子多了影响工作。

"正巧，当她住进产科医院候产的时候，同房间的另一个产妇因难产剖腹，不幸这孩子生下来就死了。医生说，这个产妇不可能再生孩子了。这个产妇十分悲痛，终日哭哭啼啼。于是，她就跟这个产妇说，如果她真的生下双胞胎，就送掉一个。

"果真，她生了双胞胎——两个儿子。得到她爱人的同意，把老二送给了那位产妇。

"这样，蔡清只知道自己曾有一个弟弟，而未见到过弟弟。"

金明听了，觉得很有收获，因为档案终究是死材料，远不及王娟所说的那样详细。

金明又问道："那位产妇叫什么名字？现在住在哪儿？"

王娟摇头说："不知道，我不像你们公安局那样，问什么都刨根究底。"

听到这里，金明和戈亮的脸上，流露出惋惜的神色。他们想，如果能够打听到蔡清弟弟的下落，那该多好！王娟猛地站了起来，走了出去，从高跟鞋在打蜡地板上发出的清脆声音可以判断，她上楼去了，走进卧室。

过了一会儿，楼梯上又响起急匆匆的高跟鞋的声音。接着，王娟手里捧着一大一小两个盒子，走了进来。

王娟把盒子小心翼翼地放在小茶桌上，先打开那个大盒子。

金明和戈亮一看，里面竟是一根又粗又长的辫子！辫子的两端，用红色绸带扎着。

王娟为什么把辫子拿出来给客人们看？经她一解释，这才明白：

"这是蔡清珍藏着的一根辫子，它是他弟弟的象征！

"这话怎么说呢？原来，那位产妇是一个年轻的妇女，本来梳着长长的辫子。进产科医院之后，医生们建议她应当把辫子剪掉——这是产科医院的规定，因为长辫子容易沾染脏东西，对婴儿不利。

"后来，当蔡清的妈妈把蔡清的弟弟送给了那位产妇，她便把剪下来的长辫子作为礼物，赠给蔡清的妈妈，以作永久的纪念。

"当蔡清长大成人以后，妈妈又把这根长辫子，送给了蔡清，让他记得，他曾经有过一个同胞弟弟。"

金明和戈亮恍然大悟，才知道长辫子与蔡清弟弟之间的有趣关系。

金明真是"三句不离本行"，他征得了王娟的同意，从长辫子上抽去几根头发，放进了一只尼龙袋，以便带回去让陈洁进行化验。

这时，王娟极为小心地打开另一个小盒，盒子里的东西，是金明和戈亮所万万没有想到的！

头发上的诗

盒子里垫着洁白的棉花，上面放着一根火柴那么长的黑发。

一根头发，有什么大惊小怪的？

王娟似乎想起了什么，转身出去。没一会儿，拿着一个高倍放大镜进来了。

王娟用她那纤细的手，拿起镊子，小心翼翼夹起那根头发，放在高倍放大镜下，让金明和戈亮观看。

真是不看犹可，一看叫人惊赞！

简直不可想象，在那细小的头发上，竟刻着14个字：

遥知兄弟登高处，

遍插茱萸少一人。

金明对古诗颇熟，知道这是唐朝诗人王维在重阳节登高时怀念兄弟而写的诗句，诗的题目为《九月九日忆山东兄弟》。

金明记得，在陕西省周原出土的西周甲骨文残片上，曾刻有过用5倍放大镜才能看清楚的卜辞。在明末魏学洢所写的《核舟记》中，便记载了当时有人在一枚核桃上雕刻了苏东坡等六人泛舟赤壁的情形。这些艺术珍品，被称为"微雕绝技"。

后来，金明也曾在外国博物馆里，看到在一粒米那么小的象牙上刻写的字画。

在苏州的一个工艺展览会上，金明曾饶有趣味地观看过一位艺人在头发上刻的诗。

金明之所以关心这种特别的"微雕艺术"，是因为它跟侦查业务有点关系。金明曾在外国报刊上，看到过这样的报道：间谍用秘密墨水在邮票的背面写上极小的字，对方收到以后，把秘密墨水字迹用药水显示，获得了情报。

此时，金明看了刻在头发上的诗，非常赞赏。

王娟呷了一口浓茶，娓娓而谈："这根头发，是从那对长辫子里抽出来的，也就是那位产妇的头发。

"在头发上刻字的，便是蔡清。蔡清在头发上刻了王维的诗，用以寄托自己思念同胞弟弟之情。

"在头发上刻字，是蔡清的一种业余爱好。蔡清从小喜欢雕刻，曾给自己和同学刻过上百枚图章。在大学里，他学会了黄杨木雕和石膏雕塑。放在钢琴上的肖邦的塑像，是在他认识我之后，亲手雕塑，送给我的。

"最近几年，他学会了发刻手艺。他从报上读到有人在头发上刻字、画画的消息，很有兴趣。每次他休假回家，我一上班，家里就只剩他一个

人时，他除了看看书之外，就练习发刻。刻字时，他凝神屏息，用一根比头发还要细的钢丝，在头发上雕刻。他只是把发刻当作一种锻炼意志、培养细心工作态度的方法。

"他刻了好多根头发，刻完之后，就把它扔掉。他并不想把这些发刻作品当作艺术品。这一根，他郑重其事地把它保存起来——他是在九月九日重阳节刻的，表达他对弟弟的怀念。另外，还有这一根……"

王娟说着，又用镊子从小盒子里夹起一根头发。原来，这是一根白发，所以放在白色的棉花上，几乎看不出来。

在显微镜下，金明和戈亮才看见纤纤皓发上，刻着黑字：

在天愿作比翼鸟，

在地愿为连理枝。

——赠小娟

金明一看，便知道这是蔡清借用唐朝诗人白居易名作《长恨歌》中的诗句，赠给王娟。金明和戈亮对蔡清的绝技赞叹不已。

王娟又捧出一个大纸盒，一打开，里面尽是长长短短的头发，有黑色的，有白色的，也有金黄色的，仿佛是理发店的垃圾桶。王娟说，这是蔡清练习发刻时用过的"草稿纸"。他正是在成千上万根头发上练习雕刻，才学会了发刻技术。他本是一个性急、粗心的人，"猴子屁股坐不住"，通过学习发刻，变得稳重、细心起来。蔡清常说，他的工作是非常精细的工作，按错一个电钮就会闯大祸，需要慎重的工作态度、细致的工作作风。

当金明和戈亮告别了王娟，已是上午10点多了。骄阳似火，山城又开始热起来了。

在回绿山基地司令部的路上，金明习惯地用手托着下巴，思索着：蔡清的同胞弟弟，究竟在哪里？

坠入迷雾之中

当金明和戈亮回到绿山基地司令部，陈洁早已从绿山医院回来了。

陈洁告诉金明，医院所提供的病历，确实是蔡清的，不会搞错。她还访问了那位曾给蔡清装过假牙的牙科医师。尽管牙科医师不知给多少病人装过假牙，然而，他对蔡清却有印象。这是因为蔡清骑自行车不慎撞掉门牙，是王娟陪他到医院来的。王娟是绿山市的著名演员，三天两头在电视中露面，所以牙科医师便留下了印象，知道蔡清是王娟的爱人。后来，那位牙科医师有什么外地亲友到绿山市来做客，想看芭蕾舞《天鹅湖》，他就请蔡清帮忙弄票子。蔡清是个热心人，有求必应，总是把票子给牙科医生留好。

陈洁还从医院里了解到，那位牙科医师跟蔡清熟悉之后，提出了一个建议：王娟的体型不错，五官也端正，唯独牙齿长得参差不齐。特别是两

颗大门牙，很煞风景。能否请王娟把所有的真牙拔掉，换成洁白、整齐的假牙？蔡清不大同意牙科医师的建议。他以为，王娟是一个芭蕾舞演员，在舞台上既不讲话，也不唱歌，嘴巴总是闭紧的，牙齿好坏无损于舞蹈形象。如果把满口真牙拔掉，弄不好会影响身体健康。

当蔡清把牙科医师的建议告诉王娟之后，想不到，王娟却马上同意了。王娟早就觉得，她那大门牙，像一幅秀丽的山水画上洒了一滴墨汁，使她败象。于是，她忍受着痛苦，拔去两颗门牙，换上了两颗假门牙。

另外，那位牙科医师还懂得美容术，给王娟动了手术，使她的单眼皮变成了双眼皮。从那以后，王娟对牙科医师很有好感，常请他到家里玩……

金明一听，对那位牙科医师产生了兴趣，拿起笔记本，记下了陈洁了解到的关于牙科医师的情况：姓唐，单名斯，大概是取"唐诗"的谐音。男，58岁。唐斯风度潇洒，一表人才。大概是他懂得美容术，所以他尽管已经50多岁了，脸上没有一根皱纹，看上去只有30多岁的样子。他双眼皮，眼睛显得很大，不知是不是经过开刀才变成双眼皮的。他的牙齿洁白、整齐、发亮，一望而知是假牙。他的脸总是刮得干干净净，头上没有一根乱丝，衣服剪裁合体而且样式时髦。唐斯是前几年从滨海市调到这儿工作的。他孤身一人在此，家属仍在滨海市。据说他有个女儿，不久前出差，路过绿山市，曾来看望过他……

金明所以要记下唐斯的情况，是由于他觉得唐斯与案件的中心人物蔡清有关，以备将来查考。

根据陈洁调查，既然有关蔡清的假牙的病历属实，那么就否定了那具高大焦尸是蔡清的可能性。

这么一来，案情如堕入迷雾之中，有好几个关键问题不得而知：

那具高大焦尸既然不是蔡清的尸体，那么究竟是谁的尸体？这具尸体怎么会出现在鹰山中心控制室里？

既然高大焦尸不是蔡清，说明蔡清并没有死，那么蔡清到哪里去了？

从种种迹象来看，蔡清那个从小失去联系的同胞弟弟，可能与案件有关。那位同胞弟弟，现在何处？

王娟说，看到了蔡清与一个姿色出众的女人在绿山公园中密谈。那个女人究竟是谁？现在何处？

作案者为什么要发射"尖刀1号"导弹？想达到什么目的？

王娟有没有嫌疑？牙科医师有没有嫌疑？

……

面对着这一大堆疑问，金明不停地在办公室里踱着方步，戈亮的眉间皱起了深深的思考纹，陈洁一动不动地坐在那里陷入深思。不过，金明认为，有一点是明确的，"尖刀1号"的突然发射，不是哪位值班人员揿错了电钮，不是电子计算机发生错乱，而是敌人的一个重大阴谋！

戈亮思考良久，猛地站立起来，向金明提出建议："从档案上查出，蔡清的母亲孙敏在滨海军区文工团担任乐队指挥，蔡清的父亲蔡立明在滨海军区担任师长，我们可否前往滨海市访问蔡清父母，从中打听蔡清同胞弟弟的下落？"

金明觉得戈亮的建议很好，便同意了。在他看来，追查蔡清同胞弟弟的下落，已成为十分关键的问题。

金明把"尖刀1号"案件初步侦查的情况，向绿山基地司令员黄冰作了汇报。

黄冰一听说金明要去找蔡立明，很高兴，说蔡立明是他的老部下，托金明带几瓶驰誉国内外的绿山酒送给蔡立明。金明当然很乐意当"运输大队长"，因为他知道，借送酒的机会跟蔡立明谈谈，气氛比持公安部门的介绍信去调查要融洽得多。

金明嘱咐陈洁暂时留在绿山市，办理这样几件事：本来，杜雪平的尸体是放在绿山市中心医院的冰箱中保存，由于那里查出了嫌疑对象，不太安全，应把尸体转移到绿山市公安局冰箱保存。同样，鹰山的两具焦尸，也应送往绿山市公安局冷冻储存。在案情没有水落石出之前，这三具尸体不可火化。

另外，从王娟家那长辫子中抽出的几根头发，也应进行化验，查明血型及其他特点。要注意监视唐斯的动向。

就这样，在中午——金明和戈亮到达绿山市整整25小时之后，他俩离开这里，飞往滨海市。

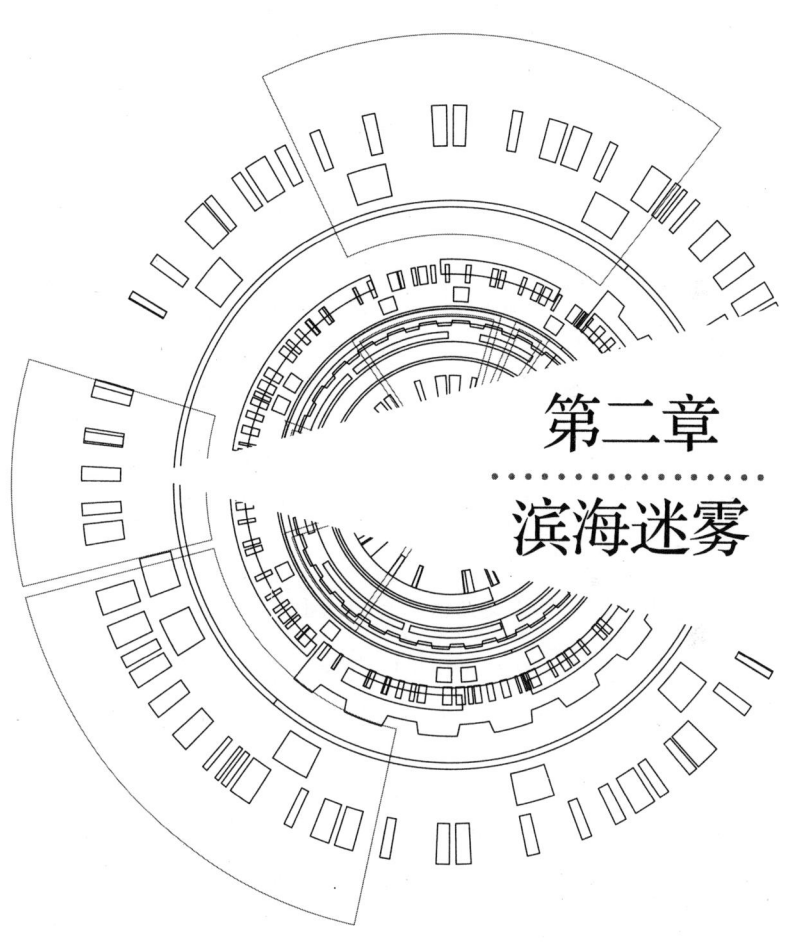

第二章

滨海迷雾

"滥竽充数"的洋相

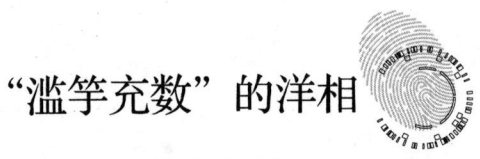

机翼下那起伏的群山渐渐消失，出现大片大片平平整整的农田，看上去犹如一匹绿色的格子花呢。

超音速专机直飞滨海市。

滨海市是一个人口达一千万之多的现代化城市，因临近大海而得名。金明对滨海市可以称得上"了如指掌"。因为他从小在这儿长大。

在飞机上，金明陷入了对往事的回忆之中，他想起他同蔡清的母亲孙敏，还有过一面之交呢。那是将近20年前的往事。

那时候，金明还是一个像戈亮这样的小伙子，刚到滨海市公安局侦查处担任侦查员。侦查员的工作，常常忙闲不匀；一旦发生了案件，要几天几夜连续作战，有时要忙上一两个月，直到破案，才算松了一口气；如果太平无事，没有发生什么意外，他们也很清闲，可以趁机进修业务。

公安侦查业务，有"硬""软"之分。所谓"硬"业务，就是格斗、射击、骑马、驾驶等技术，以及法医学、犯罪心理学、法律等专业知识。至于"软"业务，则五花八门，包罗万象，如外语、方言、地理、天文、文学、哲学、历史、美术、音乐、舞蹈、书法……这是因为侦查工作是一项很复杂的工作，广博的知识将有助于破案。

金明为了进修"软"业务，在空余的时候，几乎每个月换一种职业。

有时，他到足球队学习踢足球，有时到大学历史系听课，有时与科学家一起到野外考察，有时出席舞会，也有时他充当翻译接待外宾，还有时到幼儿园当老师熟悉孩子们的脾气……

金明自幼喜欢音乐，对于许多古典歌剧几乎能从头至尾背出乐谱，如莫扎特的《魔笛》、比才的《卡门》、古诺的《浮士德》、普契尼的《蝴蝶夫人》等等。金明擅长小提琴。为了体验音乐家们的生活，他便到滨海市工人业余交响乐队去充当一名提琴手。

工人业余交响乐队请来了一位音乐顾问——海滨军区文工团乐队指挥孙敏。那时候，她30多岁，个子修长，身材苗条。最引人注目的是，她的双臂又瘦又长，垂下来的时候，中指指尖几乎可以碰到膝盖。据说，孙敏在音乐学院上学时，是作曲系的。后来，一位音乐指挥看中了她的手臂，建议她改学指挥——因为一双细长的手臂，正是音乐指挥所需要的。就这样，孙敏在那位音乐指挥的精心培养下，成了首屈一指的女指挥。在舞台上，她像一位胸有百万雄兵的指挥官一样镇定自若，使低回婉转的弦乐组、音色各异的木管乐组、震撼人心的铜管乐组和节奏分明的打击乐组，和谐地组合在一起，汇成感人的乐声。

金明是一位"临时演员"，他来到工人业余交响乐队，只不过是在小提琴组中增多了一把小提琴而已。

金明第一次参加排练，就出了"洋相"：

孙敏举起细长的双手，排练场变得静悄悄的。她双手一挥，马上响起了欢乐的乐曲声。然而，她的双手只挥舞了几拍，马上把右手指垂曲在左掌心，做了一个"立停"的姿势。乐曲声顿时止息。孙敏用十分严厉的声音问道，哪一把小提琴的音没有定准？于是，每一把小提琴都拉了一下。

轮到金明拉的时候，孙敏马上发现，毛病就出在金明身上！原来，金明第一次来参加排练，匆忙之间，忘了调音定弦。金明打心底里佩服，排练场上有那么多乐器，光是小提琴就有20多把，她怎么能如此敏锐地发觉一把小提琴的声音不准呢！

接着，重新开始演奏。只过了几秒钟，她又来了"急刹车"，这一次，她明确地指出，第二十三号小提琴手——也就是金明，把"i"音多拉了1/4拍！这下子，金明引起了全队的注意，在众目睽睽之下，他很不好意思。

第三次，金明干脆来了个"滥竽充数"，混迹其中，虽然手中的弓在来回运动，实际上弓并没有落在弦上。想不到，竟然也被孙敏发觉了。孙敏很不客气地请他出去——因为他既然不拉琴，何必混在里面？

从那以后，孙敏给他留下了不可磨灭的印象……

当金明从沉思中清醒过来，透过舷窗一看，一条宽阔的大江出现在机翼下面。金明明白，滨海市近在眼前了。

旁敲侧击

金明和戈亮按照档案上记载的地址，来到中山路765号，这里是部队家属的宿舍。戈亮把轿车一直开到12号楼前。

12号楼是一幢小巧的两层楼房，孙敏家住在楼上。

金明一下车，就很高兴地对戈亮说："孙敏在家里！"这是因为金明侧耳一听，从楼上传出钢琴的弹奏声，便断定孙敏在家。

金明按了门铃之后，琴声戛然止住。门开了，出现在金明和戈亮面前的，是一个胖胖的老年妇女，头发已经灰白。尽管她与当年风华正茂的孙敏已大不相同，不过，金明一看她那富有特点的长臂便断定她就是孙敏。

孙敏见两位陌生的来客穿着警服，手里却拎着几瓶酒，弄不清楚是怎么回事，便问道："你们找谁？"

金明伸出了手，说道："找你——孙敏同志！"

戈亮把那贴着"绿山牌名酒"字样的酒瓶拿了出来，在她的面前晃了一下，孙敏一见"绿山"两字，便明白了，热情地招呼客人们进去。

金明和戈亮事先说好，今天来访，只说是受黄冰司令员之托来送酒，绝不可谈及"尖刀1号"案件，以免引起孙敏情绪的波动。

孙敏家里的会客室，布置得跟她儿子家大同小异。墙上，挂着一幅孙敏高举双手、正在指挥的彩色照片，也许由于她的手臂特别长，所以右手中并没有持指挥棒。窗边，放着同样的卧式三角钢琴，琴盖打开，谱架上放着一本五线谱，一支圆珠笔。可以看得出，她正在一边作曲，一边弹钢琴。作曲家们常常喜欢边写边弹，写几句，弹出来听听，不满意就修改。

"很抱歉，贸然来访，打断了你的乐思！"金明说道。

"不，不，'有朋自远方来，不亦乐乎'！"孙敏一边爽朗地笑着，一边拿出茶叶给客人沏茶。金明注意到，那竹制的茶叶盒上一面刻着"绿山名茶"四个字，另一面则刻着"何可一日无此君"七个字。

金明捧起热茶，风趣地说："真的是'何可一日无此君'哪！"

孙敏一听，也呵呵笑了。一笑起来，眼角皱起了鱼尾纹。

"你们是从绿山来？"

"嗯。"

"是蔡清的战友？"

"不是。我叫金明，他叫戈亮，受黄冰司令员之托，带几瓶绿山酒给蔡立明同志和你。"

"喔，原来是从老黄那儿来，他身体好吗？"

"挺精神的。"

"请代我和蔡立明同志向他问好！致谢！"

金明一边跟孙敏寒暄着，一边在盘算着如何把话题引到蔡清身上。因为今天的任务是要查明蔡清同胞弟弟的去向，又不可直截了当地以公安人员的身份询问，只好想办法"旁敲侧击"。

金明看到钢琴上放着一个石膏头像，灵机一动，找到了话题。他站了起来，踱到钢琴前，欣赏了一会儿。那头像很怪，双目紧闭着。

金明指着石膏像，对孙敏说道："怎么，你喜欢这位闭着眼睛指挥的德国指挥家卡拉扬？我记得，你指挥的时候，眼睛睁大得像汤团，耳朵也竖起来，倒有点像著名指挥家小泽征尔先生！"

金明这几句似乎随便说说的话，使孙敏一怔，眼睛睁大得像汤团。连忙问道："金明同志，你也懂音乐？你看过我指挥？"

"对于音乐，我是外行。不过，我看过你指挥，你是用手势、柔情和眼神，组成你的'指挥语言'。"金明答道，"说来话长，我不仅看过你指挥，还受到过你的三次严厉批评呢！"

"受过我的三次严厉批评？"

孙敏盯着金明细看，却始终回忆不起来，笑道，"我这个人，尽管平时嘻嘻哈哈，但是当我的双手一举起来，谁不听指挥就要挨批。被我批评过的人，实在太多了。对不起，我记不起来什么时候批到你们公安人员头上了！"

金明诉说了往事，孙敏的眼睛发亮了，终于记起来了，说道："对了，对了，20多年前，是有那么一个小伙子，红着脸，拿着小提琴走开了，排练结束，我想去找这个小伙子，他不知道什么时候溜掉了。想不到，今天在这里碰上你。刚才，我就觉得有点奇怪，你怎么一进门，就知道我叫孙敏？"

金明见彼此谈得非常投机，认为时机已到，便又站起来，走到那尊石膏头像面前。

转弯抹角

金明指着石膏头像说道："这尊石膏像，是蔡清的作品吧？我在他家里，看到钢琴上放着肖邦的石膏塑像，那是他亲手雕塑的。"

"你到过他的家？"

"嗯。最近，我和戈亮同志去过一趟呢！"

"见到蔡清啦？"

"没有，蔡清值班去了。我们见到了王娟。"

一提到儿子、儿媳妇，孙敏便非常关心。她让金明坐下来，细细地

谈，问道："怎么样，小两口都好？"

"都好。王娟同志非常热情地接待了我们。在她那里，我看到出自蔡清之手的艺术珍品——发刻。"

"艺术珍品？那可算不上。"孙敏一边说着，一边转身到隔壁房间，没一会儿，拿来一叠信封。把信封打开，拿出一根根头发，笑道，"自古以来只有'鸡毛信'，他却发明了这种'头发信'，弄得我们看信得用显微镜！"

金明一看时机已经成熟，便转弯抹角地询问起来："我在王娟那里，看到一根头发上刻有'遥知兄弟登高处，遍插茱萸少一人'这样的诗句，是表达怀念兄弟之情。一打听，才知道蔡清原来有一个同胞弟弟，一生下来就送人了，不知下落，蔡清很想念这个同胞弟弟，所以知道我们在公安局工作后，就托我们代为寻找。我们答应了。"

"你们愿意代为寻找，那太好了！"孙敏兴奋地说道，"天底下哪有做父母的不想念子女的？我虽然把老二送掉了，可他总归我身上掉下的一块肉，我很想知道他现在在哪里？生活怎么样？我真想见到他！"

"只要有线索，总能找到他。"金明说道，"我们想请你提供一些线索，我们好帮助寻找。戈亮，你用本子记一记。"

戈亮马上打开了本子，准备作记录。他的心中暗暗佩服金明，竟用如此巧妙的办法，追查线索。

"是这样的……"，孙敏开始回忆道，"那是35年前的事情了。我生了一对双胞胎，把老二送给了同一个房间一位死了孩子的产妇。这件事，蔡立明是同意的，医院也是同意的，曾办理了正式手续。

"那位产妇姓尤，叫尤玉兰，才23岁，长得非常俊俏。特别是那对水汪汪的大眼睛，仿佛会说话似的。她是华侨，丈夫在国外。她是第一次生孩子，很担心，本来想请她母亲来照料，可是因她父亲生病，母亲走不开，便要她回中国生孩子。她生下的孩子死了，对于她来说是莫大的打击。大概是命运的安排吧，尤玉兰的床当时紧挨着我的床，她因死了孩子终日啼哭，我却因生了两个孩子而怕影响我的工作，真是太巧了！

"尤玉兰见我把孩子送给她，而且是个男孩子，她流下了激动的泪花。第二天，她母亲来了，带来一盒纯金首饰，说是送给我，作个纪念。

"我怎么能收下这样的礼物呢？坚决谢绝了。

"她没办法，后来送我另一件礼物，我收下了。这件礼物，就是她的一根长辫子。

"原来，她在国外，本来留着波浪式的长发，叫作'长波浪'。住院以后，梳成了辫子。后来，护士们劝她按照医院规定，剪成短发。她把剪下来的两根辫子，一根送给我，一根留给自己。

"尤玉兰说，这是不寻常的礼物，见到了辫子，犹如见到了她。另外，等孩子长大了，她将把她留下的那根辫子，交给孩子。她也希望我在我的孩子长大之后，把另一根辫子交给他。这样，将来兄弟俩有机会会面，就以各自所持的辫子为证。我觉得这个办法倒很浪漫而别致。

"我收下了那根辫子。当蔡清长大之后，我把辫子交给了他，他才明白自己原来还有过一个同胞弟弟。他很想念弟弟。他在头发上刻了那两句诗，就是他对弟弟的怀念之情的流露。"

听到这里，金明感到十分高兴，因为他知道了那位产妇的姓名、身份、年龄，这是极为重要的线索。接着，他又进一步问孙敏："尤玉兰的父母你见过没有？叫什么名字？住在哪里？"

　　孙敏思索了一下，回答道："我比她先出院。她因为动了手术，还要住院休养。我在医院里，只见过她母亲，听说她父亲生病在家，不能外出。她的父亲是归侨，住在滨海市。我没有向她打听父母家庭地址，也没有问她在国外的地址。我要避'嫌'哪——因为我既然把孩子送给了她，当然就不想在孩子长大以后再把他要回来。我如果向她打听地址，似乎就会产生一些不必要的'嫌疑'。她呢？似乎也知道这一点，所以从不跟我谈及家庭的情况。她只说自己是华侨，连住在哪一国都没有说起过。

　　"她的母亲大约50来岁，个子瘦小，可是身体还很不错，动作利索。她的皮肤白皙，头发乌亮，看得出是用染发剂把白发染黑的，因为头发根部常常露出白色来。她的眉毛又细又长，看得出是用眉笔描画过的。

　　"唉，一转眼，35年过去了！我能够回忆的，也就这些。不过，人是很有意思的。35年前，我把孩子送给别人，一点也不犹豫。如今，年纪大了，反而常常挂念那个一去不复返的孩子。特别是我在前几年，由于精力不济，辞去了音乐指挥的职务，从事作曲。我在家里写曲子，空闲的时间多了，一闲下来，家里空荡荡的，只我一个人，就很自然地想到了老二。我甚至有点懊悔，当年如果不把孩子送给华侨，也就能时常见到了。"孙敏指着钢琴上的五线谱说，那是她刚写成的协奏曲《游子吟》，借用唐朝诗人孟郊的诗意，表达她对老二的深沉的母爱。

　　金明站了起来，走到钢琴前，略微翻了一下乐谱，对孙敏说："我来弹，你来唱，好吗？"

　　孙敏惊奇地问："你会弹？"

　　金明幽默地答道："多少会一点！"

这时，戈亮打开了录音机。

金明弹了起来，他的手指灵活地敲打在琴键上，发出悠扬悦耳的乐曲声。

孙敏用富有感情的声调，唱了起来：

慈母手中线，

游子身上衣。

临行密密缝，

意恐迟迟归。

谁言寸草心，

报得三春晖！

唱罢，孙敏笑着对金明说："一个外行人能够弹到这样的水平，算是很不错的了。不过，如果从音乐指挥的角度来看，刚才你弹错了4个音符，弹错了7个拍节。"

金明说："那你为什么不把右手指垂直左掌心，来个'暂停'呢？"

孙敏说："对不起，刚才我是演唱者，你是伴奏者，我不是指挥，无权叫你'暂停'。不过，在弹完之后，我还是有义务向你指出，什么地方弹错了——我是个肚子里有话放不住的人。"

就这样，在朗朗笑声之中，金明和戈亮告别了孙敏。这位热情而又严格的音乐指挥，又一次给金明留下了不可磨灭的印象。

查阅"电子档案"

　　孙敏家里开放着冷气，金明在那里尽管喝了几杯热茶，也不觉得热。一出门，一股热浪就扑面而来，刚才喝进去的茶水，便从皮肤中"挤"了出来。这里，比绿山市要热多了。

　　轿车里也开放冷气。金明和戈亮钻进轿车，这才算舒服了点。

　　戈亮驾驶着轿车。他对这里也很熟悉，抄近路，直奔滨海市公安局。

　　滨海市公安局坐落在滨江之畔，它那高达50层的主楼，老远就可以看见。

　　当轿车进入市公安局大门时，警卫一看车里是金明，马上放行，并向他敬礼。

　　金明和戈亮走进自动电梯，把手指朝标明"49"的电钮上按了一下，电梯就笔直上升，直到49层才自动停下。这里，有一间金明的办公室。这是因为滨海市是全国人口最多的一个城市，金明在侦查中心工作，由于工作需要他三天两头要往这里跑。金明一来，既不住宾馆，也不住招待所，而是在办公室里日夜工作，累了就在长沙发上睡一觉。

　　金明的办公室，是一个用现代科学技术武装起来的办公室。

　　就拿办公室的窗玻璃来说，是一种"单面透射玻璃"。光线可以从外面透过玻璃射入室内，室内的光线却不能透过玻璃射到窗外。这样，站在室内可以清楚地俯瞰滨江以及滨海市，而在夜间，办公室里的灯即使通宵达旦地亮着，从外面看过去，窗玻璃一直是一片漆黑。装上这种窗玻璃，可使办公室活动情况不至于外露。室内有冷气，即使在盛暑也不必开窗。金明的办公桌紧靠窗边，桌面很大，上面放着红、黄、蓝、白、黑五部电话。其中通过红机打来的电话，一般都是最紧急的，黑机则是普通电话，它的号码可以从普通电话号码簿上查出，黄、蓝、白则分别承接局内电话、长途电话以及侦查中心来的直线电话。

金明办公桌对面的墙上，挂着一块足有半张乒乓桌那么大的白色屏幕。这是电子计算机的终端显示屏。滨海市公安局设有电子档案处，用电子计算机管理各种档案资料。使用者只消按动有关的电钮，所需的资料就会显示在白色屏幕上。看后，如果需要留存这份资料，按一下标明"复印"两字的电钮，复印机就会自动把资料复印出来。

此时，金明和戈亮来到办公室，商量了一下，决定从查阅档案入手，追寻那位尤玉兰。他们想先查找尤玉兰的父亲。这是因为尤玉兰的父亲，势必姓尤，只消查一下滨海市归侨名单，从姓尤的人中寻找，是不难找到尤玉兰的父亲的。

只要找到尤玉兰的父亲，也就容易查出尤玉兰的下落了。

不料，容易的事反而不易。在白色屏幕上，只出现一个叫作"尤馨蕙"的归侨名字，注明性别：女，于45年前病亡。除此之外，并没有其他姓尤的住在滨海市的归侨。只要归侨在滨海市住过，不论后来搬到什么地方去，电子档案上都会留下归侨的姓名及有关情况。会不会是尤玉兰的父亲并未在滨海市住，而是住在其他城市？

金明立即用红机与正在侦查中心值班的他的另一个助手张正联系。张

正把金明的查阅专线与侦查中心的电子档案处接通。经查阅，在全国归侨中，也没有查出情况与尤玉兰及其父亲的情况相类似的姓尤的人。

"那个名叫尤玉兰的女人，会不会根本不是华侨，或者不是叫尤玉兰？她存心想骗走蔡清的弟弟？"戈亮这么猜测道。

"存心想骗走孩子，恐怕不大会。"金明把当时的情况进行了分析，"在孙敏住院的时候，尤玉兰还未分娩，两人的床便是紧挨在一起的。后来，才发生尤玉兰的孩子死去的问题。"这时，戈亮灵机一动，说道："对了，我马上到滨海市产科医院去一下，查阅35年前的住院登记卡，也许可以查到尤玉兰。"

金明的嘴角浮现了笑容。他感到，助手想出了好点子，这说明他的侦查业务水平有了明显的提高。

金明同意了戈亮的意见。在戈亮出发之后，金明开始用终端显示设备查阅35年前入境或出国人员中姓尤的名单。

金明和戈亮，分两路"包抄"目标——尤玉兰。

是女儿还是亲戚

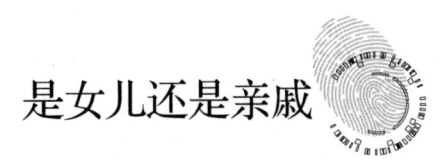

戈亮办事，像金明似的利索。半个小时以后，他就回来了。

金明从这位虎背熊腰的助手笑眯眯的双眼中，便看出他大约查到了线索。

正当戈亮张口要汇报情况，却被金明制止了。

金明说："我们各自把侦查的结果写出来，对一下。"

当他们各自写好以后，拿出纸条一对，见上面都这样写着：

"尤玉兰地址——滨海市华侨新村567号。"

两人一看，都呵呵大笑起来。

这时，戈亮说了调查的详细情况：滨海市产科医院的病历、住院登记卡、婴儿出生表等档案，几十年来都保存完好。因为婴儿出生，与户口有关，所以产科医院很重视这些原始资料的保管、分类工作，查阅起来很方便。从有关卡片上查出，尤玉兰是在35年前的10月7日住院，床位是731室2号床，在10月11日分娩、难产，做了剖宫产手术，生一男孩，生下来已死亡，于11月20日出院；孙敏是35年前10月9日住院，10月13日分娩，生两个男孩，于10月19日出院。经孙敏及医院同意，把孙敏次子送给尤玉兰，医院为尤玉兰写了证明，让这个孩子能够在她家报上户口。这样，尤玉兰如果要出国，便可把孩子带出去。金明呢，他谈了运用电子档案，从另一条路"包抄"目标的情况：尤玉兰是在35年前的2月10日从国外椰市坐飞机抵达滨海市的，办理了入境手续。翌年2月10日过了春节之后，带着孩子回椰市。办理离境手续时。孩子取了一个英文名字，叫作"威廉·克拉克"。出国后，尤玉兰与威廉·克拉克都从未回国。

金明还来了一个"倒查法"，即从尤玉兰所填写的在滨海市的通讯处——华侨新村567号，查阅35年前的户籍档案。

据记载，当时华侨新村567号常住户口为3人：户主曲方，男，62岁，归侨，回国前任椰市录音机厂总工程师，博士，回国后任滨海市录音器材厂总工程师；梅盛，女，53岁，曲方妻，归侨，回国前任椰市电台播音

员，回国后任滨海市电台播音员及少年儿童广播剧团导演；曲秀珍，女，25岁，长女，椰市大学无线电系毕业后回国，任滨海市金星电视机厂工程师。

金明和戈亮分析了所获得的线索，发现从滨海产科医院查得的情况，与孙敏、王娟所谈的内容，完全吻合。尤玉兰是从椰市回国，而曲方一家回国前也住在椰市，从这一点可以看出，尤玉兰与曲方一家可能有联系。然而，奇怪的是，尤玉兰姓尤，与曲方夫妻双方的姓都不相同，很难说明尤玉兰会是曲方的女儿。另外，从尤玉兰把孩子取名为"威廉·克拉克"，可看出她的丈夫可能是外国人，姓威廉。从入境登记表上只查出尤玉兰在椰市的地址为"哈克斯路2562号"。

戈亮猜测道："会不会曲方并不是尤玉兰的父亲，而只是她的亲戚，或者是养父、义父？"金明按动电钮，显示屏上出现了尤玉兰回国护照复印件上的照片，又出现曲秀珍回国护照复印件上的照片，两人的脸形极为相似，都是瓜子脸，一对弯月眉，黑白分明的大眼睛，同样留着"长波浪"，只不过曲秀珍表情娴静端庄，而尤玉兰眉宇间流露出几分轻佻的神色。接着，显示屏上又出现护照复印件上的曲方、梅盛的照片，可以看出，尤玉兰与曲方、梅盛的外貌有许多相似之处，特别是与梅盛十分相像。

从这些迹象看来，尤玉兰的父母是曲方和梅盛。

为了拨开迷雾，弄清真相，最可靠的办法当然是找曲方一家了解情况。

不过，这事情已经过去35年，时过境迁，连曲方是否还在人世都成问题。

金明打电话向华侨新村派出所查问曲方一家的下落，得到这样的答复：华侨新村567号，现在住的已不是曲方一家。曲方在35年前的冬天死于肺癌。曲方的妻子梅盛死于翌年冬天。在曲方、梅盛相继去世之后，曲秀珍把华侨新村567号卖掉（华侨新村的房子是华侨投资筹建的），搬入本市东安路东安新村44楼807室，与一位名叫顾金铨的人结婚。顾金铨与曲秀珍同厂，职务也是工程师。

金明放下电话耳机，心里觉得踏实了些，因为曲秀珍还活着，说明线索还未中断。从曲秀珍那里，也许可以查出尤玉兰的下落。

"我的心要碎了！"

天，已经完全黑下来。

傍晚时，下了一场雷阵雨，使滨海市变得凉爽起来，清风徐徐，驱走了暑热。

金明和戈亮离开了滨海市公安局。轿车在江边公路上飞驶。柏油马路表面还有浅浅的一层雨水，车辆驶过发出轻微的唰唰声。

金明和戈亮还清楚地记得，昨夜在绿山市访问了王娟。今天，又在滨海市夜访曲秀珍。在出发前，金明和戈亮研究了与曲秀珍谈话的方案。跟曲秀珍谈话，像与孙敏谈话一样，不能涉及"尖刀1号"案件。于是，他们只得另找借口，来调查尤玉兰以及蔡清同胞弟弟的下落。

此时，轿车离开了江边公路，拐了几个弯，便到了东安路。东安新村在东安路上，是很醒目的，那一幢幢高达20层的楼房，巍然矗立在街道两旁。尽管这些楼房已有30多年的历史，由于楼房表面贴了一层米色人造花岗岩，经得起风吹雨打，看上去仍不算陈旧。

戈亮把轿车驶入44楼楼下的车库。这里轿车很多，他们就用不着像到王娟家那样，要在200米远的地方下车了。

金明和戈亮坐电梯很快就来到八楼，找到了807室。

门开了，一位20多岁的姑娘站在面前，乍一看去，真像那当年照片上的尤玉兰。她一看见两位来客身穿警服，立即很客气地让他们进来了。

姑娘用银铃般的声音喊道："爸爸，妈妈，来客人啦！"

金明和戈亮被姑娘领进一个房间，里面黑洞洞的。突然，冷不防有人大喊道："啊，我的心要碎了！"

这声音使金明和戈亮吃了一惊，迅速地把手插进了裤袋——袋里放着微型手枪。

金明和戈亮定睛一看，见一老一少两个古典装束的外国妇女在房间里情绪激动地对话呢！那少女道：

"啊！花一样的面庞里藏着蛇一样的心！美丽的暴君！天使般的魔鬼！披着白鸽羽毛的乌鸦！豺狼一样残忍的羔羊！圣洁的外表包覆着丑恶的实质！你的内心刚巧和你的形状相反，一个万恶的圣人！一个庄严的奸徒……"

金明一听，记起这是莎士比亚名作《罗密欧与朱丽叶》里的台词。

这时，那姑娘又大声地喊了一遍，并且揿亮了房间里的电灯。

金明和戈亮一看，房间里凌乱极了，地上放着许多仪器、电线、电子元件之类，旁边的小竹椅上坐着一男一女，都有50来岁了，正忙着观看什么东西。

那一男一女见来了客人，把电钮一按，眼前那两个古装人物，立即消失了。他们俩用毛巾擦了擦手上的污斑，这才跟客人握了握手。

原来这一男一女，便是顾金铨和曲秀珍。这两位金星电视厂的工程师就连下班回家，还在那里钻研他们的新发明——家用彩色立体电视。这种电视机没有荧光屏，用光波发射器把来自电视台的微波信号转为可见光波，出现景物的立体形象。这样，节目仿佛就在观众身边演出似的，使观众有身临其境的感觉。出现的演员形象，可与演员本身一样高大。刚才那两个古装人物，便是光波发射器玩的把戏。顾金铨和曲秀珍正忙着进行实验，所以没听见姑娘的喊声。那姑娘便是他们的独生女儿顾盼。

曲秀珍和顾金铨脱去了身上的白大褂，领着客人们到卧室里去。刚才他们做实验的地方，本来是会客室兼书房，如今那里太乱了，无法接待客人。

卧室里放着两张单人沙发，曲秀珍和顾金铨让客人们坐在那里，自己拿了木椅坐着。

金明打量了一下，这里的住房显然不及华侨新村宽敞，家具也不像华侨新村住户们那么豪华，房间里的东西显得很杂乱，连枕头上也丢着翻开来的英文技术书籍，床头柜上摊着一堆电子元件，茶几上堆放着报纸、杂志。

曲秀珍和顾金铨都戴着近视眼镜，曲秀珍的头发中夹杂着许多白发，而顾金铨的头发则所剩无几。他们俩用疑惑不解的目光，注视着金明和戈亮，仿佛在问：公安人员怎么会突然降临？

金明早就预料到他们会投来这样的目光。他与戈亮向主人出示了证件之后，却谈起了与公安工作风马牛不相干的事情……

奇特的孪生遗传学

金明说明了来意：受中国科学中心遗传研究所的委托，前来拜访。

原来，中国科学中心遗传研究所中，有一个特殊的研究室——孪生遗传学研究室。

孪生遗传学是遗传学中的一门新的分支。最初，意大利罗马大学的孟德尔研究院从事于这门新科学的研究，他们仔细研究了数万对孪生兄弟、孪生姐妹之间的相似关系，创立了孪生遗传学。

中国科学中心遗传研究所很重视这门新兴的科学，专门成立了孪生遗传学研究室。

金明见曲秀珍、顾金铨以及他们的女儿顾盼对这一问题发生莫大的兴趣，便详细作了介绍。金明凭借他那丰富的经验知道，他和戈亮穿着警服突然来临，会使曲秀珍一家感到紧张，只有先聊聊"山海经"，消除了他们的紧张情绪，然后才可能进行调查。

顾盼端来了一壶茶，不时给客人们的杯子里倒上茶。金明一边喝茶，一边讲起了从孪生遗传学研究室的专家们那里听来的种种趣闻：

很有趣，科学家们最初竟然是从法国著名作家大仲马（1802—1870）的作品中得到启示。大仲马是多产作家，写过《基督山恩仇记》《三剑客》等小说，还写过一本名为《科西嘉岛两兄弟》的小说。在小说中，大仲马写了一对同卵孪生子——路易和路贤。有一次，路易在巴黎郊区，与一个人决斗，路易被手枪子弹击中胸部。此时路易的孪生兄弟路贤远在800公里以外的科西嘉岛，正在骑马，奇怪的是，他突然感到有一颗子弹从他的胸腔第六根肋骨上面的地方射入，然后从臀部上面穿出。事后，路贤才知道，路易当时中弹，子弹在路易身体中也是按照这样的路线穿过的！

当然，《科西嘉岛两兄弟》是小说，是虚构的。不过，科学家们深入进行研究之后，发现大仲马所写的孪生兄弟同感疼痛这一点，倒并非虚构，而是有着许多类似的现象。

比如，科学家们发现，美国洛杉矶的一位妇女，好端端地坐在那里，忽然觉得全身被炽热的气浪所包围，眼冒金星，昏厥过去。被救醒之后，她感到浑身剧痛，精神恍惚，从此心情一直闷闷不乐。后来获知，当她感到热浪扑来的一刹那，她的孪生姐妹坐的一架喷气式客机途经卡纳里群岛时，不慎与另一架飞机相撞，由此丧生！

还有一对孪生姐妹，名叫玛丽和瑟丽娜，分住两地。在一天下午两三点钟，瑟丽娜忽然觉得胸部疼痛，眼前总是浮现玛丽的幻象，心惊肉跳。事后获知，在这天下午2点30分，玛丽心脏病发作，离开了人世。

孪生兄弟、姐妹之间这种奇特的联系，被科学家们称为"心灵沟通现象"。这种现象，只发生在孪生者之间。

科学家们深入研究了孪生问题，又进一步发现许多奇特的"同步现象"。

比如，英国皇家空军中，有两位驾驶员名叫约翰和亚瑟·毛福斯，他

们是一对孪生兄弟。退休之后，住在同一城市的不同地方。1975年5月22日傍晚，这对年已66岁的孪生兄弟同时感到胸痛，分别被送进布里斯托医院和湿莎医院。这时，彼此之间都不知道对方生病了。送进医院后不久，两人都死于心脏病。

美国的一对孪生兄弟——依斯克和纳斯特，他们的生活如此"同步"：他们在出生后就分开了，住在两个不同的地方，相距千里，不通音信。25年之后，他们俩相遇了，这才发现，两人的经历异常相似。他们都是架线工，在同一年结婚，在同一年里都生了一个儿子！

美国的全美篮球协会，有一对姓范亚斯岱的孪生兄弟，都是职业球员。他们当过12年的篮球队员，其中有11年分属于不同的队。然而，他们的篮球纪录却惊人地相近：在12年中，狄克参加过921场比赛，汤姆参加过929场比赛；狄克中篮5413次，汤姆中篮5505次；狄克每场平均得分16.4分，汤姆平均得分15.3分；狄克接到3707个篮板球，汤姆接到3948个篮板球。

还有一对美国的孪生兄弟，叫作詹和约翰。他们在44岁时，都做了甲状腺外科手术。两人都是近视眼，近视度数相同。

罗马大学孟德尔研究院的吉列德博士研究了孪生同步现象之后，从遗传学的角度进行了解释，提出了一种崭新的概念——"时间遗传学"（Chronogenetics）。

他认为，遗传基因不仅使人继承了父母的某些性状，而且还包含着时间表的遗传信息。比如，孪生兄弟或姐妹在同一年龄患同一种疾病，这便是由于他们从父母那里接受了相同的遗传病信息，到了一定的时间，这相同的遗传病信息都发生了作用，于是他们便在同一年龄患同一种疾病。

吉列德博士的理论引起了世界遗传学界的重视。他的专著《时间遗传学》，被译成了各国文字。

中国科学中心遗传研究所也很重视这一工作。他们认为，在90个婴儿之中，一般有一对是双胞胎，中国是世界上人口最多的国家，当然也是世界上双胞胎最多的国家。应该在研究孪生遗传学方面作出较大的贡献。为此，这个研究所专门成立了孪生遗传学研究室……

金明为什么会忽然谈起了孪生遗传学呢？难道孪生遗传学会与破案工作有关系？

一对孪生姐妹

金明在讲了一遍"离题千里"的话之后，忽然把话题一转，巧妙地谈到了蔡清。

金明是这样说的："孪生遗传学研究室曾派人找我，希望我们公安部门为他们提供一批孪生人的名单。我们很快就把名单送给了他们。不久前，他们又来找我，希望我们进一步提供一份特殊的孪生人名单，这些孪生人一生下就被分开，在不同的环境中成长，彼此之间没有联系。他们很想从这些从小分离的孪生人中，研究'同步现象'，因为这比那些在同一家庭、同一环境中成长起来的孪生人更值得研究。然而，这些特殊孪生人的名单，除了求助于我们公安部门之外，他们几乎无能为力。他们特别

嘱咐我，如果发现有的孪生人从小分开，一个在国内，一个在国外，务必把线索告诉他们。因为研究这种孪生人的'同步现象'，更具有学术价值。很巧，我在一个偶然的机会，得知绿山市的蔡清同志曾有过一位孪生弟弟，一生下就送给了一位华侨，被带到国外。我把这件事告诉了孪生遗传学研究室，他们对此事产生了莫大兴趣，委托我代为寻找，打听蔡清同胞弟弟的下落，以便与他取得联系，研究他与蔡清之间的'同步现象'……"

曲秀珍一家听到这里，才明白了金明和戈亮的来意。刚才，曲秀珍见到公安人员突然到来，心里确实吃了一惊，以为出了什么事情。后来，金明谈起了孪生遗传学，她虽然很有兴趣，觉得挺新鲜，可是捉摸不透金明为什么要谈这些事儿。直到金明说到了蔡清，曲秀珍才放下心来，知道金明是受孪生遗传学研究室之托而来，并非出了别的什么事情。唉，她是一个受过生活折磨、神经有点脆弱的人，生怕再遭到意外的打击。

至于顾金铨和顾盼，此时依旧像丈二的和尚——摸不着头脑。

沉默了一会儿，顾金铨说道："蔡清这个人，我不认识。你怎么会调查到我们家里来呢？"金明笑道："你当然不认识，连你爱人恐怕也不认识。不过，你爱人知道那个领走蔡清同胞弟弟的华侨，名叫尤玉兰。"

一听到"尤玉兰"这三个字，曲秀珍再也抑制不住自己感情的冲动，眼眶红润了。这时，室内的空气仿佛凝固了，气氛一下子变得严肃起来。

金明拿出了笔记本，取出尤玉兰的照片。顾盼一看照片，惊讶地说："这不就是妈妈年轻时的照片吗？"

顾金铨把照片拿过去一看，也不由得说："是呀，跟你妈妈年轻时简直一模一样！"

曲秀珍的眼角，滚出了晶莹的泪花。她陷入了痛苦的回忆之中。

良久，曲秀珍用手绢擦去眼泪，终于开始追溯往事："尤玉兰是我的姐姐，我的亲姐姐！"曲秀珍的话，不仅使顾盼感到愕然，就连金明和戈亮都感到不解。只有顾金铨坦然坐到一旁，并不惊讶。金明从档案中查出，尤玉兰当时23岁，曲秀珍25岁，怎么尤玉兰反而是曲秀珍的亲生姐姐？

不过，金明觉得曲秀珍刚说了一句就打断她的话，会影响她的情绪，于是便保持沉默，仔细听她讲下去。戈亮呢，他知道在这种场合下拿出录音机或笔记本都是不合适的，便集中注意力听，以便回去之后凭记忆整理出谈话记录。

"我今年整整60岁——前几天，我刚刚度过我的60岁生日。

"说起来，那是60年前的事情了。那时候，我们家住在椰市。我父亲叫曲方，37岁，在一家录音机厂当工程师；我母亲叫梅盛，28岁，在一家电台当播音员。

"那一年，我母亲生了双胞胎——也就是尤玉兰和我。我姐姐本来的名字叫曲秀玲。

"我刚才很仔细地听了你所说的'孪生遗传学'，由于我与玉兰就是一对孪生姐妹，所以对你的讲话特别有兴趣。不过，我跟玉兰之间，似乎很难找出'同步现象'！

"这话怎么说呢？我看，就从玉兰怎么会姓尤说起吧……"

"貌似神离"

曲秀珍叹了一口气，慢慢说道：

"人们都说，我跟玉兰姐，'貌似神离'。确实是这样。

"从小，我们俩在同一个家庭长大。我父亲是搞科学的，到家里来看他的，差不多都是科学家；我母亲是搞艺术的，到家里来看她的，差不多都是艺术家。我喜欢父亲，喜欢科学。父亲和他的朋友们，教我学科学，学技术，正因为这样，我后来考上大学无线电系，毕业以后一直从事录音技术工作，连我的爱人，也是搞技术的。

"姐姐从小受母亲的影响，喜欢唱歌、跳舞。母亲的朋友们——演员、导演、歌唱家、舞蹈家、琴师、音乐指挥，很喜欢玉兰。她又聪明，嗓子又好，很快就成为一个能歌善舞的孩子。母亲和她的朋友们常常带她去看演出，看排练，听录音，受到都是艺术的熏陶。

"在我们的国家里，不论是学科学还是学艺术，都是有保障、有前途的。然而，椰市是另一种社会。在那里，学科学的虽然也有风险，但是总比学艺术要好一点。

"在5岁的时候，姐姐就到广播电台，当儿童播音员，她口齿清楚，能够讲一口标准的英语，又富有表达能力，所以她播演的节目，很受小听众们的欢迎。

"在10岁的时候，我姐姐到电视台当小演员。她能唱、能讲、能舞、能演，给小观众留下了深刻的印象。她演过白雪公主，也演过安徒生笔下的卖火柴的小女孩，还演过格林童话中的灰姑娘。她的表演真挚感人，小观众们曾为她所饰演的白雪公主和灰姑娘所感动，流下热泪，而她所饰演的卖火柴的小女孩，就更打动了成千上万个小观众的心，甚至纷纷给她寄来御寒的衣服。

"姐姐从小在赞扬声和掌声中成长，养成了一种矜持、自负、好胜的性格。而我呢？尽管许多人都劝我走姐姐的道路，认为我的外貌、天资都不亚于姐姐，可是，不知道怎么搞的，我爱那些电子元件，胜过爱钢琴、小提琴。我怕见人。我常常躲在小房间里，钻研电子线路。我的性格变得孤僻、冷漠，我沉默寡言，不合群。正因为这样，人们才说我和姐姐是'貌似神离'。

"到了18岁的时候，姐姐被一位电影导演看中，要请她当电影演员。这个导演是华裔，是椰市电影公司的著名导演，姓尤，单名其。在椰市，电影大都是靠漂亮的女主角来吸引观众。根据尤其的经验，最有吸引力的女主角，年龄在18岁至25岁。正因为这样，尤其很注意从18岁左右的女孩子中挑选人才，经过培养，便可担任影片主角。到了25岁之后，便把她从电影公司中打发出去。

"尤其从电视中看到了我姐姐，十分赞赏。他打听到我们家的地址，便驱车前来拜访。那天，只有我独自在家。尤其把我当成了姐姐，给我送来了最时髦的袒胸连衣裙和巴黎花草帽，问我愿不愿意当电影明星。我把他赶走了，把所有的礼物全都还给了他。当时他惊愕万分。

"吃晚饭的时候，当我把尤其送礼的事儿，告诉了全家。没想到，竟然引起一场激烈的争论。

　　"我父亲称赞我做得对！尽管明知尤其看错了人，把我当成了姐姐，可是，这礼物应当退还，姐姐不能去当电影明星。我父亲知道，椰市的电影大都是色情电影，跟电视台的儿童电视节目大不相同。椰市的电影界非常肮脏。一个清白的姑娘进入那种地方，将会毁掉自己的一生。

　　"姐姐呢？她虎着脸，用愤怒的目光盯着我。我们从小一起长大，18年来，姐妹之间尽管爱好不同，性格各异，一直和睦相处，她从来没有对我这样怒目而视过。

　　"姐姐撂下饭碗，连晚饭也不吃了。她说出了一句可怕的话——'你毁了我的前途！'

　　"当电影明星，这是她连做梦也在追求的目标。她责怪我，我明明知道尤导演弄错了人，为什么不当面向尤导演说明？怎么把礼物退掉？她说，多少女孩子想进电影公司，当电影明星，她们望眼欲穿也当不上。如今，堂堂的尤导演亲自上门聘请，这样的机会真是千载难逢，求之不得，怎么可以坐失良机，辜负尤导演的一片好意？

　　"姐姐说罢，伤心地呜呜哭了起来。

　　"这时，母亲开始发表意见。母亲一向是家里的'和事佬'，她脾气温和。父亲与姐姐发生争执，是常有的事。一遇上这种情况，母亲总是从中调停。

　　"说实在的，母亲当然很希望姐姐成为一颗影坛明星，轰动世界。她花费心血从小培养姐姐的艺术才能，就是想让她长大后成为一个著名的艺术家。不过，她也深知椰市的电影界是一个火坑，曾断送了多少女孩子的青春！正因为这样，她的内心是非常矛盾的。

　　"母亲沉思了半晌，终于提出了一个折中的两全之计……"

在两个父亲之间

曲秀珍停顿了一下，忽然打断了回忆，问道："金明同志，你瞧，我一谈，就谈到我们家里的事儿上去了。我年纪大了，说话啰唆。我还是言归正传，谈蔡清的弟弟吧。"

金明连连摇头说："不，不，你刚才谈的内容，也很重要。因为你与尤玉兰也是一对双胞胎，同样是孪生遗传学研究室的研究范围。"

曲秀珍又沉湎于往事的回忆之中，继续说道：

"我们家是华侨，我父亲早就有回国之意。特别是他年事渐高，就更想念祖国，希望叶落归根，回国度过晚年。

"我母亲知道父亲的心意，就提出了两全之计——全家回国，让姐姐在祖国当电影演员。祖国的艺术天地是宽广而又纯洁的。

"母亲的意见，得到了父亲和我的支持。姐姐保持沉默，很早就上床睡觉了。

"第二天，发生了意想不到的事情——姐姐没有回来吃中饭。晚上，全家都在等姐姐吃晚饭，饭凉了，母亲把饭重新热一下，没一会儿，饭又凉了。就这样，饭凉了再热，热了又凉，大家都吃不下饭，默默地等待着姐姐。

"直到晚上10点多，电话铃声突然响了。

"母亲一听电话耳机中传出姐姐的声音，起初非常高兴，紧接着，她拉长了脸，让父亲来接电话。

"原来，姐姐自己跑到椰市电影公司，去找尤导演。尤导演这才明白，昨天是一场误会——把妹妹当成了姐姐。

"姐姐当场表演了几段即兴小品，朗诵了几首诗，唱了几支歌，跳了几种不同风格的舞蹈，然后弹钢琴，拉小提琴，拉手风琴。不用说，尤导演对多才多艺的姐姐，深表欣赏。他本来已经从电视中看到过姐姐的表演，看出她的表演潜力，今天能够当面验证，当然更觉自己眼力不错。

"接着，姐姐又向尤导演诉说了父亲、母亲和我的态度，诉说了她与家庭之间的深刻矛盾。尤导演决定收留姐姐为干女儿，姐姐拜他为干爹。

"晚上，尤导演在家里举行宴会，为我姐姐'拉场子'。许多电影明星参加了宴会。

"在宴会上，姐姐又是唱歌，又是跳舞。当时，姐姐的头发上别着一朵白玉兰花，香气袭人。尤导演当众用汉语背诵了一首颂玉兰的古诗：

> 霓裳片片晚妆新，
>
> 束素亭亭玉殿春；
>
> 已向丹霞生浅晕，
>
> 故将清露作芳尘。

"尤导演吟罢，便决定用'玉兰'作为我姐姐的艺名。于是，她改名为'尤玉兰'。演员都喜欢自己年轻一点，我姐姐把自己的岁数压低了2岁，所以就造成后来她的年纪反而比我小的情况。

"在宴会之后，又举行了舞会。姐姐穿着尤导演送给她的白色连衣裙，像一朵启苞初放的玉兰花，周旋于电影界的名流之中。

"直到宾客逐渐散去，姐姐才记起来该给家里打个电话。

"父亲听完电话，什么话也没说，就把耳机撂下来了。

"我看到他太阳穴上的青筋暴起，就知道他的血压猛然升高了。我赶紧把那张高背藤椅搬来，让他坐下。

"父亲颓然坐在那里，叹了口气，然后用右手食指支撑在右边的太阳穴上，倾斜着脑袋，一动不动坐在那里。

"母亲马上打开了电冰箱，用冰水浸湿毛巾，敷在他的前额。

"父亲深知姐姐的性格。她异常执拗，听不进别人的话，我行我素，谁也管不了她。正因为这样，父亲听了姐姐的电话，什么话也没说——他知道，说了没用，不如不说。

"深夜11点，家里的大门开了，姐姐突然回来了，她的身后站着尤导演。

"尤导演似乎并不是一个很坏的人。他告诉我父亲，如今我姐姐已是一个有两个父亲的人！

"他说，我姐姐出于热爱电影艺术，主动上门找他，拜他为干爹。这完全是我姐姐自己的意愿。

"他说，他愿意收养这颗未来的电影明星。但是，他也尊重她的生身父母的意愿。今天所以和我姐姐一起来访，便是为了说明，他毫无勉强之意。

"本来，我父亲曾想向警察局控告尤导演拐骗了我姐姐。这么一来，反而弄得我父亲无言可答。

　　"我父亲倒也是一个痛快、干脆的人。他对尤导演说，秀玲18岁了，已经成人，一切都尊重她自己的意愿！

　　"两个父亲，都用期待的目光注视着我姐姐。我姐姐朝我父亲看了一眼，毫不犹豫地走到尤导演身边。

　　"我父亲长叹了一声，太阳穴上的青筋又跳起来。

　　"尤导演彬彬有礼地向我们全家道了声'再见'，带着我姐姐走了。临走时，我还深深记得，她直勾勾地望着我。我一扭头，给父亲换冷毛巾去了。"

别了，姐姐

　　曲秀珍说到这里，也长长叹了一口气。接着，她又说道：

　　"我们家里从那一天以后，再也听不见笑声了。

　　"姐姐在椰市电影公司先是当配角，还算比较有空。虽然她跟父亲格格不入，不过，一有空，三天两头总到家里来看看。如果父亲在家的话，她略坐片刻，问候几声，就走了，随便把一点水果、糕点之类放在父亲面前；如果父亲不在家的话，她跟母亲和我就显得亲密多了，跟我们谈电影明星们的种种私事，谈电影公司的种种趣闻。她似乎添置了许多新衣服，几乎每一次到家里来，穿的衣服都不一样。她浑身洒着香水，发型也三天一变。她本来就很出众，一经打扮，更显出姑娘的青春魅力。不过，有时她跟母亲和我正谈得津津有味，听见一声干咳，便知道父亲回来了。她向父亲打了个招呼，就匆匆告辞了。

"父亲心情闷闷不乐。他本来是从不抽烟的，不知怎么搞的，这时候学会了抽烟，越抽越凶，从每天几支到一包，以至每天抽两三包！从此，我每天多了一桩事情——给父亲冲洗烟灰缸。他睡眠越来越少，夜里不断抽烟。到了早上，烟灰缸里横七竖八尽是香烟头。父亲本来就沉默寡言，后来变得几乎不讲什么话。眉间的皱纹，也越来越深。他只有见到我的时候，眉头略微舒展一点。父亲很喜欢我。在技术上，我俩是'同行'。他总是把着手教我，把一切的希望都寄托在我身上。

"大约是抽烟的缘故，父亲的咳嗽越来越厉害。我含着泪劝过他——别抽了！可是，父亲还是不停地抽。我知道，这是因为他心中苦闷，用烟解闷罢了。

"父亲的身体越来越差，面容憔悴，消瘦。

"我和母亲悄悄商量，一起回国吧。离开这里，回到祖国的怀抱，也许父亲的心境会好一些。母亲同意了。父亲也早有回国之意，经我一说，当然同意了。

"姐姐开始由配角转为主角，变得忙碌起来。除了拍电影之外，还要出席各种宴会、舞会、观众见面会、记者招待会等等。大街上，到处贴着姐姐的照片，电影院门口挂着姐姐的巨幅海报。姐姐逐渐为观众所熟悉，以至连我外出坐公共汽车或地铁，人们都朝我窃窃私语，以为我是电影明星尤玉兰哩！

"姐姐很少回家。有一次，我和母亲趁她回家，把全家打算回国的决定告诉了她，并且希望她也一起回国。

"姐姐把头摇得像拨浪鼓似的。她说，她拼死拼活的，好不容易在椰市电影界站住了脚，正是越来越红的时候，怎么好离开呢？她以为，像她这样只适合扮演风流小姐的角色的演员，回国后是做不了大明星的！她觉得尤导演是一个艺术至上的好老师，在他的精心栽培下，一定能平步青云，成为影坛女皇！

"姐姐甚至反过来劝我留下来，也去当电影演员。她说，这是尤导演再三托她转告的意思。尤导演说，在电影中，一个演员常常要扮演两个不同身份的角色。当这两个角色同时出现在同一画面中的时候，就要采用特殊的摄影技巧拍摄，很麻烦。如果我愿意当演员，孪生姐姐难分难辨，可以由我和姐姐一起出现在一个画面中，那就不要用特殊的摄影技巧了。正因为这样，尤导演很希望我能够留下来。他说，当电影演员，是一条铺满了鲜花的道路，比跟那些电子元件打交道要轻松得多，名声也大得多。

"结果，我想拉姐姐回国，拉不动，姐姐想拉我留下来当电影演员，也拉不住。

"我们这对孪生姐妹，只好分道扬镳，各走各的路。

"就这样，我跟随父母一起回国了。临走的时候，姐姐正好跟随摄制组到外地去拍游泳镜头，没有来送行。

"当我们的飞机起飞的时候，我看到了姐姐——飞机场进出口处，竖立着巨大的电影海报，上面画着我姐姐穿着游泳衣在海滩上奔跑的镜头。

"我默默地对着电影海报说：'别了，姐姐！'"

姐姐的婚事

　　曲秀珍略微抬起头，她眉间的皱纹舒展开来，语调也变得轻松了些，继续说道：

　　"回到祖国以后，我们一家都得到很好的安置——父亲和我各自在录音机厂和电视机厂工作，母亲依旧当电台的播音员。我们用多年来的积蓄在华侨新村买了宽敞的住房，安居乐业，心情变得愉快起来。

　　"父亲依旧抽烟。每天清晨，当我给他倒烟灰缸时，看到香烟头少了一些，就知道父亲的心境渐宽。嘿，那烟灰缸，成了我观测父亲心情好坏的'晴雨表'。

　　"父亲烟灰缸里的香烟头，变得越来越少。有时，甚至连一个香烟头也没有。本来，父亲自从抽烟以来，三天两头咳嗽，可回国后咳嗽也渐见痊愈，人渐变胖，我们真替父亲高兴。

　　"父亲回国以后，使出浑身解数，勤勤恳恳工作，在录音技术方面作出了许多贡献，受到表彰，被提升为滨海市录音机厂总工程师。我呢，也像父亲一样，成了'电子迷'，被任命为电视机厂工程师。

　　"姐姐有空时也给我们写信。她的信都很简短，没几个字，却常常夹放着一大堆剧照。她说自己已经当上大明星，忙得气都喘不过来。不过，她的那些剧照，几乎很难使人入眼，赤身露体，已经毫无艺术的气息。她

不以为耻，反以为荣。

　　"每当收到姐姐的来信，我们家平静的生活气氛便遭到了破坏。父亲太阳穴上的青筋鼓出来像蚯蚓似的，接连不断地抽烟，一边抽烟一边咳嗽。母亲在一旁长吁短叹。我呢，忙着劝慰双亲。

　　"后来，我每当收到姐姐的信，尽量把那些剧照悄悄收起来，不让父亲看见。

　　"一个星期天，父亲正在家休息。邮递员来人，送来姐姐的信。父亲直接从邮递员手中拿到了信。

　　"那信，鼓鼓囊囊的。我和母亲都暗暗捏了一把汗，生怕信中的内容，会使父亲受到刺激。

　　"这一次与以往不同，信写得很长。

　　"当父亲戴上老花眼镜，准备看信的时候，我赶紧跑过去，说是让我念给他听。我想，我念的时候，可以略去一些使父亲不快的内容。谁知父亲摇摇头，亲自看信。我很担心会出什么意外，便凑在父亲旁边，同他一起看信。

　　"这封信那么长，确实有重要的内容——姐姐准备结婚了！

　　"姐姐说，自从她当上大明星之后，几乎每天都收到许许多多求爱信。她一出去，总有许多人盯着她。不过，她认为人的艺术青春是短暂的，是宝贵的，不应当把时间花费在恋爱、结婚上面。正因为这样，她忙于拍电影，对于那些来信，连拆也不拆，都扔进了废纸篓。

　　"不过，姐姐知道尤导演的脾气，他喜欢起用年轻、漂亮的新演员。一旦女演员的年龄超过25岁，对观众失去了吸引力，他就要把她一脚踢开。她快24岁了（尽管她对外只称22岁，但是尤导演知道她的真实岁数），不能不考虑自己的终身大事。

"当然，像她这样的大明星，是不会嫁给身份低下的人。不过，那些显赫大官却又看不起她这样的在水银灯下卖命的姑娘，充其量只能成为他们的玩物，而不可能获得'夫人'的头衔。这样，她一直为婚事而苦恼。

"幸亏尤导演交际甚广。当他向朋友们透露了我姐姐的心意后，不久，有人为我姐姐介绍了一位门当户对的对象。此人是椰市百万富翁，是一个'年轻的老头儿'！他的名字叫威廉·克鲁克斯。克鲁克斯愿意举行隆重的婚礼，娶我姐姐为第一夫人。姐姐踌躇满志，似乎对这一婚事极为满意。

"姐姐信中说，她一旦成克鲁克斯的第一夫人，再也不要用自己的肉体在水银灯下赚钱了。这样，她可以从25岁起'退休'，终生过着不愁吃、不愁穿的日子。

"姐姐在信中特别强调，克鲁克斯的钱，是一个惊人的天文数字！多少姑娘想嫁给他，他都不中意。这一次听人一提到我姐姐的名字，马上翘起大拇指说：'影坛巨星，只要她愿意，我什么都可以给她！'

"姐姐还说，希望父母亲和我到椰市来，参加她的婚礼。她希望全家趁此机会回到椰市来住。她说，只消克鲁克斯给我们家一点'零头'，便足以使全家享一辈子清福！来吧，到椰市来吧，与其绞尽脑汁研究那些乏味的电子元件，不如到椰市来过饭饱酒足、荣华富贵的金子般的日子……

"父亲看完信，双手发抖。他把头朝藤椅的靠背上一靠，脸红脖子粗。我赶紧去拿冷毛巾，放在他的前额，他却对我说，拿烟来！

"父亲满脸愁容，不住地猛吸香烟，仿佛要从香烟中得到一点精神上的宽慰。我一边看着父亲吞云吐雾，一边不由得记起了唐朝诗人李白的名

句'抽刀断水水更流，举杯消愁愁更愁'。如今，我父亲是'抽烟消愁愁更愁'。

"从那以后，我父亲的身体又转坏了，半天在家养病，半天工作。后来，连半天工作都坚持不了……"

格格不入

"你们全家没有去椰市参加婚礼？"戈亮问道。

"没有。"曲秀珍摇头答道。她用低沉的声调，叙述着此后家庭遭到的不幸。

"我姐姐在结婚之后，就离开了椰市电影制片厂，过着贵妇人的养尊处优的生活。

"她依旧忙碌，因为克鲁克斯门庭若市，今天他宴请这个，明天那个宴请他，遇上宴会、舞会，当然不少了夫人作陪。她忙着打高尔夫球、打桥牌、养狗、养猫、养鸟。尽管这些都是闲事，她却可以说是'忙于闲事'！

"不久，她来信说，她怀孕了！

"一知道这个消息，最高兴的要算是母亲了。因为我母亲只有两个女儿，从来还没有抱过孙子、孙女呢。她知道，我为人古板，不爱交际，整天钻在电子元件堆里，连个对象都还没有。

"母亲兴高采烈地把信拿给父亲看。父亲那愁眉不展的脸上，流露出长久不见的笑容。

"母亲建议让我姐姐回国生孩子，可以由她好好照料一下孩子，全家也趁机会团聚一下。父亲点头同意了。

"当然，我知道母亲还有另一层意思。因为不久前医院的大夫找我母亲和我谈话，告知了极为不幸的消息——父亲得了肺癌！大夫说，我父亲得病的原因，主要有两条：一是精神长期忧郁，二是抽烟过度。

"尽管我和母亲悲痛欲绝，但是我们回家之后仍强装笑脸，瞒着我父亲。我和母亲一再劝父亲戒烟，可是他不听。他说，香烟是他的'解愁剂'，他离不了香烟。

"我们的信寄出之后不久，收到我姐姐来信，说同意回国生孩子。本来，姐夫克鲁克斯先生要陪她回来的，由于他忙于经营，百事缠身，无法摆脱，等以后有机会再来探望。

"我母亲担心姐姐临产时独自回来，路上会发生意外，就劝她早一点回国。

"姐姐回来之后，我们家的许多亲友都感到惊奇——我怎么会有一个与我相貌酷似的同胞姐姐？

"这是因为父亲不喜欢我姐姐，回国之后，从未对亲友提到过我姐姐，她寄来的照片也从不给别人看。

"我和我母亲本以为姐姐回来，会使父亲宽心，病情好转。谁知道，她三天两头跟父亲顶嘴，父女之间的矛盾更深了。

"我记得，他们之间的矛盾，从姐姐一下飞机，就开始了。

"那天，我们全家到飞机场去接姐姐。父亲虽说身体不好，无论如何也要去。

"姐姐一走下飞机，怀里竟抱着一只哈巴狗！她笑着说，她特地为狗买了半票，把它也一起带来。

"她抱着狗，感到吃力，便把狗交给母亲和我。我们都不敢去接。她把狗递给父亲，我一见父亲的太阳穴上的青筋凸出，知道事情不妙，赶紧硬着头皮接过哈巴狗。刚坐上轿车，哈巴狗撒尿了，弄得我的衣服上一股臊味。我默默地忍受着。父亲的脸涨得通红，剧烈地咳嗽着。姐姐反而咯咯笑着，从手提包里拿出一瓶法国香水，撒在我的衣服上。

"回家之后，父亲掏出香烟要抽的时候，我姐姐从包里拿出一只漂亮的铁罐头，打开了盖子，拿出外国的高级香烟，递给我父亲。没想到，她给父亲点完火，也抽起香烟来。她一根接一根地抽，有的抽了一半就扔掉，再来一根。她的烟瘾居然比父亲还大。

"姐姐回来，带了几只大箱子。一打开，几乎都是她的衣服，她差不多每天要换一套衣服。一起床，要花很多工夫抹口红、画眉毛、添胭脂、贴假睫毛、洒香水。她喜欢喝酒，没有酒吃不下饭。她在家里只吃了一顿饭，就觉得不合口味，便向华侨饭店订了饭菜，每顿送来。她还替哈巴狗专门订了一份菜……

"父亲看不惯姐姐的种种举动。特别是当姐姐眉飞色舞地谈起她在国外电影界的风流逸事，父亲常流露出厌恶的神色。每逢这种场合，我总是充当'和事佬'，把话题岔开去。

"父亲跟姐姐之间，虽是父女，却仿佛隔着一条鸿沟。

"没几天，父亲就病倒了，送进了医院。

"大夫悄悄告诉我，父亲的肺癌进入晚期，剩下的时间已经不多了。

"在医院里，大夫严禁我父亲吸烟。我父亲似乎也感到自己已是风中

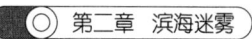

烛、瓦上霜，不久于人世，更加抓紧时间，从事著述，以便把自己的经验赶紧写下来。他埋头于工作，心境反而稍微好了一些。

"不久，姐姐住进妇产医院。我和妈妈作了分工，我跑肿瘤医院，照料父亲，她跑妇产医院，照料姐姐。

"后来，我听母亲说，姐姐生了一个男孩，我真替她高兴！"

"你姐姐生了个男孩？"戈亮不解地问道。

"自古红颜多薄命"

曲秀珍点了点头，继续说道：

"是的，母亲是那么说的——姐姐生了一个男孩。

"姐姐在满月之后，又休养了一段时间，就出国了。那时候，父亲一直住院。母亲不让姐姐去医院告别，生怕惹父亲生气，加重奄奄一息的父亲的病情。

"姐姐回到椰市之后，很久没有来过一封信。母亲和我都很挂念她和她的孩子。

"我还清楚地记得，在一个朔风劲吹的日子里，邮递员送来一封寄自椰市的挂号信。

"我一看那熟悉的笔迹，便知道是姐姐寄来的，喜出望外。那时，我真想喊母亲来一起看信，可是母亲正好不在家。

"我连去拿剪刀拆信都嫌太慢，就用手撕开信封。我刚一看了信开头的几句话，就惊呆了！"

曲秀珍说到这里，泪水从眼角滚了下来。

她站了起来，用钥匙打开床头柜，再用钥匙打开柜里的抽斗锁，从抽斗中拿出一本厚厚的笔记本。她翻开笔记本，取出一个发黄了的信封，交给金明。

金明一看，便知道那是尤玉兰寄来的。金明打开了信。顾盼似乎也从未见到过这封信，便伸长脖子凑了过来，和金明、戈亮一起看信。

信是用中文写的，字写得很蹩脚，也很潦草。

信的全文如下——

亲爱的父亲、母亲和妹妹：

你们是幸福的人！

我，作为一个即将离开这个世界的人，格外感到这一点，羡慕这一点。

中国有句古话："自古红颜多薄命。"我的一生，再一次证实了这个自古以来的真理。正因为这样，在我结束自己的短暂的生命的时候，我反复吟诵着这句诗，才真正懂得了它的深刻含义。

我的丈夫是一位百万富翁。我一直为他而感到骄傲，他也一直为我而感到自豪。他说，他第一次在银幕上看见我，就被我所倾倒，便托人打听我的种种情况。

我们结婚之后，感情很好。自从我怀孕以来，他倍加高兴。

我回国生育的时候，他亲自送我到机场。我问他："如果生下的是儿子，叫什么名字？"他思索了一下，答道："叫威廉·克拉克！""女儿呢？""叫威廉·迪尼丝！""如果生下双胞胎呢？""哈哈，我不会有那么大的福气！如果我生下双胞胎，马上发电报来，我给孩子取两个最好听的名字！"

我之所以很啰唆地记述当时的这些对话，是为了说明在我离开椰市之前，我和丈夫的感情是很融洽的。

当我一手抱着孩子，一手抱着哈巴狗，回到了椰市，我丈夫甭提有多高兴了！

可是，回去后没几天，事情就发生了急剧的变化：他的许许多多亲戚前来祝贺，看了孩子之后，有人竟说克拉克长得跟克鲁克斯完全两样，可能不是他的儿子！

这话传进丈夫的耳朵里，他把孩子抱去仔细看了一遍，竟然相信了那位亲戚的话。

一位医生知道了这件事，建议做血型检查。

检查的结果：克鲁克斯，A型；我，O型；克拉克，B型。

医生做出了结论："克拉克绝非克鲁克斯的亲生子！因为具有A型和O型血型的父母，是不可能生出B型血型的儿子的！"

我不相信，我说医生在捣鬼。医生拿出一本厚厚的书，翻开来给我看，说这是科学——

父母血型　可能血型

O×O　O

O×A　O，A

O×B　O，B

O×ABA，B

A×AA，O

A×BO，A，B，AB

A×ABA，B，AB

B×BB，O

B×ABA，B，AB

AB×ABA，B，AB

我不懂科学，也从不学习科学。面对医生所说的"科学"，我茫然不知所措。

就这样，克鲁克斯向法院起诉，说我不忠实，要求离婚。我有口难辩，有苦难言。我本以为抱着儿子回去，既能够讨得丈夫的欢心，又能够让儿子将来可以继承遗产。谁知弄巧成拙！我只得与克鲁克斯离婚。

其实，我也明白，我难产之后，动了手术，克鲁克斯本来就对我不喜欢了。

何况在我回国生孩子期间，他又看上了另一个女电影明星。他在跟我离婚之后半个月，便与那个女明星结婚了。

我跟克鲁克斯离婚之后，无家可归。回国吧，有何面目去见父母乡亲？我只得回到尤导演那里，依旧住在他家。

尤导演年过六旬，我敬重他一直如敬重生身父亲一样。在我遭受这样的不幸的时候，他依旧帮助我。尽管他不能再用我当主角，仍让我当个三流配角，以维持生活。

可是，我哪有心思再演戏呢？即使如此，我重上银幕，得罪了克鲁克斯的新太太。她真是一个心狠手辣的女人！她给那位医生送了厚礼，让医生到处造谣说："尤导演的血型是B型。B型的父亲和O型的母亲，会生下具有B血型的儿子！尤玉兰长期住在尤导演家里，她的儿子是……"

事情竟有那么凑巧，尤导演的血型正好是B型！

我真不知道这是偶然的巧合，还是那位医生事先从病历中查出尤导演的血型，然后造谣。由于这谣言有科学根据（请注意，在我们这里，科学有时候居然也被造谣者所利用），很快就传遍了电影界，当然也传进了尤导演和尤太太的耳朵里。尽管尤导演是一个用"商业眼光"看待女演员的导演，他把年轻的女演员看作电影公司的摇钱树，但他为人是正直的，他和尤太太待我如亲生女儿。谣言使他们受到侮辱，我怎能再在他们家生活下去？如果我离开了他们家，又能上哪儿去？

我横下了心，决定结束自己的生命。不过，我转念一想，如果我自杀，岂不正是用我的死来证实了谣言？

我知道，明天要拍一场在屋顶上的格斗戏。我扮演一个黑衣女侠。我想，趁格斗的时候，装作不慎失足，从屋顶上摔下去！这么一来，人们不会把我当成自杀。

我心如乱麻。请你们原谅我！多保重，不要为我悲伤，这是无济于事的——因为在你们看到这封信的时候，我早已不在了。

最后，我还要重复开头引用过的古话——"自古红颜多薄命！"怪只怪父母给了我漂亮的容貌，给我招来了不幸。我当电影明星、我当上百万富翁的夫人以至我的死，全都是我那迷人的外表所招

来的!

亲爱的妹妹,你跟我一样俊美,应当从我的人生道路中吸取
教训。

秀玲绝笔于椰市

孤苦伶仃

金明看完了信,抬起了头。他特别注意到,尤玉兰的绝命书中提及克
拉克的血型为B型。整个房间里,一屋肃静。大家都为尤玉兰之死,感到沉
痛。她死的时候,才25岁(当然,她对外自称23岁),正是青春之花盛开
的年月!

"后来呢?"金明打破了沉寂的气氛,问曲秀珍道。

曲秀珍用手略微拢了拢散乱的头发,答道:

"那天我看完信,沉浸在难以忍受的悲痛之中。

"我怕母亲受不了,就把姐姐的来信藏了起来。

"不过,我这个人是心里想什么,脸上就会反映出什么。我从来爽爽
快快,没有做过骗人的事儿。正因为这样,母亲就发现我的脸红一阵子,
白一阵子,眼角有泪痕,便问我发生了什么意外。我没办法,只好交出了
姐姐的来信。

"我母亲看罢,号啕大哭,悲痛欲绝。在她痛定之后,与我说好,这

事无论如何不能让风烛残年的父亲知道。

"谁知我母亲跟我一样，无法掩饰、控制自己的感情，她到医院里看望父亲，被父亲看出了她的心事。

"当父亲获知姐姐的噩耗，长叹一声，说道：'谁叫她当初不听我的话！'

"第三天深夜，大雪纷飞，天气奇寒。家里突然接到肿瘤医院打来的紧急电话，说我父亲已经与世长辞了！

"父亲死后，一向乐观、喜欢说说笑笑的母亲，变得郁闷寡言。第二年冬天，在一个冷雨夹着粒雪的深夜，母亲也离开了人世。

"母亲在临死之前，才把姐姐那个儿子的来历告诉了我。我这才知道姐姐受诬陷而死的真相，明白了当时为什么母亲要我照料父亲、不让我去妇产医院看望姐姐的原因——母亲尽量不让其他人知道姐姐的儿子是别人的，怕传出去不光彩。

"在短短的一年多时间里，姐姐自杀了，父亲病逝了，母亲去世了。一家四口，只剩下我一个人，孤苦伶仃。说实在的，每当下班的时候，我心里就直发愁。回到家里，那么大的房子，空荡荡的，只我一个人。我吓得睡不着觉，不得不临时搬到厂里的集体宿舍去住。

"就在这个时候，我和金铨相爱了，他给了我巨大的精神力量。我俩都是工程师，都是'电子迷'，有着共同的意愿，共同的爱好。不久，我们准备结婚。我不愿住在华侨新村，一到那里，见景生情，使我又想起死去的双亲。

"于是，我就卖掉了华侨新村的房子，搬到这儿成家，直至今日。我不大愿意对金铨谈起我姐姐，我想尽量把那些不幸忘却！"

听到这里，金明问道："那个名叫克拉克的孩子，下落如何，你知道吗？"

曲秀珍摇摇头道："不知道。自从我接到姐姐的最后一封信，就跟椰市失去了联系，音讯全无。"

"那位威廉·克鲁克斯是怎样一个人？"金明又问道。

曲秀珍打开笔记本，从中取出一张彩色结婚照片，女的披着白色纱礼服，男的穿着笔挺西装。女的酷似曲秀珍；男的长脸，下巴朝前突出，下前牙长在上门牙之前，犹如明朝皇帝朱元璋的长相。金明一看就明白，这种长相俗称"地包天"，医学上的名称叫作"反合"——正常人是上门牙长在下前牙之前。此人由于下颏凸出，面中部便显得塌陷，一双眼睛又细又长，几乎眯成了一条线。不过，看年纪，大约40多岁。

曲秀珍指着那朱元璋式的男人说道："他就是威廉·克鲁克斯，为了这张照片，还惹了一场误会呢！"

曲秀珍说着，把眼睛朝顾金铨一看，会意地莞尔一笑。

这张照片，惹了一场什么误会呢？

题内的"题外话"

顾金铨看上去十分憨厚。他不大好意思地说了"误会"的经过：

由于曲秀珍不大愿意提起家庭的不幸，所以在认识了顾金铨之后，只是简单地说起过自己有个姐姐,已经去世。

当他们准备结婚的前夕,顾金铨和曲秀珍一起搬家,把家具从华侨新村567号搬到东安新村44楼807室。在收拾杂物时,顾金铨偶然发现这张照片。

顾金铨把照片上的尤玉兰,误为曲秀珍,以为她原先结过婚。可见这对孪生姐妹的外貌,是何等相似!

当顾金铨拿着照片,气呼呼地来到曲秀珍面前,曲秀珍这才向他讲述了姐姐的不幸,给他看了姐姐的遗书。顾金铨在了解了事情的真相之后,这才连连向曲秀珍道歉……

顾金铨讲完这段小插曲,惹得顾盼咯咯地笑了。金明和戈亮也不由得笑了起来,室内的气氛转为欢快起来。

金明看了看手表,已近深夜,打算告辞。

这时,曲秀珍一下子又变得严肃起来,郑重其事地对金明、戈亮说道:

"我还想讲几句题外的话。

"我觉得,我姐姐临死的时候所得出的——'自古红颜多薄命',是有道理的,但也不完全如此。比如说,我跟她长得一模一样,我就没有'薄命',如今60岁了,家庭生活挺美满的。'自古红颜多薄命'这句话,恐怕还跟社会的制度、妇女的地位有关。

"同样,我刚才听了你们所说的'孪生遗传学',我觉得科学家们的话,是有道理的。孪生兄弟或姐妹之间,确实是有许多相似之处。不过,也不完全如此。比如说,我跟我姐姐,尽管外貌酷似,可是性格、爱好、为人、命运都大不相同。

"正因为这样，你们到我们家来调查'孪生遗传学'，我很高兴。我从一开始，就觉得科学家们的话并不完全正确，所以我很详细地向你们讲述了我和我姐姐的不同命运，以供科学家们研究。

"科学家们不能光是从自然科学的角度研究孪生现象，还应当从社会科学的角度研究孪生现象——因为人的命运，是跟社会休戚相关的！"

金明觉得曲秀珍的话十分深刻。他想不到，这位"电子迷"会讲出如此颇有见地的话，实在难能可贵。

金明说道："曲秀珍同志，你的题外的话，实际上是题内的话！我一定转告中国科学院遗传研究所孪生遗传学研究室。尽管我们今天来拜访你们家，是为了了解孪生兄弟——蔡清和克拉克，无意之中却详细地了解了孪生姐妹——你和尤玉兰，获益不小。我们还将继续调查克拉克的下落，仍希望能得到你的帮助！谢谢你，谢谢你的一家！"

当金明和戈亮从曲秀珍家里出来时，已近子夜，星斗满天，清凉的夜风扑面而来，金明和戈亮深深地呼吸着这新鲜而甜美的空气。

上车以后，戈亮笑道："想不到，孪生遗传研究室的那封公函，今天派了大用场！"

金明也笑了，说道："真是无巧不成书！"

原来，孪生遗传研究室委托公安部门代为提供孪生人的线索，确有其事。在过去的工作中，金明和戈亮也曾向他们提供过一些孪生人的线索，甚至提供过一胞三胎的孪生人线索。不过，今天金明用那封公函，巧妙地"借题发挥"，从曲秀珍那里了解了尤玉兰的历史以及克拉克的初步下落，却充分反映出金明的聪明才智和随机应变的能力。不论是下午借黄冰司令员托带的那瓶"绿山牌名酒"访问孙敏，还是晚上借孪生遗传学研究室的公函访问曲秀珍，金明都未曾使被访者觉察到与"尖刀1号"案件有关，而所调查的内容却与侦破这一重大案件息息相关！

金明常说："'戏法人人会变，巧妙各有不同。'在侦破疑案时，就要看侦查人员的'巧妙'和'神通'了！"

当金明回到滨海市公安局第49层的办公室，那红色的电话机上亮着小指示灯，这表明有人来过电话。电话中装有自动录音装置，当主人不在的时候，就把对方要讲的话录在磁带上。电话是通过红机打来的，可见是重要情况。金明来不及歇一口气，就开始接电话了。

通宵"梳辫子"

金明拿起红机的耳机，从里面传出熟悉的女声——陈洁的声音。

这是陈洁从绿山市打来的电话。陈洁在电话中告知：从孙敏留给蔡清的那根长辫子中抽出来的头发，已经化验，查出血型为O型。头发中含镉量偏高，其余微量元素含量正常。还查出头发表面含有微量香水，经鉴定系巴黎高级香水。另外，陈洁还报告说，她在完成头发的化验任务之后，正着手在绿山市进行侦查，特别是对绿山市中心医院的那位牙科医师进行调查。

金明按了一下电话上的电钮，取下录音带交给戈亮，以便让电子计算机把陈洁刚才的电话转换为文字信息，打印出来。

　　金明对陈洁的工作汇报十分满意。陈洁的职务是法医，但是她长期跟金明在一起共同生活、工作，对侦查业务也很熟悉。正因为这样，他俩常常"分工不分家"，在执行任务时，金明帮助她做些法医工作，而她则帮助金明做些侦察工作。特别是某些场合，女同志去更加合适，陈洁往往自告奋勇，前往侦查。

　　金明对法医业务，也十分在行。刚才他一听陈洁说，那头发中含镉量偏高，便知道头发的主人是一个烟瘾很大的人。从某种意义上讲，头发也是一个观察人体的很重要的"窗口"。比如，精神分裂症患者的头发中，往往镉和锰的含量偏低，而铁和铝的含量偏高；多尿症患者头发中，铬的含量极低；代谢障碍症患者的头发中，钠含量很高，钙含量则极低……

　　从陈洁的化验结果来看，血型O型、嗜烟、头发上喷着巴黎高级香水，这三点与从曲秀珍那里了解到的尤玉兰的特点完全吻合。它一方面用事实证明蔡清珍藏的长辫子，确系尤玉兰的辫子，它也从另一个方面，证明曲秀珍所说的关于尤玉兰的情况，是可信的。

　　没一会儿，戈亮从电子档案室回来了，递给金明厚厚的一大沓打印文件。金明一看，除了有一张纸上印着陈洁刚才的电话记录之外，其余的竟是曲秀珍的长篇谈话记录稿！原来，戈亮起初想用脑子记，回来凭记忆进行整理。后来，他发觉曲秀珍的谈话不仅极为重要，而且很长，光凭记忆容易疏漏，便悄悄打开了手提包中的微型录音机，记录了曲秀珍的谈话内容。然后，用电子计算机打印成文字材料。

　　深夜，金明从49楼上透过窗户俯视全城，见灯光已经渐渐稀少了，人们大都入睡了，然而，看样子，金明和戈亮在这一夜中，又是连打一个盹儿的工夫都没有了！灯下，金明和戈亮对坐，面前都放着一杯冒着热气的咖啡。他们俩一边喝着，一边开始"梳辫子"。

"梳辫子"，是金明爱使用的一个"专用名词"，即分析案情的意思。每逢发生案件，进行了大量的侦查工作，由于案情错综复杂，一时还摸不着头脑，便安静地坐下来，与助手一起分析所获得的一大堆材料，去伪存真，理清线索，犹如"梳辫子"似的。

金明喝了咖啡，驱散了睡意，精神振作起来。他拿出铅笔，在白纸上写下很简单的字句，理清了这次侦查工作的"辫子"：

"尖刀1号"突然发射→在鹰山中心控制室发现两具焦尸→法医断定其中高大焦尸不是蔡清→获知蔡清有个从小离散的孪生弟弟→蔡清爱人王娟说曾在绿山公园看到蔡清与一个漂亮女人幽会→查到蔡清珍藏的一根长辫子→飞往滨海市访问蔡清母亲孙敏→孙敏说出了尤玉兰→查到了曲秀珍的地址→曲秀珍谈了尤玉兰的身世→初步知道蔡清同胞弟弟克拉克的下落。

金明和戈亮仿佛数学家考虑数学命题求证似的，又仿佛棋手考虑自己的棋路似的，仔细推敲每一步，查看有没有走错。

金明认为，侦破"尖刀1号"案件，把精力集中到寻找蔡清同胞弟弟克拉克的下落上，这是正确的。从目前的情况看来，克拉克是此案的一个关键人物——尽管作案者是不是克拉克还不能完全肯定，但是查出了克拉克的踪迹将为破案提供重要线索。

戈亮同意金明的分析。这位年轻的助手用手指着纸上的最后一个箭头，说道："老金，这一步棋有点失误！要查出克拉克的下落，克鲁克斯是关键人物之一。刚才在曲秀珍家里，当你向她问起克鲁克斯是怎么一个人时，她拿出照片，顾金铨讲了一个小插曲，惹得大家都笑了。这一笑，把追问打断了，结果曲秀珍并没有答复你的提问，没有详细介绍克鲁克斯

的情况，这是我们的失误。另外，曲秀珍讲起克鲁克斯时，曾露出过一句奇怪的话——'年轻的老头儿'，不知是什么意思？"

金明听了助手的话，脸上泛起了笑容。他感到，戈亮大有进步，能够看出他的疏漏之处。金明自己也已经看到了这一疏漏。

下一步棋，该怎么走呢？金明认为，一是要查清克鲁克斯的情况。克鲁克斯是椰市的名流，估计不难查清；二是继续追查克拉克的下落；三是要陈洁在绿山市侦查嫌疑对象——牙科医师唐斯。另外，据陈洁反映，唐斯既是前几年从滨海市调往绿山市的，当然也应该在滨海市查一下唐斯的历史情况。

就这样，金明和戈亮通宵"梳辫子"，连一个盹儿也没有打。他们深知，"尖刀1号"案件的案情错综复杂，不花大力气是很难破案的！

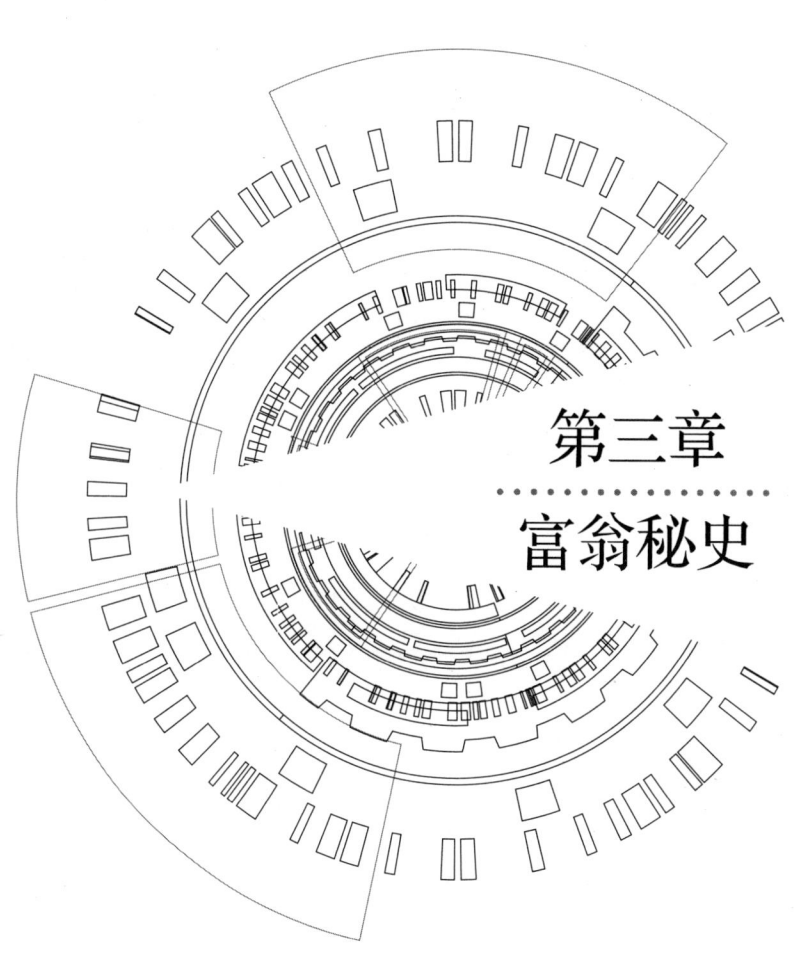

第三章

富翁秘史

"电子顾问"

金明和戈亮梳好"辫子"，天渐渐亮了。从窗口鸟瞰滨江，江面上来往的轮船渐渐多起来了。在朦胧的晨曦中，街道上的行人也渐渐多起来，滨海市从沉睡中苏醒过来了。

"当，当，当，当……"，附近的滨江大厦楼顶上的大钟，发出了响亮而悦耳的电子钟声。平常，金明听到这钟声，便从床上一跃而起，新的一天开始了。然而，今天金明听到这钟声，心中有一种强烈的时间紧迫感——钟声意味着"尖刀1号"案件从发生到现在，已经过去整整46个小时了！"尖刀1号"案件是重大案件，侦查中心领导逐期仔细阅读了金明发来的《"尖刀1号"案情简报》，并多次作了指示。许多有关部门也都行动起来，正在检查发生"尖刀1号"案件的原因，并采取了措施，防止发生类似事件。侦查中心领导责成金明尽一切力量争取在短期内破案。正因为这样，金明感到肩上的担子异常沉重，时间越来越紧迫。

金明和戈亮已经两夜没睡。他俩走进一个特殊的小房间，关紧了房门。这房间里光线幽暗。他俩各自坐在一张理发椅似的皮沙发上。一按电钮，靠背向后倾斜，他俩半躺在上面。接着，按了一下另一个电钮，椅子以一种特定的高频率振动着。

十分钟后，金明和戈亮从这特殊的小房间里走出来，精神抖擞，精力充沛，仿佛刚从酣睡中醒来。原来，那奇特的椅子，是一种新式的"消除疲劳椅"。侦查人员遇上重大紧急案件，几昼夜未合一眼是常事。正因为这样，滨海市公安局请人体生理所的科学家们帮助设计了"消除疲劳椅"，以便侦查人员在连续工作时能够保持旺盛的精力和清醒的头脑。当然，这种"消除疲劳椅"的功用是暂时的，只在一星期或十来天内适用。连续不眠的时间超过十天，"消除疲劳椅"的效果就要差一些。

通常，侦查人员在侦破一桩疑难案件之后，可以松一口气，一睡便是二三十小时！不过，他们很少能够真正睡足。因为一波刚平，一波又起，侦查人员常年过着高度紧张的生活。金明和戈亮回到办公室里，对下一步的侦查工作作了分工：金明负责查清关于威廉·克鲁克斯的情况，戈亮负责调查绿山市中心医院牙科医师唐斯在滨海市工作时的情况。

金明坐在白色屏幕前，按动电钮，从电子档案中查阅关于威廉·克鲁克斯的情况。电子档案处的电子计算机，是一位真正可以称得上"读书破亿卷"的"博士"，它查阅过滨海市图书馆的每一本图书、每一张报纸、每一份杂志。滨海市图书馆拥有数以亿计的图书、报纸、杂志。电子档案处的电子计算机把滨海市图书馆里的所有资料，都化为电子信息，存入它的庞大的信息存储器中，并对信息进行各种各样的分类，便于向公安侦查人员提供各种破案所需要的资料。

有时，案件在一个陌生的地点发生，侦查人员在出发前想了解一下当地的背景情况，可按地名查阅。比如，有一次在上海市郊古猗园不系舟发生谋杀案，金明对"不系舟"的情况不了解，一查电子档案，白色屏幕上

马上显示："古猗园，在上海嘉定县南翔镇，辟建于明代中叶，以戏鹅池为中心，池畔有不系舟，即石舫，又有浮筠阁（俗呼竹节亭）、竹枝山、补厥亭、白鹤亭等，还有南厅、微声阁、梅花厅、湖生亭、长廊……"金明一看，心中便有数了。

有时，案件中涉及一些疑难名词，侦查人员可以从电子档案中查出注释。金明在处理一桩巨额赌博案时，遇上一个名词Slam Bidding，弄不清楚。一查电子档案，方知原来这是打桥牌的专用名词："Slam Bidding，即满贯叫牌，应由双方推论而成，一是从开叫人的立场作出推论；二是从应叫人的立场作出推论……"这种专用名词，查《辞海》也查不到的，而电子档案由于对《桥牌入门》一书的信息加以处理，所以能够查到。还有一次，两名间谍规定以手持"肾蕨"为接头暗号。金明不明白"肾蕨"是什么东西，电子档案却提供了注释："肾蕨，又名蜈蚣草，亚洲热带植物，是骨碎补科多年生草本。叶簇生，草质，光滑，无毛……"有时，案件中涉及一些方言名词，也可从电子档案中查出释义。例如，金明在处理内蒙一起案件中，遇到"苏鲁克"一词，查了电子档案才弄清楚："苏鲁克，蒙古语，原意是畜群，通常指牧民与牧主之间的生产关系。新中国成立前，内蒙古牧民代养牧主的牲畜叫'养苏鲁克'。蒙古王公贵族、上层喇嘛、旗府、庙仓以劳役形式将畜群交给属民放牧，叫'放苏鲁克'……"金明是一位"警察博士"，自从有了电子档案当"顾问"，他就更"博"了。

在电子档案中，最重要的当然是人名档案了。电子计算机是一位极为细心的"资料分类学家"，能够把各种书刊中的资料按人名加以分类、归档。比如，报上刊登了某次先进工作者代表大会名单，某次人民代表大会名单，某次大会主席团名单，电子计算机便把这些信息分别存入名单中的有关人名的档案。如果张三曾参加过这三次会议，那么，在张三的档案中便记载着某年某月某日出席某次先进工作者代表大会、某次人民代表大会，是某次大会主席团成员等。这样，侦查人员可以从人名档案中，查到关于这个人的十分详细的材料。

电子计算机不光是研究国内书刊，而且对国外书刊也广为研究。这样，只要在国外报刊上露过面，发表过文章，哪怕是在"寻人启事"或者在戏剧广告的演员名单上出现过名字的人，均可查到。

比如，金明有一次审问一位名叫安东尼·华格纳的间谍，要间谍交代自己的历史。间谍支支吾吾，吞吞吐吐。金明便问他：

"你跟玛丽小姐是什么关系？你跟格林公爵、安德森博士、海明威将军、欧布莱尼少校是什么关系？你跟福克纳教授、安德森伯爵又是什么关系？你要特别详细交代与海明威将军的关系！"

金明这一连串问话，吓得那间谍面似土色，交代了以上关系，特别是详细交代了间谍头子海明威将军如何把他拉进间谍机关的经过。金明为什么能了如指掌地说出那一连串人名呢？那是因为电子计算机曾从国外报刊上查出这个间谍跟玛丽小姐结婚时的启事，启事上还登载了出席他的结婚仪式的社会名流的名单。金明又逐一查阅了这些名单，查出海明威将军是一个间谍机关头子。这样，金明巧妙地借助于一则十几年前很不显眼的结婚启事透露的内容，迫使间谍作了交代。

此刻，金明正在查阅威廉·克鲁克斯的档案。威廉·克鲁克斯是椰市

百万富翁，头面人物，当然，要查出他的历史资料，并不费事。

威廉·克鲁克斯究竟是怎样的一个人呢？

"嗡嗡博士"的杰作

果真，威廉·克鲁克斯并不难查。在白色屏幕上出现了如下内容：

William Crookes，威廉·克鲁克斯，生于1832年，死于1919年，英国著名的科学家，曾于1862年用分光法发现了化学元素铊。1873—1874年，发明辐射计。

恩格斯在《自然辩证法》一书《神灵世界中的自然科学》一节中，曾谈到过他："英国自然科学家中的第二个著名的内行，是威廉·克鲁克斯先生，化学元素铊的发现者和辐射计（在德国也叫作Lichtmuhle）的发明者。克鲁克斯先生大约从1871年起开始研究降神现象，为着这个目的应用了许多物理仪器和力学仪器，弹簧秤、电池……"

金明一看，不由得笑了！他知道，这大约是由于同名同姓的缘故，把19世纪的英国科学家的档案也调出来了。不过，金明倒是十分佩服电子计算机那一丝不苟的"工作态度"，就连恩格斯在《自然辩证法》中提到威廉·克鲁克斯的那段话，也全文摘录。恩格斯在《自然辩证法》一书中，提及数以百计的科学家，电子计算机都一一加以分类、摘录。如果让人去对上亿册书刊进行这样的分类、摘录工作，真不知要到何年何月呢！

金明继续查找威廉·克鲁克斯的档案，啊，白色的屏幕上出现一大串威廉·克鲁克斯！原来，威廉·克鲁克斯这样的名字，就像中国的"张小弟""王小妹"之类名字似的，同名同姓者甚多。

金明只得先查一下数百个威廉·克鲁克斯的简历，从他们的生卒年月、国别入手，先排除一大批与"尖刀1号"案件无关的同名同姓者。

金明查来查去，竟查不到一个与"尖刀1号"有关的威廉·克鲁克斯！

难道威廉·克鲁克斯是假名？

金明又细细查看了一遍，发现其中有一个威廉·克鲁克斯的简历颇为奇特，生卒年月写着"？——，据传已经100多岁，圣岛人。"

出生年月写着"？"，这表明此人何年何月出生不详，逝世年月空白，这表明此人还活着。至于圣岛，是离椰市不远的一个小岛。

"也许这个威廉·克鲁克斯会与'尖刀1号'案件有关？"金明自忖道。

不过，他实在不明白简历上的那句话："据传已经100多岁！"

金明按动电钮，屏幕上出现了关于这个威廉·克鲁克斯的详细档案：

威廉·克鲁克斯先生是当今椰市首屈一指的巨富，一个具有神秘色彩的人物。关于他的种种传闻甚多，相互矛盾，就连他的出生年月也不得而知。因此，关于他的生平的各种摘录资料，虽有一千多篇，均不足为凭。椰市某报的一个记者出于对威廉·克鲁克斯的好奇，想撩开他的神秘的面纱。记者冒着生命危险，暗中跟踪威廉·克鲁克斯，并化妆成椰市警察盘问了威廉·克鲁克斯的亲友，终于独排众说，写出真实可靠的《年轻的老

头儿》一书，以笔名"嗡嗡博士"发表。该书出版后，轰动了椰市，一时成为头号畅销书。然而，此事惹怒了威廉·克鲁克斯，他派人追查，查出了"嗡嗡博士"，并把他暗杀掉了。威廉·克鲁克斯还派人到出版社以及书店，把《年轻的老头儿》一书的手稿、清样、纸样以及印成的书，都洗劫一空，付之一炬。威廉·克鲁克斯的暴行，使椰市各界大为震惊。它从反面说明，《年轻的老头儿》一书倒可能是真实的、可靠的，它揭露了威廉·克鲁克斯的秘史，触痛了他的伤疤。威廉·克鲁克斯已经下手晚了，这本书已在椰市广为流传，而且还被一些外国人买去。不久，在国外出版了各种文字的译本。正因为这样，如果想详细了解威廉·克鲁克斯的历史，请读《年轻的老头儿》。

电子档案室存有英文版《年轻的老头儿》一书，办理手续后即可借阅。

金明很快就借到了《年轻的老头儿》这本书，厚厚的，封面很醒目、特别，一个人的脸充满画面，左半脸是他20来岁的照片，右半脸则是白发苍苍、满是皱纹的照片。上面醒目地写着"A Young Old"（即《年轻的老头儿》）。

金明对英语娴熟，能够自如地用英语跟外宾交谈，当然也就能够轻松地阅读英文著作。威廉·克鲁克斯是与"尖刀1号"案件有着密切关切的人物。金明很细心地阅读着《年轻的老头儿》一书。"嗡嗡博士"到底是一个老练的记者，用十分风趣的文笔写成了这本书，读来颇有兴味。

不过，原著洋洋几十万言，太长了，不能全文抄录。以下是《年轻的老头儿》一书的内容摘要。文中的"我"，即"嗡嗡博士"夫子自称……

神秘的"亿万富翁"

对了，你一看这本书的作者的名字，都会发笑！

什么，"嗡嗡博士"？"嗡嗡"叫的"博士"？

你想想，什么东西飞起来"嗡嗡"直叫？哦，蜜蜂！

好了，好了，只要你懂得"嗡嗡"是蜜蜂的意思，那就可以了。我用不着多费口舌，对"嗡嗡博士"再作任何注释了。

我是一个记者。你一定知道，记者这种人的职业习惯，就是爱打听新奇的、读者关心的事儿。越是带有神秘色彩的事儿，读者越是关心，记者也最爱打听。

就拿这本《年轻的老头儿》来说，所写的威廉·克鲁克斯，便是一个极为神秘的人物。

我——"嗡嗡博士"，历尽艰辛，才算打听到关于他的种种奇闻。

威廉·克鲁克斯，人们都说他是"百万富翁""椰市第一富翁"。其实，"椰市第一富翁"倒是名副其实，而说他是"百万富翁"则未免太小看人了！威廉·克鲁克斯的财产，岂止一百万美元？用"亿万富翁"来形容威廉·克鲁克斯，还嫌头衔太小哩。总之，关于威廉·克鲁克斯的财产，是一个谜，即使用电子计算机计算，也很难算出一个准确的数字。

威廉·克鲁克斯之所以神秘，主要倒还不在他是一位"亿万富翁"，而在于他是椰市的一位铁腕人物，一位实际的统治者——尽管他没有任何官衔。

如果认为威廉·克鲁克斯不愿担任椰市的任何官职，是一种谦逊的美德的表现，就大错特错了。实际上，那是因为他认为，在椰市担任一官半职，实在太没有意思。他有着一颗勃勃雄心！对了，对了，说了半天，还没有解释一下本书的书名为什么叫《年轻的老头儿》？其实，这也是威廉·克鲁克斯的神秘所在。他，从来没有向别人谈起过什么时候出生，多少岁。据人们估计，他起码有100多岁！我在110多年前的《椰市日报》上，便已经查到他的结婚启事。你想想，新郎的年龄，起码总得有20来岁吧。就算他20岁，到现在也应该是130多岁了。

当然，威廉·克鲁克斯这样的名字甚多，那则结婚启事会不会是同名同姓者登的呢？不，不会！尽管与威廉·克鲁克斯同名同姓者不少，不过，威廉·克鲁克斯的那副下颏前凸的长相，除了中国明朝皇帝朱元璋可以与他"比美"之外，很少有人跟他长得一模一样！在那结婚启事上，便登着威廉·克鲁克斯这么一副"尊容"——也就是本书封面左半脸的模样。不过，我还得说明一下，封面上那左半脸，并不是威廉·克鲁克斯110多年前的照片，而是10多年前的照片。而那皓首银发、老态龙钟的右半脸，则是他60多年前的照片！亲爱的读者，如果你不是一边阅读本书一边进行计算的话，一定会被这些奇怪的数字弄糊涂了。要知道，我差不多花费了整整一年工夫，逐页翻阅了《椰市日报》以及椰市的其他小报，偶尔登出的关于威廉·克鲁克斯的照片，进行排比统计，得出以下表格：

年（估计）	实际年龄	从照片上估计的岁数
130年前	出生	无照片
110年前	20	20
100年前	30	30
90年前	40	40
80年前	50	50
70年前	60	60
60年前	70	70
50年前	80	60
40年前	90	50
30年前	100	40
20年前	110	30
10年前	120	20
现在	130	无照片

　　我经过这么一番的计算、对比之后，感到非常惊讶：威廉·克鲁克斯在到了70岁之后，怎么会渐渐年轻了？从照片上看，他确实一年比一年年轻！

　　正因为这样，本书的书名便叫《年轻的老头儿》。

　　威廉·克鲁克斯为什么会成为一个"年轻的老头儿"呢？

第8纵队

为了探索"年轻的老头儿"的奥秘,我访问了许许多多有关的人士。有人闭口不谈,有人吞吞吐吐,有人漏了几句,我在极为艰难的条件下进行采访。几乎所有被采访的对象,都要求对他们的姓名保密。我尊重他们的意见,隐去消息的来源。不过,请诸位读者相信,书中所谈的都是事实,都是有凭有据的。

在我们这个社会中,人们常常以为,有钱就等于幸福,幸福就是有钱。其实,并不尽然如此。威廉·克鲁克斯是亿万富翁,可谓有钱矣,然而,他并不幸福。

威廉·克鲁克斯先生的家庭,是一个大家庭。根据我的考证,威廉·克鲁克斯先生从20岁到70岁,每隔10年,要离婚一次,重娶一位夫人。至于从70岁至120岁,则每隔5年,要离婚一次,重娶一位夫人。除了明媒正娶的夫人之外,威廉·克鲁克斯还有许许多多的"地下夫人"。正因为这样,他的儿女成群,多达几十个。由于威廉·克鲁克斯不断"废黜"这些儿女的母亲,因此,他的儿女虽多,没有一个对他有好感的。在威廉·克鲁克斯看来,没有一个子女是忠诚、可靠的,这一方面是由于威廉·克鲁克斯本人像老狐狸一样多疑，另一方面就子女来说也确实如此。

当威廉·克鲁克斯年过50岁时，他开始发胖了，胖得像头肥猪，高血压、冠心病之类疾病也就接踵而来。到了60多岁，他已觉得年老体衰，精力不济，很难经营他那庞大的事业。

然而，他的子女们却幸灾乐祸，巴不得威廉·克鲁克斯早日归天，以便继承遗产。他们私下里不断地用电子计算机进行计算，一旦威廉·克鲁克斯离开人世，他们每个人可以分得多少遗产。他们十分得意，因为威廉·克鲁克斯是亿万富翁，即便是把遗产平均分为一百份，每人得一份，也将是百万富翁！

"人生七十古来稀。"当威廉·克鲁克斯越是年近古稀，心中越是希望多活一些日子。在这个世界上，他不相信除了自己之外的任何人。他认为只有自己才是可靠的，他不愿把自己的财产交给任何人——即使是他自己的亲生子女。

威廉·克鲁克斯手下，有一条"看门狗"，叫作黑鹰。黑鹰跟随威廉·克鲁克斯多年。威廉·克鲁克斯信任黑鹰，超过信任他的子女们。

黑鹰这个人的个子不算高，瘦瘦的，一双三角眼总是骨碌碌转来转去，那眉头总是紧皱着的，以致在眉间留下三道极深的竖纹，看上去像一个中文"川"字。他的脸皮像鼓皮似的，总是绷得紧紧的，以致连两颗大门牙都无法遮住，常常露在嘴唇之外。黑鹰的脸，终日"阴有雨"，几乎很难看到他笑。即使笑，也是奸笑、阴笑。

黑鹰既是威廉·克鲁克斯的保镖，又是他的耳目、参谋。黑鹰组织了

一支别动队。这是一支极为秘密的别动队，代号为"第8纵队"。黑鹰被威廉·克鲁克斯任命为"第8纵队"司令。

这支"第8纵队"总共有多少人马，不得而知。不过，据说黑鹰遴选"第8纵队"的队员，有三个条件：第一，机灵；第二，身强力壮；第三，务必是大学理科毕业生。

当然，这第一、第二两个条件容易理解，至于第三个条件，却叫人费解。其实，这是因为"第8纵队"，担负着"科学间谍"的任务。

威廉·克鲁克斯以为，当今是现代化的世界，先进的科学技术是一本万利的"摇钱树"。谁的技术先进，谁就赚大钱。正因为这样，威廉·克鲁克斯豢养了一批"科学间谍"，采用现代科学技术作为间谍工具，来刺探各种现代化科学情报。这些"第8纵队"的队员，都懂得现代科学，熟悉现代科学的"行情"。用刺探、偷盗而获得的科学情报，当然比发明这些新科学、新技术省力、省钱。

黑鹰为威廉·克鲁克斯立下汗马功劳。正是由于黑鹰的"第8纵队"窃取了许多科学技术情报，所以威廉·克鲁克斯的工厂总是用最先进的技术进行生产，赚取了大量利润。另外，"第8纵队"也担负着保护威廉·克鲁克斯个人安全的任务。他们用现代化技术为威廉·克鲁克斯设计、制造了防弹轿车，以防暗杀。威廉·克鲁克斯的住处有好多个地方。威廉·克鲁克斯的住宅，也都用最现代化的措施加以严格保护。他的食物，都经过严格的检验他才吃。正因为这样，威廉·克鲁克斯的子女们尽管早就想暗算他们的父亲，以便早日瓜分遗产，慑于"第8纵队"的威力，不敢轻易动手。

黑鹰是威廉·克鲁克斯肚子里的一条"蛔虫"，他知道威廉·克鲁克斯在想什么。当他看到威廉·克鲁克斯正在为年老体衰、末日来临而愁容满面、长吁短叹的时候，想出了一条妙计……

劫机事件

黑鹰想出了什么妙计呢？那是一个周末的傍晚，一架微型直升机离开离椰市5千多公里的橄榄岛，飞往哈米市。

微型直升机的机身只有一辆轿车那么小，通常只能坐两三个人。此刻，直升机里只有哈立德博士在驾驶，似乎并没有别人。

哈立德博士身体非常壮实，看上去像个运动员似的。他方脸，下颚很大，配上高大的鼻子、明亮的蓝眼睛、宽阔的前额，显得很威严。

哈立德博士是哈米市人体生理研究所副所长。他的研究室设在橄榄岛上。这个岛两头尖，像一枚橄榄似的，因而得名。哈立德博士每星期一清早来到这里，每星期六傍晚回到哈米市休假。

橄榄岛与哈米市之间，隔着大海。这时，夕阳西照，西边一片金色的晚霞，蓝绿色的海面上金光点点。哈立德面对着这充满诗意的美景，心中感到宽慰，忘掉了一星期以来连续工作的疲劳。

突然，他觉得有一个冷冰冰的东西，碰在后脑勺。回头一看，见一个瘦老头儿正用手枪对准他！

就这样，哈立德博士被绑架了。那瘦老头儿以极为熟练的动作，给哈立德博士戴上手铐。然后，坐到驾驶员的座位上，改变了微型直升机的航向。

这瘦老头儿，便是黑鹰。他事前躲在后排座椅底下，预谋劫机。

直升机慢慢下降，贴近海面。不久，一个黑的东西从水下冒出。哈立德博士一看，原来是一艘潜水艇！

瘦老头儿逼着哈立德博士上了潜水艇。那直升机一直停在海面上空。当潜水艇开走之后，直升机坠落在海中。

在哈米市，人们以为哈立德博士因座机失事而丧生。谁知正当哈米市的报纸登出这一新闻的时候，哈立德博士却坐在"第8纵队"的潜水艇里，正驶往椰市。

哈立德博士感到莫名其妙，不知道自己为什么会被绑架？不过，有一点很清楚，那就是绑架他并不为了谋财——绑架者丢弃了那架直升机，而且也没有对他进行搜身。

哈立德博士被绑架到椰市的一座神秘的小楼里，黑鹰跟他"洽谈条件"，他才恍然大悟！原来，"第8纵队"平时广为搜集各种科学书刊。一位队员偶然见到哈立德博士的一篇题为《论"少年老成"与"返老还童"》的论文，立即写了一份内容摘要，送呈黑鹰。黑鹰一看，如获至宝，马上查阅了全文。哈立德博士在论文中指出：

"'少年老成'通常是那些办事老练、稳重的年轻人。我是研究人体生理学的，在我看来，'少年老成'这句话另有一种含义——指'早老症'患者。

"在1886年，人们第一次发现，一个3岁的男孩变成了一个'老头儿'！此后，人们发现几十例'早老症'患者。1980年，在中国曾发现一个名叫刘昌荣的男孩，过早地衰老，变成了老头子。刘昌荣在1970年4月12日生于四川省泸州。他在10岁时，皮肤松弛，脸上满是皱纹，头发稀疏，讲话声音低沉，像老人声调。中国报纸还刊出了刘昌荣的照片。这一消息，使我对'早老症'发生了莫大的兴趣。我查考了几十例早老病历，发现其寿命只有7—27年！

"不久前，我在哈米市也发现了一个早老的孩子，才8岁，已经像一个年逾古稀的老太婆。他们的父母很穷，不愿再养育这个过几年就要死去的孩子。我从他们的手中，买下了这个孩子，把她作为试验对象，进行研究。

"我经过不断探索，从她的血液中，提取出一种白色的结晶体。我把这种结晶体注射到小白鼠身上，小白鼠很快就衰老、死去。我终于找到了导致'早老症'的原因——是这种结晶体在起作用，我把它称为'早老素'。

"我在查阅文献时，还查到一种与'早老症'截然相反的'还童症'：意大利西西里岛卡塔尼亚城的一位少女，叫作安特尼娜·达密珂。本来，她一切都正常，15岁时身高为1.5米。然而，就在这一年之后，她的个子忽然渐渐变矮，人也渐渐变小，讲话变得像婴儿似的，后来身体缩小到两三岁的孩子那么小！世界上，像这样的'还童症'，也有几十例。

"我千方百计，托人用高价从国外买到一个患'还童症'的男孩子，

从他的血液中提取到另一种白色结晶体，我称它为'还童素'。

"奇怪的是，'早老素'的化学成分，竟然和'还童素'一模一样！我仔细观察了这两种结晶体，发现它们的外形一样，方向相反，正如左手与右手一般，或者说是实物与镜像一般！

"我不由得想起著名法国科学家巴斯德（1822—1895）在1848年的发现——他指出，酒石酸便有两种对称的结晶体，犹如左、右两手，这种现象称为'对映异构体'。英国科学家拜欧，早在1812年也曾指出石英晶体有这种现象。后来，人们发现了越来越多的'对映异构体'。

"也就是说，我发现，'早老素'与'还童素'是一对孪生子，一对对映异构体。

"我用人工的方法，制成了'早老素'与'还童素'。经用小白鼠试验证明，这两种人工合成的激素分别具有早老或还童作用。"

黑鹰查出了哈立德博士的地址，悄悄地把他绑架了⋯⋯

懊悔莫及

在黑鹰的严密监视下，哈立德博士在椰市制出了"早老素"和"还童素"。

　　哈立德博士一向是用小白鼠做试验。到了黑鹰手里，他那三角眼睛一转，想出了坏主意：光用小白鼠做试验怎么行？要用人做试验！

　　黑鹰一下命令，"第8纵队"的队员们便在深夜里出发，潜入椰市的贫民窟里，偷来了穷人的孩子。一试验，果真灵光！小孩儿行，大人行不行呢？用谁来做试验？黑鹰说，"远在天边，近在眼前"，就用哈立德博士本人做试验！黑鹰先是给哈立德注射"还童素"，哈立德年轻了。然后，又注射"早老素"，哈立德又衰老了。如此这般，试了多次，十分灵验。

　　威廉·克鲁克斯非常仔细地观看了黑鹰做的种种试验。他喜滋滋的，眼睛眯成了一条缝。他很赞赏这位"第8纵队"司令的忠诚和才干。

　　经过这么一番试验，威廉·克鲁克斯放心了。于是，让黑鹰给他注射了"还童素"，使他变得年轻起来。威廉·克鲁克斯一年比一年年轻。

　　至于"早老素"，对于威廉·克鲁克斯是毫无用处的。他让黑鹰把剩下的"早老素"，全部注射到哈立德博士身上。

　　过量的"早老素"使哈立德博士迅速地衰老。过了半个月，哈立德博士就像老丝瓜筋似的，干瘪、瘦削，闭上了眼睛，含恨死去。就这样，一位对人类科学事业作出重大贡献的科学家，竟死于他自己的新发明！

　　威廉·克鲁克斯真的返老还童了，80岁的时候像60岁，90岁时像50岁，100岁时变成40岁的模样……

　　其实，黑鹰更加狡诈，他在拿威廉·克鲁克斯做试验哩！他本来很担心"还童素"会有什么副作用，不敢给自己注射。过了20年，看着威廉·克鲁克斯越来越年轻，红光满面，没有什么不好的副作用。黑鹰想，

自己充其量还活不了20年，不如注射"还童素"，可能会活得更久。于是，他悄悄给自己也注射了"还童素"。

威廉·克鲁克斯一年比一年年轻，他更频繁地离婚——结婚——离婚——结婚。

不过，当他在120岁的时候，发现事情有点不妙：这时，他变得像20岁的小伙子般年轻。本来，他满口假牙，这时竟不断长出真牙来！他想，如果再不断年轻下去，他会变成少年，变成儿童，以至变成婴儿、胚胎！也就是说，这意味着他的末日又将来临！

威廉·克鲁克斯记起来，在用哈立德博士进行"试验"时，注射"早老素"，可以使返老还童的人，重新"返童还老"。

然而，剩下的"早老素"，全给黑鹰注射到哈立德博士身上去了，而哈立德博士已经死去50多年，连尸骨都无处可寻！威廉·克鲁克斯十分懊悔。唉，当初不该把哈立德博士杀掉！唉，当初不该把"早老素"全部用光！威廉·克鲁克斯开始埋怨、责怪起黑鹰来。尽管当初黑鹰用"早老素"杀死哈立德博士，是威廉·克鲁克斯的主意。然而，如今他却怀疑起黑鹰在玩弄什么阴谋。特别是威廉·克鲁克斯发觉黑鹰也逐渐年轻起来，便知道他在背地里动用过"还童素"。

威廉·克鲁克斯具有狐狸的性格——多疑、狠心。他下令处死了黑鹰。这条"看门狗"，终于死在他的主人刀下！

威廉·克鲁克斯从"第8纵队"中提拔了在他看来是很忠实的队员霍金，担任了新的司令。霍金亲眼看到了黑鹰的下场，更加小心翼翼地伺候着狂暴的威廉·克鲁克斯。

黑鹰之死，并不能挽回威廉·克鲁克斯垂死的命运。威廉·克鲁克斯的身材一天一天地缩小，变成了少年，变成了儿童……

从此，人们再也看不到威廉·克鲁克斯。在报刊上，再也看不到威廉·克鲁克斯的近影以及近况报道。

威廉·克鲁克斯神秘地消失了。

人们都说，威廉·克鲁克斯已经死了！威廉·克鲁克斯真的是死了吗？我怀疑这一点。经过我——"嗡嗡博士"的仔细调查，才从一个知道底细的人（姑隐其名）那里获知，威廉·克鲁克斯并没有死，他还活着。他隐居在一个小岛上。

这是一个非常古怪奇特的小岛。人们称它为"怪岛"。

至于怪岛是一个什么样的岛，它在哪里，不得而知。我只是听说，那是威廉·克鲁克斯苦心经营多年的巢穴，"第8纵队"的司令部就一直设在那里。

这本《年轻的老头儿》，只能写到这里为止。如果将来我能够获悉怪岛的秘密，一定再写一本书——《怪岛》。

……

唐斯家里的进口货

　　金明一口气读完"嗡嗡博士"所著作洋洋数十万言的《年轻的老头儿》一书。金明看书速度甚快，堪称"一目十行"，不过他读书详略分明，重要的章节逐字逐句推敲，而无关紧要的章节则一掠而过。

　　金明读罢，心中十分高兴，因为从这本书里，他详细了解了与"尖刀1号"案件有着重大关系的人物——威廉·克鲁克斯的身世。如果不是"嗡嗡博士"冒着生命危险写出了这本书，从那传说纷纭的各种关于威廉·克鲁克斯的报道中，想要弄清楚他的真面目，那就困难了。

　　当然，金明更关心的是尤玉兰和蔡清的同胞弟弟——威廉·克拉克。由于威廉·克鲁克斯的结婚次数太多，他的子女太多，所以在《年轻的老头儿》一书中，只是极为简略地提到了尤玉兰。书中说："威廉·克鲁克斯在45岁左右（实际年龄95岁左右），曾与一位中国血统的椰市著名电影女演员尤玉兰结婚，生了一个男孩，名叫威廉·克拉克。结婚后一年多离婚。"书中附有一张威廉·克鲁克斯与尤玉兰结婚时的照片，跟金明在曲秀珍家里看到的那张一样。

　　另外，《年轻的老头儿》书末，附有威廉·克鲁克斯这个大家庭的家谱。在家谱中，也查到了尤玉兰和威廉·克拉克的名字。这样一来，从另一个角度，证明了曲秀珍所谈的情况，是真实可靠的。

金明花了两个小时，读完了《年轻的老头儿》一书，并对重要材料作了摘录。正当他准备开始查阅尤导演的材料时，门开了，戈亮旋风般回来了。

戈亮向金明汇报道："唐斯在滨海市的情况，基本上查清楚了。"

原来，戈亮在外出调查前，先查阅了电子档案中滨海市居民名册，在名册中，居民们的姓名是按姓氏笔画分门别类的。戈亮在查阅屏上用自来水笔写下"唐斯"二字，刚写完，墨迹未干，显示屏上便出现了这样的材料：

"唐斯，男，汉，滨海市日晖医院牙科医师，家住凌云路47号407室。家庭电话：65679432。"

在这条材料后面，有一小注：

"此人已调往绿山市中心医院工作。"

材料上还附有一张照片，那斯斯文文的模样，跟陈洁所说的唐斯的外貌完全吻合。

戈亮离开了滨海市公安局，驾车来到凌云路派出所。那里的户籍警告诉戈亮，唐斯家已于半年前搬到建国路708号103室。另外，戈亮还从户籍警那里了解到一个重要情况：唐斯并没有女儿！唐斯的妻子叫郑萍，56岁，已退休一年。她本是凌云路第三小学的美术教员，在退休后搬家。唐斯只有一个儿子，叫唐亮，27岁，毕业于外语学院，现任滨海市旅游公

司翻译。唐亮和他的母亲住在一起。唐斯虽在绿山市工作，户口仍在滨海市，未迁出，他到绿山市中心医院属于借调。那是因为在几年前，绿山市中心医院缺少有经验的牙科主治医师，希望滨海市给予支援，唐斯主动要求借调。唐斯再过两年便到退休年龄，退休后，准备仍回滨海市，所以未把户口迁出。

戈亮立即驾车赶往建国路派出所，那里的户籍警证实，唐斯家确实住在708号103室。据说，当时三楼也有空房子，郑萍主动要求住在底楼，说自己年纪大了，在底楼进出方便。708号是建造多年的大楼，103室原先有人住的，这一家搬走了，所以郑萍迁入。

戈亮问明了原住户的姓名，家庭情况，告辞了户籍警。

戈亮的轿车停在建国路派出所的院子里。他用十分敏捷的动作，把轿车的车号牌翻了一下——原来，执行侦查任务的轿车，通常都装了这种特殊的可以翻转的车号牌。车号牌的一面写着公安局的车号，便于执行紧急任务时，交通警一看这车号，立即放行；车号牌的另一面写着普通的民用号码，在某些特殊的情况下，用这样的车号遮人耳目，以免被人看出是公安局的车子。此时，戈亮把民用的车号翻了出来，上车后换上便衣。

戈亮驾车来到建国路708号。那103室门临大街，独门出入。戈亮按了门铃，没一会儿，一个中等个子的老年妇女前来开门。她上下打量着戈亮。

戈亮操着一口标准的普通话，指着手里的一包东西说道："是708号

103室吗？"

"对，对。"那妇女用一口滨海方言答道，请客人进屋。她以为，大约是唐斯托人带东西来。

戈亮进屋坐定之后，问道："你是张大嫂？"郑萍一愣，反问道："你找谁？"

戈亮随口说道："我是张英同志的表哥的同事。他表哥托我带点吃的东西来。"

郑萍这才明白，连忙说道："你弄错了！张英家已经搬走了。"

"住在哪儿？"

"中山东路1776弄24号。"

戈亮佯装惊讶，用手抓抓后脑勺，退了出去，坐车走了。

戈亮在郑萍那里充其量只坐了1分钟，用那敏锐的目光发现：那大屏幕彩色电视机，上面有"海鸟牌"标志，显然是椰市的产品；茶几上放着的香烟，是"美人鱼牌"的，一看便知也是椰市的产品。

金明听了戈亮的汇报，满意地笑了，说道："你也会'旁敲侧击'了！"

戈亮哈哈笑道："还不是从你那里学来的。"

金明认为戈亮汇报的情况中，有两点极为重要：第一，唐斯没有女儿。那么，出差到绿山市看望唐斯的女人，显然不是他的"女儿"；第二，从唐斯家里可以看出，他跟椰市有联系，像"海鸟牌"大屏幕彩色电视机、"美人鱼牌"香烟之类的东西，在国内市面上是买不到的。

这样看来，唐斯已成了重要的嫌疑对象。

正在这时，金明办公桌上的红色电话机，发出了"嘟嘟"的响声。

有痣还是没痣？

金明拿起耳机，一听那熟悉的女中音，便知道是妻子陈洁打来的。

真是"所见略同"，陈洁在绿山市也注意起唐斯来了，详细侦查了唐斯的情况。

绿山市中心医院对唐斯甚为尊重，因为唐斯是牙科老专家，愿不辞辛苦来到山区工作，十分难得。尽管唐斯在绿山市孤身一人，医院仍分配给他一套房子，十分舒适。

据绿山市中心医院领导反映，唐斯工作勤勤恳恳，任劳任怨。

他在技术上确实有一套，而且为人热忱，不保守，愿意把自己的经验传授给年轻助手。经了解，唐斯的女儿曾几次从滨海市到这儿来，据说是出差。女儿名叫唐吟吟，来到绿山市之后，从不住招待所，而是住在唐斯那里。她似乎深居简出，很少在外露面，因此见到唐吟吟的人很少。平时，唐斯吃过晚饭之后，总要沿着山间小路散散步，他常说："饭后百步走，活到九十九。"可是，当唐吟吟来了，他就不散步了，在家里陪着她。

唐吟吟从不到中心医院里来，只有牙科的见习医生吴丽华见到过唐吟吟。那是因为吴丽华的家离唐斯家不远，她是一个用功的青年，粗知英语，每天晚上吃力地在啃英文牙科专著，遇上不懂的地方，就到唐斯家里请教。一天晚上，当吴丽华夹着一本厚厚的英文《牙科学》来到唐斯家里时，看到一个陌生的姑娘，一打听，才知道原来是唐斯的女儿。

唐吟吟对客人似乎很冷淡，巴不得早一点把吴丽华打发走。吴丽华的英文书上夹着一张张纸条，逐页向唐斯请教。唐斯戴着老花眼镜，慢吞吞地逐一解答。唐吟吟有点不耐烦了，把那厚厚的英文书拿过来，对吴丽华说："我来解释！"

吴丽华真没想到，唐吟吟的英语极为流利，比唐斯要高明多了，只花了五六分钟，唐吟吟就把吴丽华遇上的"拦路虎"统统打掉了。吴丽华欣喜地夹起英文书，告辞了。唐吟吟并不起身送行，只是坐在沙发上跟她矜持地点点头，唐斯倒一直把吴丽华送出大门口。

据吴丽华回忆，唐吟吟大约二十五六岁的样子，烫着云纹式头发，长得丰满，眼睛很大，眸子明亮，是一位漂亮出众的姑娘。她讲一口标准的普通话，也许，是出于职业的习惯，吴丽华一眼就发现，唐吟吟的左上门牙，有一颗是假牙。

陈洁查阅了戈亮所整理的王娟的谈话记录。王娟谈到在绿山公园里见到蔡清与一个女人在一起，是这么形容的："那女人我从来没有见过，二十五六岁的样子，杏眼，柳叶眉，稍丰腴，出众的美人，眉梢嘴角挂着

轻浮的笑意。穿着一身粉红色连衣裙。"

陈洁觉得，吴丽华所说的唐吟吟的神态，与王娟所形容的绿山公园里见到的女人，有许多相似的地方。这样，陈洁大胆地设想，唐吟吟与那女人会不会是同一个人呢？不过，陈洁问吴丽华，唐吟吟的右眉尖上有没有一颗明显的黑痣，她起初说没注意，后来仔细进行回忆，明确说没有黑痣！

陈洁又去问王娟，王娟则说那女人右眉尖上肯定有一颗很显眼的黑痣！至于那女人的左上门牙是不是假牙，那真是天晓得，因为王娟是一位芭蕾舞演员，怎么会去注意什么假牙、真牙？

这么一来，唐吟吟与那女人会不会是同一个人，得不到有力的佐证，只能算是一种"设想"而已。

金明在电话中听了陈洁的汇报，认为她的这一"设想"很有道理。

金明指出，平常他在培养新的侦查人员的时候，除了考虑他们的政治觉悟、体质等条件外，还有一个条件——外表无任何明显的特征！作为公安侦查人员，不能叫人看上一眼就记住了，留下印象，这样不便于进行工作。同样，间谍机关在选择人员时，也必然注意到这一点。一个具有明显特征的人，不适合于做间谍。现代的美容、改容技术，已经相当发达，早在1976年，苏联飞行员别连科驾驶新式的"米格25"飞机逃往西方，为了躲避克格勃特务的追杀，他在美国进行了改容。经过改容之后，别连科"面目皆非"，在美国安居乐业，苏联克格勃特务凭借照片很难认出他。既然在那时候都已能把整个人脸改容，到了如今，去掉眉尖上的明显黑痣，岂不易如反掌?

金明认为，王娟在绿山公园里看到那女人右眉尖上有醒目黑痣，那极可能是一颗"人造痣"，是临时贴上去的，故意给人留下错觉。至于吴丽华在唐斯家里见到唐吟吟右眉尖无黑痣，倒很正常。因为吴丽华突然来访，唐吟吟无思想准备——她在家里，当然就不一定贴上那颗"人造痣"。

本来，一个有痣，一个无痣，可以凭借这一点认为那女人与唐吟吟是两个人。经金明这么一分析，倒恰巧证明了那女人与唐吟吟极可能是一个人。

金明笑着对陈洁说："你提出了大胆的设想，我进行了小心的求证!"

从耳机里传出了陈洁爽朗的笑声。

案情急剧变化

接着，陈洁在电话中还报告了两点极为重要的情况：

据吴丽华反映，当她那天晚上走出唐斯家的时候，看到一个穿军装的人，朝唐斯家走去。在路灯下，那军人一晃而过。吴丽华说，那人似乎是绿山基地司令部的宋秘书（也就是那位害怕死尸的"文弱书生"）。吴丽

华因为给他拔过牙，所以认识他。不过，路灯不算太亮，看不大清楚，只能说"似乎是他"。

在昨天，也就是"尖刀1号"案件发生的第二天，唐斯显得情绪有点紧张。他在给一位牙龈脓肿的病人注射青霉素时，竟然忘了打试验针。注射后，那病人正巧不适宜于打青霉素，顿时发作，幸亏及时抢救，差一点出了人命事故！唐斯平素工作一向有条不紊，非常认真，从未出过这么严重的医疗事故。当时，他吓得额上满是冷汗，本来一丝不乱的头发，却杂乱地翘了起来。今天上午，未见唐斯来上班，也未打电话请假。唐斯一向很遵守纪律，有事总打电话请假。医院曾打电话给唐斯家中，电话铃声响了3分钟仍无人接。

金明叮嘱陈洁立即把情况向绿山基地黄冰司令员汇报，密切监视唐斯的动向，派人去唐斯家"旁敲侧击"（切不可正面交锋）。另外，重申要加强对鹰山一带的监视。

金明刚挂断陈洁的电话，便吩咐戈亮作好飞往绿山的准备。金明用红机向侦查中心的首长汇报了有关的重要情况，并报告了马上重返绿山市的打算。

侦查中心的首长同意了金明的计划，并指出，此案侦查工作已有重大进展，要抓紧时机破案。

金明连中饭都顾不上吃，就坐上了超音速专机，和戈亮一起飞往绿山。

金明清楚地记得：前天中午，他和戈亮到达绿山市；昨天中午，他们离开绿山市飞往滨海市；今天中午，却又从滨海市返回绿山市。

金明来不及在滨海市查阅尤导演的材料，临走时，让电子计算机从电子档案中复印了一份尤导演的材料。此刻，飞机穿过云层，在一万多米的高空平稳地飞行。金明见缝插针，翻阅起关于尤导演的材料。

尤导演叫尤其，是椰市电影公司的著名导演。尤其的材料一大堆，然而，金明一看，绝大部分是尤其所导演的影片的说明书及有关的影评！有几篇材料，曾谈到尤其的生平。不过，这些生平介绍，无非是谈他某年拍了什么影片，某年他导演的影片荣获什么奖。

金明对其中一篇短小的文章，发生了兴趣。这篇文章的题目是《尤导演慧眼识新星》，介绍了尤其如何敢于启用新的年轻的女演员，有一小段谈到了他对尤玉兰的培养。

文章中所谈的情况，基本上与曲秀珍的谈话相吻合。金明极为仔细地阅读了另一篇题为《无端蒙冤，清白受污》的短文。这篇文章谈到了尤其因尤玉兰之事，受到威廉·克鲁克斯的诬告。尤玉兰死后，尤其向记者讲述了威廉·克拉克的来历，使真相大白于天下。文末提及一句很重要的话："尤导演可怜那个无家可归的孩子——威廉·克拉克，把他送进了椰市孤儿院收养，每月资助生活费。这个孩子改名为尤勇。"

这几句简单的话，正是金明查阅尤其有关材料所想了解的事情。这样一来，蔡清的同胞弟弟——尤勇，也就是威廉·克拉克，有了下落。

金明很想进一步了解尤勇的近况，可惜，在尤其的一大堆材料中，再也没有提到他。机翼下的景色渐渐变了，平展的田野不见了，出现了起伏

的群山，这意味着离绿山市不远了。

这时，金明在专机上接到了陈洁用密码发来的电报："唐斯自杀，在抢救中。"

案情，发生了急剧的变化！

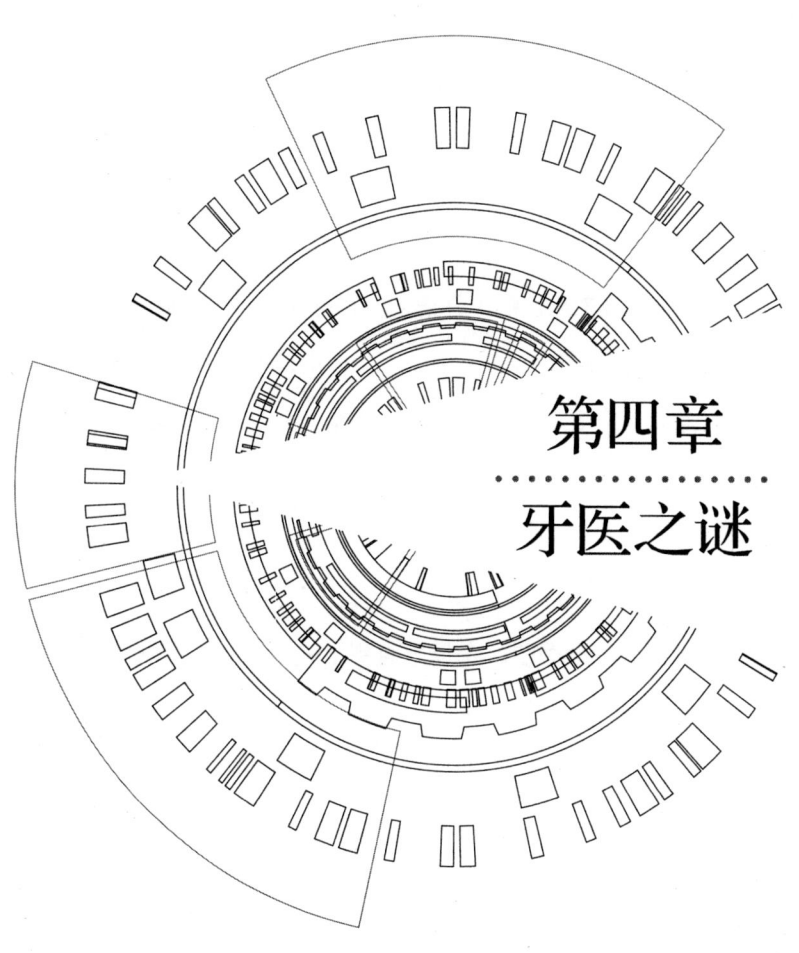

第四章

牙医之谜

唐斯自杀

金明和戈亮刚下飞机，一辆"彗星牌"轿车就一直开到专机舷梯旁边。这是绿山基地司令部派来的车，把金明和戈亮马上接往基地医院。

金明一听"基地医院"这四个字，心中十分高兴。这意味着陈洁办事是很谨慎的：基地医院是部队的小医院。陈洁不把唐斯送往绿山市中心医院，而送基地医院，那是考虑到唐斯是在绿山市中心医院工作的，送往那里抢救有许多不便之处。何况唐斯是已经暴露的嫌疑对象，而绿山市中心医院内还可能有其他隐伏的敌人，万一从中捣乱，那就麻烦了。

金明和戈亮来到基地医院，在那里遇到了陈洁。陈洁带领他俩到手术室，见医生们正在给唐斯洗胃。金明一看，便知道唐斯是服毒自杀。唐斯双眼紧闭，但脸色还好，还在那里呼吸，这意味着可能救活。

在一间僻静的房子里，陈洁低声地向金明和戈亮汇报了事情的经过：

金明临走时，曾嘱咐陈洁"要注意监视唐斯的活动。"金明走后，陈洁在侦查中了解到吴丽华是唐斯的助手，与唐斯家相邻，常来常往，经向医院党委了解，吴丽华表现也不错，于是决定请吴丽华协助监视唐斯。

据吴丽华反映，在发生"尖刀1号"案件之后，唐斯的表情是镇静的，像平常一样工作，看不出有什么反常的表现。唐斯出现紧张情绪，是在昨天上午。他上班后，一位护士悄悄告诉他一件怪事："公安局有人在半夜里到医院，查看了蔡清和邱杰的牙科病历卡！"

那位护士平素就多嘴多舌，人称"小广播"，专爱"广播"小道消息。唐斯听了以后，脸色陡变，以致发生了忘了打青霉素试验针的重大医疗事故。后来，陈洁又访问了唐斯，询问关于蔡清装假牙的情况，虽未涉及唐斯本人，他也本能地感到极度紧张。

昨天傍晚，吴丽华没有看到唐斯外出散步。

从吴丽华家的窗口，可以看见唐斯家。往常，唐斯在晚上9点30分就熄灯了。昨天夜里，唐斯拉上了窗帘，但是窗帘的缝隙中依旧漏出灯光。据吴丽华观察，直到凌晨1点多，灯光才熄灭了。

吴丽华担心唐斯会出什么事。不过，今天早上，吴丽华看见唐斯把窗帘拉开，也就是说，他没有发生什么意外。

上午，唐斯没有去上班。吴丽华到了医院后，见唐斯未来上班，也就请假回家，仔细观看唐斯家的动静。上午9点钟的样子，唐斯开车外出。吴丽华不敢跟踪，怕万一被唐斯发现，问她为什么不去上班，那就不好办了。吴丽华把唐斯外出的情况，在家里打电话报告陈洁。陈洁嘱咐她继续监视唐斯家，当唐斯回家时，立即报告。

直到10点多，唐斯驾驶着那辆浅灰色的轿车回来了。回家之后，吴丽华看见唐斯在家里踱着方步，猛抽香烟。11点，唐斯忽然把窗帘拉起来了。

从那以后，吴丽华只能监视唐斯家的大门，没见到唐斯外出，也没见到有人来找唐斯。中午，陈洁跟金明通了电话，汇报了情况。金明指示她

可以派人到唐斯家"旁敲侧击"。陈洁向黄冰司令员作了汇报。黄冰司令员命令一个排的战士作好准备，待机而动，配合陈洁。

陈洁驾车来到吴丽华家附近的电影院，把车停在那里的停车场。然后，陈洁到小卖部买了一篓刚上市的枇杷和一盒奶油蛋糕，步行到吴丽华家。

难道陈洁给吴丽华送去礼品？不。那一篓又大又甜的枇杷和一盒雕花奶油蛋糕，其实是"道具"。陈洁考虑到吴丽华是唐斯的助手，让她手提这两样"道具"，上唐斯家去探望，进行"旁敲侧击"，最为合适。陈洁与吴丽华规定了暗号：如果敲门无人来开，就往门旁一坐，等候陈洁来；如果进门后，发生特殊情况，拉开窗帘，打开右边第一扇窗。

吴丽华按照陈洁的安排，来到唐斯家门口。陈洁躲在吴丽华家，暗中监视。

吴丽华按了门铃，足足按了1分来钟，无人答应。唐斯自从10点多进去之后，吴丽华一直监视着他家，他肯定在家里，没有外出。奇怪，为什么没人答应呢？吴丽华把"礼物"放在一旁，坐在台阶上等候。

陈洁来了。她绕到唐斯卧室窗下，从窗帘缝隙中往里一看，只见唐斯斜倒在床上，双手抱着脑袋，一动也不动。

陈洁知道出事了，从衣袋里拿出一块狭长的弹簧钢片，轻轻一撬，撬起窗栓，打开窗户，然后戴上尼龙手套，翻身入室。

室内开放着冷气，十分凉快。陈洁踮着脚尖，走向唐斯。

陈洁那敏锐的目光，马上发现唐斯面色潮红，呼吸急促，口中喃喃自语。她是法医，凭借她丰富的经验，断定这是服用过量安眠药的中毒症状。

果真不错，在床头柜上，放着喝掉一大半水的开水杯，杯子旁边放着一瓶盖子打开的药瓶，瓶上贴着"安眠酮"标签。安眠酮又称"甲喹酮""海米那""眠可欣"，是一种催眠作用甚快的安眠药，服药后10～30分钟即发生效用。

陈洁环顾了卧室，周围的一切都井然有序，枕头、床单也整整齐齐，唐斯衣服的纽扣俱全，没有搏斗迹象。

陈洁初步断定，唐斯是自杀。

陈洁踮着脚尖，去开了房门，请吴丽华进来。她要吴丽华也像她那样，踮着脚尖走路，仿佛跳芭蕾舞似走着——这是保护现场的一种方法，如果以后要鉴定现场脚印的话，可以与作案者的脚印有明显区别。

陈洁搜查了唐斯的衣袋，从右裤袋中取到一串钥匙。她和吴丽华把唐斯抬了出去，用钥匙打开唐斯那辆浅灰色的轿车，把唐斯放入轿车后座。陈洁返身入室，关好窗户，把床头柜上的开水倒入另一个杯子，带走原来盛开水的杯子以及那"安眠酮"药瓶，好做指纹鉴定用。陈洁关上唐斯家的大门，随手在门下方放了微型监视器，然后驾车直奔基地医院。下车时，陈洁带走了唐斯的那一串钥匙。

此时，金明和戈亮正坐在飞往绿山的超音速专机之中。大夫们开始抢救唐斯。陈洁请绿山基地用密码给金明发了电报之后，她开始忙于她的本行工作——法医。

陈洁对唐斯的胃液及血液进行化验，以确定他中毒的原因……

"阿琼"是谁?

金明从陈洁手中拿过唐斯的那串钥匙,坐了唐斯那浅灰色的轿车,前往唐斯家仔细搜查。金明与陈洁约定,随时用电话保持联系。

吴丽华还坐在车里,正好顺路送她回家。她是一个身材修长的姑娘,梳着一对长辫子,大方而文静。有趣的是,她的膝盖上居然还放着那篓枇杷和那盒蛋糕。

金明把吴丽华送到家门口,笑着对她说:"这枇杷、蛋糕,送给你作'礼物'。不过,你的任务还没有完成,你仍要继续监视着唐斯的家——尽管唐斯进医院了,可能还会有什么人上他家里去。"

金明和戈亮戴好薄如蝉翼的尼龙手套,来到唐斯家。他检查了一下微型监视器,无人来过。金明对于钥匙,深有研究,他一眼就从那一大串钥匙之中,分辨出哪一把是房门钥匙。金明曾写过《论锁、钥匙与公安侦查业务》一文,指出一个熟练的公安侦查人员,应当对锁与钥匙作深入的研究,这是侦查工作的基本功之一。

金明和戈亮进去之后,随手把门关上。他同戈亮说好,万一有人来敲门,他们去开门之后,就对来人说是从滨海市来的唐斯的好友,唐斯为了招待他们,外出买菜去了。

唐斯的家，非常宽敞。除了他本人有一间卧室之外，还有一间供客人借住的卧室。会客室里，有两张折叠式三人沙发，放平之后便是两张单人床。此外，还有书房、浴室、灶间、卫生间、阳台。

除了会客里的脚印比较杂乱之外，其他房间里的脚印都是塑料拖鞋鞋印，基本上只有两种：一种是男式42码塑料拖鞋鞋印，一种是36码女式塑料拖鞋鞋印。

不过，金明敏锐地注意到，在大门后放着两双男式42码塑料拖鞋和一双女式36码拖鞋。那两双男式塑料拖鞋的样式一样，鞋纹磨损程度不同，一双较新，鞋底凸纹轮廓清晰，一双较旧，鞋底中心凸纹已近磨平。

金明和戈亮重新对室内的男式拖鞋鞋印进行分析，查出实际上是两种鞋印——尽管大小、样式都差不多。这说明，唐斯家除了唐斯之外，可能还有一男一女是常客。

唐斯家一尘不染，井然有序，这与唐斯本人爱整齐的脾气完全一致。金明和戈亮在现场确实未查到搏斗痕迹，因此他们初步同意陈洁的侦查结论：唐斯是自杀。

金明和戈亮从唐斯的床、客床、沙发上，捡取了掉落的头发。在唐斯的床上，竟找到几根波浪形的长发。

金明用那一串钥匙，顺利地打开唐斯的壁橱、大衣柜、五斗橱、书桌抽斗以及保险柜，仔细地进行了搜查。

金明和戈亮没有发现遗书。一般来说，他杀是不会留下遗书的（除伪造的之外）。留下遗书者，一般都是自杀者。当然，也有的自杀者不留遗书。

在客房中，除了找到几根波浪形长发以及36码塑料拖鞋鞋印之外，没有找到其他可疑物。

不过，金明凭借他那敏锐的鼻子，闻出枕头上散发着一股巴黎"夜来香"香水的气味。在书桌当中的抽屉里，戈亮查到了一沓信件，连忙招呼金明过来。

金明一看，这是一沓与案情有密切关联的信件。这些信件下方的落款，大都是"滨海市建国路708号103室"或"滨海市凌云路47号407室"，是唐斯的妻子郑萍或者儿子唐亮写来的。

在这些信件中，经常提到一个名叫"阿琼"的人，称之为"她"，可见是一个女人。这个"阿琼"，似乎跟唐斯一家有着十分密切的关系。例如，信中提及"阿琼最近来滨海""阿琼说下月初去你处，请好好招待""阿琼已回去""阿琼近来有信，托我代问你好，谢谢你的热情招待"……其中有一封信中提及这样的话："阿琼甚为客气，送给我们一台'海鸟牌'大屏幕彩色电视机以及其他许多衣服、食物、香烟等。"这句话，使戈亮不由得记起在滨海市唐斯家中的"海鸟牌"电视机与"美人鱼牌"香烟。

这是一条极为重要的线索！尽管信中没有提及"椰市"两个字，但是，它却表明这个"阿琼"曾来往于椰市、滨海市和绿山市之间。

这"阿琼"是谁？她跟唐斯一家是什么关系？阿琼跟唐吟吟，又是什么关系？

偷拍的照片

自从"尖刀1号"案件发生以来，金明和戈亮还是第一次看到"阿琼"这个名字。然而，这却是一个比蔡清同胞弟弟——尤勇更为重要的角色！

金明和戈亮逐封检查唐斯的信件，其中提道：

"阿琼说，她将与她的一位表哥一起来滨海旅游。"

"阿琼和她的表哥，拟去绿山一游。"

有一封信，是唐亮写来的，说道："附上我和阿琼的一张合影。阿琼一向不爱拍照，这是我们一位同事趁她不注意的时候拍的。"

这么一来，金明和戈亮开始查阅唐斯的照相册。照相册上的照片不太多，大部分是唐斯一个人在绿山各处的照片，有几张是妻子郑萍与儿子唐亮寄来的近照，有一张照片是唐亮与一个女人的合影。

这女人的视线和唐亮的视线一个朝东，一个朝西，明显地留下偷拍的痕迹。

这女人大约25岁光景，烫发，上身穿着一件海虎绒大衣，下身却穿裙子、长筒袜、高跟鞋。照片上只看到她的左侧脸，无法判断右眉尖上是否有黑痣。她风流妖媚，很像王娟所形容的那个在绿山公园看到的女人，也很像吴丽华所说的唐吟吟的形象。

金明取下了这张照片，夹入笔记本中。

这时，电话铃声忽然响了。

金明拿起了电话耳机，没有吱声，直到对方先开口，听出来是陈洁的声音，这才答道："我是哥哥，叔叔的病怎么样啦？"

陈洁说："叔叔的病好了。"

"能去看望吗？"

"行。"

"我马上就来。"

"好。"

金明挂上电话，和戈亮把现场迅速收拾好，依旧变得井然有序，有条不紊。刚才，金明之所以用暗语跟陈洁联络，那是因为他知道所用的电话是普通的民用电话，不能"打开天窗说亮话"。

金明和戈亮在关好唐斯家的大门之后，依旧悄悄在大门下方放了微型监视器，以便判断在他们离去之后有没有不速之客进去过。

他俩坐着唐斯那辆浅灰色轿车走了。这样，汽车不在家，可给来客留下主人不在家的印象。

戈亮驾驶着汽车。当汽车经过电影院的时候，金明突然拍拍戈亮的肩膀，叫他停车。金明下车，走向电影院的停车场，用另一把钥匙打开陈洁留在那里的一辆轿车，朝基地医院的方向驶去。戈亮这才明白金明为什么要下车，连忙加大油门，跟随在金明后面，向前疾驶。这时，已是下午4点多钟了，太阳偏西了，山区又变得凉爽起来。

金明来到基地医院，刚停下车，戈亮也随后来到了。

金明把唐亮和"阿琼"的照片交给戈亮，要戈亮用传真机把"阿琼"的头像发给还在侦查中心值班的张正，要他从"电子档案"中查清这个女人的有关材料。

戈亮驾车到基地司令部办理此事，只5分钟，就办好了。

还是在基地医院那间僻静的房子里，陈洁向金明汇报了有关情况：

唐斯经过抢救，已经脱险。

唐斯的胃液、血液经过提取后，用氢氧化钾醇液作用，再加入重铬酸钾试剂，呈洋红色，这表明确系安眠酮中毒。

唐斯床头柜上的玻璃杯及安眠酮药瓶经过鉴定，查明上面的指纹，确系唐斯的指纹。金明一听说唐斯脱险，仿佛心中的一块大石头放了下来。唐斯是关键人物之一。唐斯不死，从他那里也许可以查出重要线索，了解"阿琼"的底细。

金明知道唐斯是牙科医师，嘱咐陈洁要特别仔细地检查一下唐斯的牙齿，看看是否装有"毒牙"。这种"毒牙"本是德国法西斯的一种"发明"：在1945年，德国法西斯溃败。4月30日下午3点30分，希特勒自杀。5月21日，德军法西斯头子希姆莱被英美联军生俘。当时，希姆莱剃去了那引人注目的短胡子，左眼贴上了黑眼罩，换上了一套陆军士兵服，混在士兵之中，但仍被英美联军认出。当时，人们担心希姆莱身边藏有毒药，为了防止希姆莱自杀，英美联军曾剥去希姆莱所有的衣服，然后给他换上一套英国陆军制服。5月12日，英军蒙哥马利总部派来了一位情报官员，还不放心，又让军医对希姆莱进行全身检查。当军医检查希姆莱的口腔时，希姆莱咬破了暗藏在牙龈小洞里的胶囊，咽下胶囊里的氰化钾，在12分钟之后，希姆莱就死去了。从那以后，许多间谍机关便在重要的间谍分子的口腔里装上"毒牙"。一旦出事，咬碎"毒牙"，里面的毒药便可使间谍迅速死去。唐斯作为牙科专家，当然精通此道。

另外，金明还把从唐斯家中找到的头发，交给陈洁化验。

金明觉得，"尖刀1号"案件的侦查工作，已处于重大突破的前夜。

三访王娟

金明和戈亮回到绿山基地司令部，向黄冰司令员作了汇报。

这时，黄冰司令员转告金明一个重要情况：王娟打电话报告，今天上午9点多，唐斯曾到她家里去过！

金明马上记起来，陈洁曾谈到过唐斯与王娟之间的密切关系：唐斯给王娟拔掉那参差不齐的牙齿，换上一口整齐漂亮的假牙，还给王娟动了美容手术，使单眼皮变成双眼皮……如果说，唐斯是自杀的话，那么他在自杀之前到王娟那里去了一趟，显然跟自杀大有关系。

本来，戈亮认为王娟也是嫌疑对象，而金明却把她排除掉。如今，唐斯的行动又给王娟带来新的嫌疑。

金明决定，立即去访问王娟——这已是第三次访问她了。

金明和戈亮坐着那辆唐斯的浅灰色轿车，直奔王娟家。这一次，金明让戈亮把轿车停在王娟家门口。金明认为，这辆轿车停在王娟家门口，不会暴露目标，反而更能迷惑敌人。在按了门铃之后，与前两次不同，王娟很快就来开门了。王娟似乎对这辆浅灰色的轿车很熟悉，一看见金明和戈亮居然坐这辆轿车来，脸上露出了惊讶的神色。

王娟的高跟鞋，又在水泥地上发出响亮的噔噔声。她领着客人们来到会客室。

当金明看到会客室里那卧式三角钢琴，看到钢琴上那波兰钢琴家菲利德瑞·肖邦的石膏塑像，看到墙上王娟跳《天鹅湖》的巨幅彩色照片，不禁联想到滨海市孙敏家的会客室，它们是多么相似！王娟的情绪似乎比金明前天晚上、昨天上午来访时好了些。王娟热情地为人们沏茶，从热水瓶中倒出了滚烫的开水——金明记得，前天晚上来访时，她的热水瓶里是空的，临时去烧开水；昨天上午来访时，她的热水瓶里居然有水，却是隔夜的，不烫。

王娟跟金明、戈亮仿佛已是老朋友似的，说道："你们'三顾茅庐'，非常欢迎！"

"无事不登三宝殿哪！"金明也直截了当地提出了问题，"听说你打电话来，谈到唐大夫来过你家……"

"是的，是的。"王娟连连点头说，"今天上午9点多，唐大夫坐着轿车——也就是你们刚才坐的那辆轿车，来到我们家。"

"是你请他来的吗？"

"不，是他自己突然来的！"

接着，王娟详细地说明了情况。

"我们家跟唐大夫非亲非故，本来并不认识。

"我还清楚地记得，有一次，我收到一封信，信封下方印着'绿山市中心医院'几个字。打开一看，知道是一位名叫唐斯的牙科大夫写来的。他说自己是我的一位热心观众。他很直率地在信中指出了我的牙齿的缺陷，表示愿为我换上一副整齐的假牙，这样会使我的艺术形象更为美好。

"我看了信，非常高兴。当即按信上所写的电话号码，给他家挂了个

电话。半小时以后，他就开着轿车来看望我。那天，蔡清值班去了，不在家。他检查了我的牙齿，建议全部拔掉，改换假牙。

"我说考虑考虑以后，再作答复。

"蔡清回家休假时，我跟他说了，他不大同意。他说，为了漂亮，拔掉满口真牙，何必呢？

"我后来还是下决心到医院里去，唐大夫亲自给我拔去两颗门牙，装上假牙。换上假牙之后，我变得漂亮多了。本来，我不大喜欢笑，怕露出难看的大门牙。换上整齐的假牙之后，我不笑也想笑！

"从那以后，我跟唐大夫变得很熟，他常来我们家做客，他很知趣，总是选择蔡清休假时来我们家玩；蔡清值班去了，他也就不来，怕来了只我一人在家，不方便。

"就这样，他跟蔡清熟悉起来，成了好朋友。他给蔡清也看过病，装过假牙。他的技术很高明。经我俩一宣传，蔡清部队里的许多战友也找他装假牙。比如，司令部办公室的宋秘书，就找过他。

"唐大夫还懂得美容术，使我的单眼皮变成了双眼皮。不过，我们芭蕾舞剧团的许多演员找他做美容手术，他倒谦虚起来，说自己是牙科医师，美容术只不过偶尔为之，水平不高，弄得不好破了相，负不了责任……"

金明全神贯注地听着王娟的叙述。他发现，王娟所讲的情况，与陈洁上次找唐斯谈话所了解的情况不一致：唐斯是说蔡清因骑自行车不慎，撞掉门牙，王娟陪他到医院看病，这才认识唐斯。唐斯压根儿就没有提到过给王娟写信的事。

这是为什么呢？

"就是她！"

　　此刻，金明皱着眉头，在心里记住了其中的疑点。他并不打断王娟的谈话，以免影响对方的情绪。

　　王娟喝了几口菊花晶（这一次，她给客人们沏了茶，自己喝着菊花晶），谈完了她与唐斯的认识过程，接着便谈起今天上午的事情：

　　"上午，响起了门铃声。我一开门，见是唐斯，有点惊讶。他让我把大门打开，然后把他那辆浅灰色的轿车驶进院子，再把大门关紧。过去他上我们家，总是把汽车摞在门口，没像今天这样驶进院子。汽车上有好多灰——平常，他的汽车跟他头发一样，总是油光发亮，一尘不染的。

　　"我发现他的脸色不好，眼睛里布满血丝，头发也有点凌乱。

　　"他坐了下来，我正准备给他沏一杯他喜欢的绿山名茶，他却摇头。他说今天要喝热咖啡。

　　"他的反常，使我感到有点奇怪。我刚才说过，他很识趣，总是在蔡清休假时过来跟他杀几盘棋，或者把他妻子郑萍画的素描、速写拿来跟蔡清探讨一番，几乎没有在蔡清值班的日子里来我们家——他是知道蔡清什么时候在家、什么时候不在家的。今天，为什么急匆匆地来了呢？

　　"我以为他有什么急事，谁知他一边喝热咖啡，一边跟我聊天，尽是说一些无关紧要的事情。他说他的妻子郑萍（他曾说过是小学美术教员）

退休了，在家里创作了几幅油画，获得滨海市美术界的好评。儿子（他曾说过是旅游公司的翻译）也有了对象，要准备结婚。他打算回滨海市一趟，问我和蔡清要不要带什么东西。

"这样谈了一阵之后，他突然问我：'你的眼皮红肿，一定是哭过了，家里出了什么事？'

"哎，都怪我这个人感情太脆弱，不能控制自己。我一听那话，想起了蔡清，泪水止不住扑簌簌流了下来。

"他吃了一惊，连忙问我究竟出了什么事？

"我没有回答他的问题。我记得，你们曾叮嘱过我：'现在事情还未查清楚，不要随便对外泄露。'可是，我怨恨自己，我控制不住自己的感情。当唐大夫问我是不是蔡清发生了意外，尽管我什么都没有说，眼泪却像断了线的珍珠，不断滚了下来。

"他坐了一会儿，安慰了一阵子，见我不肯说什么，就告辞了。

"他走了以后，杜雪平同志的爱人杜大嫂来了。她家离我们家不远。她从窗口看见有一辆浅灰色的轿车从我们家出去。便关心地来问我是谁来了。当她听说了唐大夫的情况之后，就要我打电话把情况向基地司令部汇报一下。"

"电话是谁接的？"金明问道。

"小宋，宋秘书。"

金明一听说小宋，眉头皱了一下。

接着，金明打开笔记本，拿出一张照片——戈亮曾用传真机把这张照片发送给张正。金明对王娟说："你认识照片上的这个女人吗？"

王娟把照片拿去，只看了一眼，马上发出惊叫声："就是她！"

"她是谁呢？"

王娟说道："她就是我在绿山公园里看到的那个女人！"

于是，案情的侦查工作取得重大进展：王娟在绿山公园见到的女人，即"阿琼"。

不过，戈亮依旧用怀疑的目光看着王娟。

金明又向王娟提出了问题："你去过唐大夫家吗？"

"没有，一次也没去过。"王娟答道，"本来，有一年春节，我和蔡清想去看望他。可是，唐大夫说，他只一个人住在那里，家里是'清水衙门'，没有什么'油水'可招待客人的，不如到天鹅饭店去聚餐呢。我们就去了天鹅饭店。"

天已经黑下来了。金明和戈亮向王娟告别。临走时，金明再一次叮嘱王娟，要格外提高警惕，有事多向基地司令部汇报，多找杜大嫂商量。

当金明和戈亮坐着浅灰色的轿车回到绿山基地司令部，陈洁已经在办公室里等他们了。很显然，陈洁有要事急于汇报。

十七个女嫌疑对象

大抵是长期受金明的"感染"，陈洁办事也很利索，很讲究效率。金明常说："破案速度与办事效率成正比例。"

陈洁有条不紊地汇报了以下情况：

一、唐斯的牙齿虽然全是假牙，经过检查，没有发现"毒牙"。

二、唐斯已经脱险，但仍昏睡。已给他注射了催醒剂，以消除安眠酮的安眠作用，使唐斯迅速清醒。

三、已派了4名战士负责监视唐斯，以防不测。

四、金明从唐斯家取来的头发，已经化验。那波浪形长发，显然是女人头发，血型O。在短发中，有一种头发粗而硬，色深，血型AB型，另一种头发细而软，色浅，血型B型。趁唐斯昏睡，剪取了他的几根头发，查出血型为AB型，头发粗而硬，色深。由此可见，在唐斯家曾住过两个客人，一是女客，O型；一是男客，B型。那女客，当然就是他的"女儿"唐吟吟，男客则不清楚。

五、陈洁曾打电话给滨海市公安局，请他们代查了唐斯妻子郑萍和儿子唐亮的血型。经他们查档案后告知，郑萍是AB型，唐亮是B型。血型学上明确指出，父母双方血型均为AB型的话，子女血型也只能是A型、B型或AB型。既然唐斯、郑萍是AB型，他们的子女当然不能是O型。唐亮是B型，说明唐亮是他们的亲生子。唐吟吟是O型，说明她不是唐斯、郑萍的亲生女。滨海市公安局告知，唐斯、郑萍并没有女儿。由此看来，唐吟吟的嫌疑便更大了。

六、侦查中心值班室张正来电话，他在接到"阿琼"的传真照片后，立即把这一形象信息输入电子计算机。电子计算机查阅了历年来数以万计的护照复印件照片，从中查出14个女人与"阿琼"形象相似。这些女人的名字是"鲁莎""刘爱华""孙菲菲""杨芝""朱英""钱美玲""叶桂馨""高爱珍""彭惠芳""郑如玉""李雪莲""丁笑秋""贺茜""潘春安"等。这些女人的身份一般都是外籍华人或华裔，来华的原因是探亲、观光或旅游。张正发现，这14个女人来华的时间，彼此间没有同时的，总是这个女人走了之后，那个女人才来。她们的国籍、来华前的地点、入境的地点也很少相同。张正把这14个女人的照片都用传真机发送来了。陈洁汇报完毕，拿出那14张女人照片。金明仔细地逐张看过，发觉这些女人的眼、鼻、嘴、耳都差不多，只是发型、服装不断变化，有的右眉尖上有黑痣，有的嘴巴左下角有黑痣，也有的脸上无痣。

不过，奇怪的是，14个名字之中，没有"唐吟吟"或者"琼"这样的名字，也没有直接从椰市来的。

金明认为，这14个女人，加上"阿琼""唐吟吟"以及王娟在绿山公园中见到的女人，总共17个，实际上是一个人！从档案中查出的这14张护照照片，说明这个女人曾14次以不同身份、不同姓名来过中国。这是一个相当狡猾的女间谍。

陈洁和戈亮都同意金明的分析。他们研究决定，马上把这一情况报告侦查中心的首长，并建议把那14张照片加上"阿琼"的照片，通过传真机印发全国各地，通缉这个不知真实姓名的女间谍。另外，还建议一起印发蔡清的照片，因为蔡清的同胞弟弟尤勇与蔡清的相貌相同，也是"尖刀1号"案件的重要有关人物，需要各地提供线索。

10分钟之后，张正来电话，告知侦查中心的首长已同意金明的意见，把通缉令转发全国，估计在一两分钟之内，全国各市、县公安局及各派出所以及码头、机场、车站、海关等，均可收悉通缉令。

另外，张正还报告了一个重要情况：他在收到蔡清的照片之后，试着把这一形象信息输入电子计算机，结果电子计算机竟从历年来的护照复印件中查出两张照片。不过，电子计算机在旁边打上了"？"，加上了说

明——"蔡清前额正中发旋是朝左、逆时针,此照片上的发旋朝右、顺时针"。来者的姓名,一次叫"朱家骏",一次叫"崔颖"。经查对,"朱家骏"与"丁笑秋"来华时间只差1天,"崔颖"与"潘春安"来华时间只差2天。也就是说,很可能与那女间谍一起来华,只是怕同一天到达太显眼了,稍微错开一两天。这两次都是女间谍先到,他随后而来。来华的时间,一次在9个月之前,一次在两个多月前。

金明听了张正的报告,脸上露出了笑容。

他当即在电话中表扬张正主动查阅"电子档案",为破案立了一功!

金明放下电话耳机,心里确实很高兴,因为在破获这一重大案件的过程中,戈亮、张正和陈洁在不同的岗位上,都贡献了自己的才智。

此时戈亮正忙着在翻阅记录。没一会儿,他指着王娟谈话记录上的一行字,问金明道:"王娟说,蔡清前额正中的发旋是朝右、顺时针的;刚才小张在电话中说,电子计算机对蔡清照片所加的说明是'发旋朝左、逆时针'。两者正好相反。"

金明十分称赞戈亮办事细心。这一出入,金明当时就已经注意到了。他作了如下解释:"这是因为电子计算机是按照蔡清的照片来确定发旋的方向。它'看'的方向正好跟我们相反,把左看成了右,把右看成了左。"

另外,金明还指出,"朱家骏""崔颖"实际上是一个人。他的外貌与蔡清相似,发旋方向相反,这正说明他是蔡清的孪生兄弟尤勇,也就是威廉·克拉克。因为孪生遗传学家们曾经告诉过金明,有的孪生人之间存在着"镜像对称",一个发旋朝左,另一个发旋必定朝右,一个是左斜眼,另一个必定是右斜眼……它们两者犹如实物与镜中虚像之间的关系一样，故称"镜像对称"。

戈亮一听，疑问冰释了。他问道："老金，我们下一步该怎么办？"

想不到金明忽然猛地一手拍了拍戈亮的肩膀，一手拍了拍陈洁的肩膀，说道："事不宜迟，火速行动！"

夜审唐斯

金明忽然想起了什么重要的事情来呢？

直到陈洁、戈亮跟着金明来到食堂，这才明白，原来"事不宜迟"是吃晚饭！

金明一边吃，一边悄声地对陈洁、戈亮说道："把肚皮撑饱，夜里又要干一通宵！"

果真，金明和戈亮度过了第三个不眠之夜。他们在吃完晚饭之后，便决定马上提审唐斯！唐斯，虽已年近六旬，却显得十分年轻，此时面色灰白，形容憔悴，神志仍有点昏沉。不过，当他被押进审讯室，看到面前坐着3个穿白色警服的人，犹如服了一贴清醒剂，低垂的眼皮睁得大大的。

审讯唐斯，似乎并不太费气力。金明点了他几句之后，他就开始很有条理地交代。他的面前放着录音机。他的讲话声音不大，但是很清晰。

唐斯作了如下交代：

"我叫唐斯，本来是滨海市日晖医院牙科医师。4年前，由于绿山市中

心医院缺少牙科主治医师，而这里的年轻牙医吴丽华原先又在日晖医院实习过，所以我就同意借调到这里工作。

"另外，当时我患神经性失眠，而我又家处闹市，终日嘈杂，医生建议我易地治疗。到了绿山市之后，这儿环境安静，领导对我又很照顾，本来是借调两年，后来竟一直工作至今。

"头两年，我在这儿工作、生活都很愉快，心情也很好。我的不幸是从一个女人来到这里之后开始的。

"这个女人的名字很多，到现在我还不知道她的真实姓名。她的身份也不断变化，有时候是归国华侨，有时候是护士，有时候是记者。

"她先是在滨海市认识我的独生儿子。我的儿子名叫唐亮，在滨海市旅游公司当翻译，未婚。有一次，他陪同一批外宾坐了游艇游览滨江。我儿子在抽烟的时候，引起了一位女华侨的注意。她看到我儿子抽的是绿山牌香烟，特地拿出一包'美人鱼牌'香烟跟我儿子交换。我儿子大大方方地答应了。

"那女华侨抽着绿山牌香烟，非常欣赏，连声称赞说这烟味纯正清甜，似乎在滨海市未曾见到。我儿子告诉她，这是父亲从绿山市寄来的，她就很关心地打听起我的情况来。

"第二天，那位女华侨单独去西山游览，点名要我儿子当导游。他们出去玩了一天，竟一见钟情，彼此爱慕。

"那女人说自己的奶名叫'阿琼'，如今虽有正式名字，但她仍喜欢大家叫她阿琼。

"阿琼向我儿子详细打听了家庭情况。本来，我儿子是翻译，懂得外事规定，可是在这个漂亮的女人面前，却无话不说，对她说了家庭情况，特别是关于我的情况。

"没几天，阿琼到我们家做客。我的妻子叫郑萍，见到阿琼，欢天喜地。她正在为儿子这么大还没有对象而发愁呢。阿琼在我们家，仔细看了我在绿山市拍的照片。

"后来，阿琼回国了。她说，自己常到中国来，后会有期！

"果真，没隔多久，她又来了。不过，她打扮成另一种时髦的样子，益发显得迷人。

"阿琼给我们家送来了礼物，并要求到绿山市旅游。为了方便起见，她来到绿山市之后，对外只说是我的女儿，名叫唐吟吟。这样，她住在我家里，就名正言顺，省掉许多嫌疑。况且，在绿山市，除了吴丽华曾在日晖医院实习时来过我家之外，并无其他熟悉我家庭情况的人。我对吴丽华解释说，当吴丽华在日晖医院实习时，我女儿出国学习去了，所以她未能在滨海市见到她，这样也就搪塞过去了。

"绿山市风景虽然秀丽，不过，我长期独居，感到烦闷。阿琼来了，我回家后有说有笑，当然觉得高兴。

"起初，我真的把她当作儿媳看待，深为儿子能有这样出众的对象而高兴。不过，我总觉得，我与儿媳住在一起，不大方便。

"我万万没有想到，她是一个放荡、轻佻的女人，她住到我这儿来，是有目的的。这也怪我自己不争气，为她那迷人的姿色所倾倒。我被她征服了，拖下了水……

"我深为后悔。可是，后悔有什么用呢？她抓住了我的小辫子，动不动就说把我的丑事写信告诉我的妻子和儿子。我没办法，只得屈从于她。

"直到这时，我才知道她是一个负有特殊使命的人……"

只得俯首帖耳

唐斯那灰白的两颊微微泛起了红晕，显得有点羞赧，讲话的声音也细小起来。

过了一会儿，他抬起了头，朝着陈洁看了看，带有几分歉意地说道："很抱歉，在昨天，这位女同志（指陈洁）来问我的时候，我撒了谎。当时我说，我是从蔡清骑自行车不慎，撞掉了门牙，王娟陪他到我这儿看病，这才结识了他们一家的。实际上不是这样。

"本来，我们医院不大跟部队打交道。他们看病，一般都是到基地医院。所以，我在绿山住了两年，并不认识蔡清。至于王娟，我认识她，她并不认识我——因为她是名演员，我常在电视中见到她。

"是阿琼要我去结识蔡清一家的。阿琼拟好一封信，要我抄了一遍，寄给王娟，建议她拔掉难看的大门牙，然后换上假牙。

"我精心给王娟配了假牙，博得了她的欢心。于是，阿琼又要我去结交蔡清，主动表示可以给蔡清装假牙。

"蔡清见盛情不可却，也就答应下来。在我给蔡清制作右下第二臼齿假牙时，阿琼要我把一颗只有半粒米那么小的金属元件，装在假牙当中。

"我问那是什么东西？她回答说，你不该知道的就不要问！

"我有点犹豫，生怕那金属元件中装的是毒药，万一出了人命事故，马上就查到我的头上。可是，阿琼拿出了一张我跟她亲热地在一起的照片，威胁我说，如果不装，她就把这张照片寄到滨海市去！我不知道她什么时候悄悄拍下这张丑态百出的照片。我被她牢牢抓住了把柄，只得俯首帖耳，照她的吩咐办，真是'既当过河卒子，只有拼命向前'！

"我当着她的面，把那小小的金属元件装入假牙之中，不过，我回到医院，又悄悄地另外做了一颗同样的假牙。我把这颗没有金属元件的假牙，装入蔡清的口腔。因为我实在担心那金属元件中装着毒药，我是牙科医师，早就听说间谍常在牙齿中装入毒药。我既不忍心使蔡清受害，也不愿自己受牵连。

"我是在极为秘密的情况下，独自制作了那颗假牙之后，回到家里，却被阿琼狠狠地训了一顿，说我欺骗了她！

"我目瞪口呆，不明白她怎么会知道其中的秘密。没办法，我只得向她承认了一切。

"我趁蔡清来复诊的时候，把那颗有金属元件的假牙换入他的口腔。我一回家，阿琼笑了，夸我干得好！我真莫名其妙，她坐在家里，一步都未外出，怎么会知道我给蔡清装了什么牙？

"我很担心蔡清会发生意外。还好，蔡清在装上那颗假牙之后，一直很正常，我那颗忐忑不安的心，总算放下来了！不过，我不明白，当我给王娟装假牙时，她却连问都没问，没在她的口腔里放置什么金属元件。

"此后，她让我在蔡清回家休假的时候，常去他家，趁机跟蔡清的战友们混熟了。

　　"这样，我认识了基地司令部办公室的秘书小宋。当小宋要我给他换假牙时，阿琼又拿出了金属元件，叫我装入小宋的假牙。

　　"牙病是一种很普遍的疾病。特别是过了30岁，十有八九的人的牙齿会出毛病，不是这个牙齿要补一下，就是那个牙齿要换一个。蔡清的几个战友听说我医术高明，纷纷找我看病。阿琼趁机要我在那几个人的牙齿中装了金属元件。

　　"不过，当王娟那芭蕾舞剧团的演员们来找我的时候，阿琼叫我随便应付应付就可以了。她对这些演员们，似乎毫无兴趣。

　　"她平时在家里闭户不出，并且不许我请客人到家里来。有时，虽然我没有请，客人们主动来访。在白天，她就不许我去开门，假装家里没人；在晚上，因为开着灯，表明家中有人。她总是躲在壁橱里之后，才许我去开门。这样，一般很少有人知道她住在我家里。

　　"她住了一段时间，决定回滨海市。尽管飞机在上午11点钟才起飞，她在拂晓之前就悄然离家，不许我送。临走，她拿出一沓照片给我看，威吓我，如果我走漏半点风声，就不客气。我真没想到，她印了那么多使我无地自容的丑照。

　　"她走了之后，我如释重负。

　　"谁知过了不久，她又来了。尽管从滨海市到绿山市的飞机，一般在下午3点就着陆，可是她等天黑之后，才到我家里来。她不敲门，她有门钥匙。当她突然出现在我的面前时，真使我心惊肉跳！

　　"不过，使我稍感宽慰的是，阿琼并未向我的妻子和儿子透露我的丑事。他们仍很热情招待阿琼。我的老家，成了阿琼在滨海市的落脚点。她一到那里，不再住宾馆，而是住在我的家里。

"我的儿子对阿琼一片痴情。我感到痛心，真想叫儿子别跌入这种女人的情网，可是，我又无法启齿！我的内心，矛盾极了，痛苦极了。我知道，我们全家都被这花枝招展的女人拉进陷坑。我曾想向组织上坦白，可是，一想到阿琼手中的那一沓照片，我浑身发抖。我是一个爱体面的人。我想，我不交代，还可以多活几天；一旦交代了，那些照片让别人看到了，特别是让我妻子、儿子看到了，我还有什么脸活在这个世界上？

"唉，真是一失足成千古恨！我后悔当初……"

看中了浴室

唐斯长长叹了一口气，眼眶里出现一层薄薄的泪水。他的感情，看上去是十分真实的。他沉默了一会儿，戈亮趁机给录音机换了一盒磁带。接着，唐斯又继续作了交代：

"有一次，我接到家里来信，说阿琼和她的一位表哥要来绿山市旅游。我猜想，这位表哥一定也是负有特殊使命的人。我很害怕他们的来临。

"两个多月前的一天夜里，正当我独自在家看电视的时候，我的面前突然出现两个黑影，把我吓了一大跳。

"我开灯一看，除了阿琼之外，站在我面前的竟然是蔡清！

"他穿着一身军装，朝我敬了一个礼。在我看来，我们之间是很熟悉的；在他看来，却仿佛平生第一次见到我。他说自己姓崔，叫崔颖。

"崔颖的到来，使我感到莫名惊讶——他长得跟蔡清一模一样！

"阿琼要我严格保密，不许对任何人提及崔颖的情况。

"崔颖把我家所有的房间都看了一遍，看中了那间浴室。浴室没有窗户，即使白天、黑夜在里面开灯，从外面一点也看不出来。如果家里有人来访，谁也不会朝浴室里跑。

"再说，浴室的四壁和地上都铺着白瓷砖，用水龙头一冲，就冲得干干净净，不会留下什么痕迹。正因为这样，崔颖把浴室当成他的工作室。他来的时候，手里拎着一只黑色的小箱子。

"在浴室里，他打开了箱子，整天闷在里面工作。我不便于进去，也不便于过问。

"崔颖住在我们家里，谁也不知道。他是一个沉默寡言的人，几乎不跟我说什么话。

"阿琼常到浴室里，跟他一起工作。从我个人的感觉看来，似乎阿琼是他的上级。

"只是有一天上午，很反常。崔颖对我说自己在家里闷得发慌，要阿琼陪他去散散步。崔颖穿上军装，和阿琼坐着我的轿车出去了。在我的印象里，崔颖似乎只出去过这么一次，不知道干什么去。

"自从家里住着这么两个神秘的人物之后，我的神经性失眠症又重犯了。本来，我到绿山之后，失眠症已经痊愈了。如今，心事重重，每夜辗转反侧，难以入梦。我是医生，我知道老是服用一种安眠药，效果不好。于是，我轮流服用各种安眠药，如'速可眠（司可巴比妥钠）''鲁米那（苯巴比妥）''巴比妥''眠尔通（甲丙氨酯）''导眠能（格鲁米特）''安眠酮（甲喹酮）''利眠宁（氯氮）''奋乃静'等等。

"我老是去开安眠药，引起了医生的注意，问我为什么失眠，是不是精神受了什么刺激？我吓得不敢再找别的医生开药。幸亏我自己是医生，就自己开了处方，到药房里去买。由于失眠，我变得精神恍惚，人也消瘦了。

"我，过着提心吊胆的日子，真是度日如年。特别是我每次收到家信，我的儿子总是要我很好照料阿琼，让她在这风景如画的绿山好好度假，我真不知该怎样回答我那痴情的儿子！

"崔颖和阿琼在我家里，似乎非常忙碌。特别是崔颖，常常在深夜12点还没睡觉。

"很偶然，有一次在深夜里，我由于失眠，未睡着。我听见崔颖和阿琼在窃窃私语。

"阿琼问：'今天又听到些什么？'

"崔颖答：'他好像很思念我，常常独自吟诵着唐朝诗人王维的名句——遥知兄弟登高处，遍插茱萸少一人！'

"阿琼的声音：'傻瓜，什么兄弟不兄弟！曹丕与曹植不也是兄弟？曹丕差一点逼死曹植！曹植不是写过这样的名诗——煮豆燃豆萁，豆在釜中泣。本是同根生，相煎何太急！诸葛亮和诸葛瑾也是亲兄弟。诸葛亮为刘备效劳，他的哥哥诸葛瑾为孙权卖命，各事其主。刘备被曹操打败，逃

到刘表那里，兄弟长，兄弟短，好亲热，转眼之间，逼死了刘表，夺下了荆州。刘备跟刘表，也算是兄弟？古往今来，什么兄弟姐妹，什么父母子女，都是骗人的。无毒不丈夫，这句话才是真理！'

"在阿琼讲完之后，崔颖再也没有作声。那一夜，我毛骨悚然，尽管吃了安眠药，也无济于事。"

自杀之前

说到这里，唐斯又叹了口气，抬起头来，问金明道："我上了年纪，讲话容易啰唆。我是不是讲得太琐碎了？"

金明答道："就这样说下去，有什么说什么！"

金明站了起来，给唐斯倒了一杯茶。唐斯的情绪稍微安定，继续进行交代：

"我着重谈谈最近几天的情况吧。

"在大前天，我下班回家，发觉气氛有点异样。

"平时，浴室的门一向紧闭着，如今却半开着。浴室里收拾得干干净净，四壁和地上用水冲洗过。

"吃晚饭时，阿琼从电冰箱里取出了绿山牌啤酒，晚饭的菜也特别丰盛。

"一边吃，阿琼一边对我说，今天晚上，她和崔颖要回滨海市。这一次，他们不坐飞机，而坐火车，顺路到别的城市观光游览。阿琼叮嘱我，他们的行踪不得告诉任何人。在给家中写信时，也不要提起。

"当天渐渐黑下来以后，阿琼和崔颖走了。崔颖手中还是提着那只小箱子。我想用轿车送他们走，他们谢绝了。当他们来到门口时，看看手表，一辆出租汽车准时来到门口，我这才明白他们已事先订好了车。

"他们上车之后，我隐约听见司机问道：'去火车站？'阿琼答道：'不，先去7号桥。'

"就这样，他们消失在黑暗之中。

"那天夜里，我睡了一个安稳觉——几个月来，我从来没有睡得这么好！我一直睡到早上7点多，才迷迷糊糊醒来。

"我泡了一杯麦乳精，吃了两块夹心面包，算是早餐。

"我驾驶着轿车，来到医院，整8点。我听人们在说，早上附近发射了火箭。我不大关心这件事，埋头于给病人拔牙、镶牙，指点助手们进行工作。

"第二天，也就是昨天早上，我来上班的时候，一个护士告诉我，公安局连夜来查阅蔡清的牙科病历卡。这使我大为震惊。我迅速意识到，这是一个危险的信号。我想，牙科病历卡跟公安局有什么关系？肯定是蔡清的牙齿出了什么事情，所以查牙科病历卡。特别是'连夜来查'，使我觉得问题相当严重。

"说实在的，我只知道阿琼和崔颖是负有特殊使命的人。至于他们的特殊使命意味着什么，我并不清楚。我不敢问他们，因为我碰过一次钉

子，阿琼警告过我'你不该知道的就不要问'！我只是模模糊糊感到，这儿附近有军事机关，他们到这儿来可能是特务或者间谍。

"据我当时猜测，也许蔡清是他们的同党。阿琼让我给蔡清装假牙，那金属元件中肯定是毒药。如果蔡清不是阿琼的同党，阿琼怎么会知道我第一次给蔡清装的假牙中，没有金属元件呢？要知道，在假牙做好之后，金属元件整个儿包在假牙之中，从外表上是看不出来的，除非用X光透视！一定是阿琼对我有猜疑，叫蔡清把假牙取下进行透视。

"也正因为这样，我一听到公安局连夜来查蔡清牙科病历卡，知道不妙。我想，一定是蔡清干什么坏事，被抓住了。咬碎假牙，露出毒药，自杀了。我是给他装假牙的医师，病历卡上有我的亲笔签名，我怎么能逃脱罪责呢？

"我越想越害怕，六神无主，手足无措。就这样，发生了忘了打青霉素试验针的医疗事故。

"正在我极度紧张的时刻，这位女同志（指陈洁）来找我，了解蔡清装假牙的情况。真是火上加油，锣里夹钹，把我吓得晕头转向。当时，我信口胡编，用谎话骗了这位女同志。

"下班后回到家里，我像热锅上的蚂蚁，坐立不安。我起了自杀的念头，因为我知道，蔡清自杀了，势必牵连到我，我如果如实讲了，牵涉到阿琼，牵涉到我们那些丑事，我无脸在这个世界上生活下去。何况阿琼已经走了，我推到她头上，没有旁证。

"还有，我又当着女公安人员的面撒谎，加重了我的罪孽……

"在家里，我来回踱着步，思绪乱极了。

　　"我想在自杀前，留下一纸绝命书。可是，我拿起笔，怎么也写不下去。唉，叫我怎么写呢？

　　"我思考着用什么办法结束自己的生命。很自然的，我想起了安眠药。我是'老失眠'，有的是安眠药。服用过量的安眠药，在昏睡中离开这个世界，不会感到痛苦。

　　"不过，当我正准备服下那一整瓶安眠药的时候，忽然又打消了自杀的念头。我想到，蔡清究竟是不是死了，是不是服毒自杀，假牙里装的是不是毒药，这些问题并未弄清楚。也许是自己神经过敏！人只有一次生命，死了无法再活，不能不三思而行。于是，我犹豫起来，没有自杀。我想，明天到蔡清家去看看……"

缺口选对了

　　唐斯略微停顿了一下，开始交代今天上午去王娟家的情况。戈亮拿出了王娟的谈话记录，一边听唐斯交代，一边进行核对。

　　唐斯交代道：

　　"我在今天上午9点多，去看望蔡清。我知道，蔡清这几天应当在家休息，而且王娟一般在上午也不去上班。

　　"我一按门铃，听见一阵高跟鞋声，便知道事情不妙。因为蔡清在家

的话，通常总是他来开门；只有蔡清不在家，才是王娟来开门。高跟鞋，就意味着蔡清不在家。

"为了谨慎起见，我把轿车开进了院子，关上大门。

"我跟王娟闲聊了一阵之后，把话题转到了蔡清身上。我看到她的眼皮红肿，问她'家里出了什么事'，王娟大哭起来。这时，我清楚地意识到，蔡清真是死了！

"我回到家里，又经过一阵犹豫之后，终于下定了自杀的决心。因为既然已经明确知道蔡清死了，我的最后一线生机也就破灭了。

"我服下了大半瓶安眠酮，没多久，我就失去了知觉……

"我以为，从此离开了人世。谁知当我醒来以后，我却躺在医院的病床上，旁边有战士看管着我。

"我明白了在我昏迷之后，发生了什么。

"说实在的，过去发生的一切连我自己都说不清楚，现在我真正清醒了。我懂得了'欲要人不知，除非己莫为'。事至如今，没有什么可隐瞒的，也没有什么可顾虑的。正因为这样，我在你们面前，愿意痛痛快快地讲出一切。

"不过，非常遗憾的是，我至今并不明白阿琼和崔颖是怎样的人，不知道他们现在究竟在哪里……"

唐斯终于结束了他的长篇交代。这时，他长长地舒了口气，脸色也变得正常了。

就在唐斯感到如释重负的时候，金明冷不防向他提出了一个意想不到的问题："崔颖前额正中，有没有一个发旋？"

唐斯思索了一下，答道："有的。"

"发旋朝左还是朝右？也就是说，逆时针还是顺时针？"

唐斯一下子答不上来。他紧皱眉头，眼睛出神地注视着天花板，沉思许久，这才忽然答道："是这样的，朝左旋。也就是……也就是跟时针转动的方向相反。对，对，应该说是'逆时针'。"

金明点了点头，金明让唐斯马上写一份装有金属元件假牙者的名单交来。让战士把唐斯押了下去。

唐斯走后，金明和戈亮、陈洁分析了唐斯刚才的交代，几乎都一致认为唐斯交代的情况是真实的，他所谈的许多事情与王娟、吴丽华谈的情况以及"电子档案"所提供的材料基本上吻合。

不过，戈亮对唐斯所说的他不知道阿琼、崔颖的使命这一点，表示怀疑。唐斯这么说，可能是为了减轻自己的罪行，把自己说成是一个胁从而已。

金明十分扼要地总结了从唐斯交代中所得出的两个重要结论：

"一、阿琼即唐吟吟，即王娟在绿山公园中所见到的女人，亦即化名为'鲁莎''刘爱华''孙菲菲''杨芝''朱英''钱美玲''叶佳馨''高爱珍''彭惠芳''郑如玉''李雪莲''丁笑秋''贺茜''潘春安'等的女人。她的真实姓名未详。她是一个富有经验、狡诈阴险的女间谍。

"二、'崔颖'即蔡清的孪生弟弟尤勇，亦即威廉·克拉克。他的发旋方向与蔡清正好相反，这是证明他俩是孪生兄弟的最可靠的依据。从'尖刀1号'案件发生不久，我们就把追查蔡清那个从小失散的孪生弟弟作

为破案的缺口，看来这样做是正确的。

"王娟在绿山公园看到阿琼和尤勇在一起，看来这是敌人设下的圈套。敌人显然对王娟的活动规律了如指掌，知道她什么时候去少年宫，去少年宫走什么路线，故意让王娟看见那绿山公园中的一幕，借以挑动王娟和蔡清之间的不和。敌人的攻击目标，显然是蔡清。"

这时，陈洁提出了这样的疑问："唐斯把蔡清也当成阿琼的同党，这当然是一种误解。不过，为什么唐斯把没有金属元件的假牙装入蔡清的口腔，阿琼会马上发觉呢？那金属元件是什么？"

金明笑着说："你的问题提得好，我们现在就来解开这个谜！"

原来，金明早就考虑到这个问题。他嘱咐戈亮如此如此，又嘱咐陈洁这般这般，限定他们在晚上10点——也就是一刻钟之后，在这里重新碰头。金明特别对戈亮说道："你在执行任务时，不得讲一句话，也不能让小宋讲一句话！"

成了哑巴

遵照金明的吩咐，戈亮驾驶着基地司令部的越野车出发了，陈洁驾驶着唐斯那辆浅灰色的轿车出发。

在一刻钟之后，果真，这两辆汽车都回到了绿山基地司令部。

从戈亮车上下来的是基地司令部办公室的秘书小宋。戈亮驱车到小宋家中，把他从睡梦中推醒、拉起。戈亮没对他说过一句话，只是出示了基地司令部的信，要他速来司令部。戈亮用越野车去接他，那是因为基地司令部一有急事总是用越野车去接他。

从陈洁车上下来的，竟是吴丽华，手中还拎着牙科医生的出诊箱，箱上有一个醒目的红十字。吴丽华没有睡，正在她家窗口值班——监视唐斯的家。吴丽华告诉陈洁，一直没有人来找过唐斯。吴丽华离家时，托她的爸爸妈妈在窗口值班，执行任务。吴丽华是唐斯的邻居，又在同一单位工作，上下班时常搭唐斯的车，有时外出也借用过唐斯的车，也有时在夜里陪唐斯去看戏，所以用唐斯的浅灰色轿车去接她，不易引人注目。

金明虑事，甚为细心，每次行动总是连细节都不放过。

戈亮只是对小宋出示了基地司令部有要事找他的信件，陈洁也只是对吴丽华说有紧急任务，所以当小宋和吴丽华来到金明面前，都像丈二的和尚——摸不着头脑。特别是小宋，在家刚刚睡着，所以还显得有点迷迷糊糊。正因为这样，他跟前天的情景不同，那时他非常活跃，谈笑风生，如今却呆头呆脑，似醒非醒。金明请小宋和吴丽华坐下，给他们各倒了杯茶。有趣的是，金明变成哑巴似的，用手势向他们表达意思，并示意他们也不要说话。

金明指着小宋面前的茶，用手势对他示意道："用这茶漱漱口，请吴医生给你检查一下牙齿。"

金明的手势，不仅使小宋愕然，也使吴丽华惊讶。他们想不到，金明连夜派车接他们来，为的是检查牙齿！

　　吴丽华打开出诊箱，拿出工具。小宋真的用茶漱了漱口，张大嘴巴，让吴丽华检查。吴丽华查看了一下，在纸上写下检查结果："左下第一臼齿磨损严重，右上第二门牙露出齿质，右下第二臼齿空位……"

　　金明写道："假牙呢？"

　　小宋一看，连忙从衣袋里掏出一块干净的白手绢，打开后，见手绢里包着一颗假牙。原来，小宋每天临睡时，总是把假牙取下，用手绢包好。由于他是军人，随时都可能接到命令出发，所以他把手绢放入衣袋，不至于在匆忙之中忘了戴假牙。

　　金明把假牙交给陈洁，在一张纸上写道："立即用X光透视一下！"小宋和吴丽华看了金明的字条，都感到惊奇，不知道金明为什么会对这颗假牙发生莫大兴趣。

　　5分钟后，陈洁从基地医院回来了，出示检查报告："假牙中确实有金属物！"

　　金明把假牙交给了吴丽华，在纸上写下了这样的话："你想办法把里面的金属物取出来。注意，不要把金属物弄碎。"

　　吴丽华拿着那颗假牙，思索了一下。她从出诊箱中拿出强光微型电筒，交给陈洁，让她把明亮的光线照射在假牙上。接着，吴丽华用尖嘴钳钳住假牙，用微型牙钻在假牙上打了一排小孔。打好孔之后，她又拿出一把尖嘴钳，各夹着半颗假牙。只见吴丽华巧施手劲，用力一掰，两把尖嘴钳便把假牙掰裂了，假牙当中露出一只银光闪闪、只有半粒米那么大的金属元件！

　　顿时，大家的眼睛都瞪得大大的。特别是小宋，差一点喊出了"哎呦"！他如梦初醒，方知在自己的嘴巴里"住"了那已久的假牙，里面大有文章。

这时，金明用镊子夹出这小小的金属元件，轻轻放在一张白纸上。陈洁马上把强光微型电筒的光芒，照射在这锃亮的金属元件上。金明用极为熟练的动作，小心翼翼打开金属元件的外壳。接着，他拿过放大镜，仔细看。

金明检查完毕之后，又让戈亮拿着放大镜检查了一番。

金明和戈亮都是电子专家。他们检查完毕，背对着背，各自在纸上写字。

写好之后，金明和戈亮转过身子，把纸条打开。只见他们在纸条上写了一模一样的三个字。

金明和戈亮写了什么字呢？

假牙中有"耳朵"

金明和戈亮在纸上，都写着这么三个字："窃听器"！

原来，这是一种新式的微型窃听器。诡计多端的敌人，把窃听器装进假牙，进行窃听。金明听了唐斯的交代，便已经猜到那金属元件可能是微型窃听器。正因为这样，当戈亮去接小宋时，他一再叮嘱戈亮："你在执

行任务时，不得讲一句话，也不能让小宋讲一句话！"也正因为这样，在向小宋取假牙、检查假牙时，金明不许在场的人讲一句话，大家都成了哑巴。金明知道，敌人在此时此刻，可能还在监听着窃听器发来的信息。你讲一句话，敌人马上就会听到。

金明长期从事于公安侦查工作，对于敌人的窃听技术，颇有研究。窃听器，是敌人把电子技术运用于间谍工作的"新发明"。随着现代电子技术的迅速发展，窃听器的体积越来越小，花样也越来越多。这种微型窃听器的正式名称叫做"微型窃听发射机"，它像一只偷听的耳朵，从人们的谈话声中窃取情报。正因为这样，如今世界各国间谍中流传着这样一句"格言"："注意！敌人的耳朵在听着你！"

金明曾破获各式各样的微型窃听器：有的装在电话机中，有的伪装成图钉钉在墙上，有的装在自来水笔中，有的悄悄装进你的皮鞋鞋跟里，有的"化装"成女人的发夹，有的"躲藏"在手表里，有的暗藏在戒指中当作礼品赠送给窃听对象，还有的嵌进纽扣钉在窃听对象的衣服上……不过，这一次装在假牙之中，倒是一种"创新"，是金明所未遇到过的。金明觉得，"发明"在假牙中安装微型窃听器的人，倒是煞费苦心的。这是因为把微型窃听器装在假牙里，有两大优点：第一，离声带很近，可以窃听到清晰的声音；第二，一般微型窃听器要用微型电池作为电源。微型电池的电用光了，窃听器也就失去了作用。微型电池的电力有限，所以微型窃听器的窃听时间不太长。

把它装在假牙里，可以利用人的体温作为能源，转换为电能，这样微型窃听器就可以长时间地工作了。另外，阿琼"控制"了牙科医师唐斯，可以利用唐斯的职业作为掩护，巧妙地把一只只微型窃听器装入窃听对象的嘴巴里！也正因为这样，所以唐斯只热衷于给蔡清的同事们装假牙，却不爱跟王娟的同事们打交道——给芭蕾舞剧团的演员们安装窃听器，有什么用处？

金明拿来一张纸，在上面写道："吴丽华同志，请重新把窃听器装入假牙，用黏结剂粘好，交宋秘书照旧使用。在黏结假牙时，注意不要讲话，不要发出声响。此事请在1小时内完成。"

吴丽华看了金明的字条，用手绢包好那金属元件和裂成两半的假牙，悄悄地走了。金明让他们到一间地下室里去，关上大门后，在那里很安静，黏结假牙比较安全。

在吴丽华取走窃听器之后，大家不由得松了一口气，"哑巴"们都开口说话了。

金明像一个面临一场大战的指挥官，逐一"点将"，部署战斗：

陈洁立即去唐斯那里，把唐斯交代的装有窃听器假牙者名单取来。然后去绿山市中心医院查阅牙科病历卡，把所有在那里经唐斯诊看过牙病的军人名单抄出来（金明担心唐斯交代时可能有遗漏）。再去王娟家，取下王娟的假牙，带来用X光检查（虽然唐斯说未给王娟进行装过窃听器假牙，但金明仍请陈洁复核一下，因为金明曾与王娟进行过三次谈话，万一王娟口中装有窃听器，案情就更为错综复杂了）。金明限陈洁于1小时内办完以上三件事。

戈亮马上把情况向黄冰司令员及侦查中心首长汇报。汇报后，着手起草一份文件。这份文件分发给装有窃听器假牙者，告知这一情况，并要求

他们自接到文件时起，不得在谈话中涉及机密。这一文件写好后打印。此时，戈亮应赶往绿山市中心医院，从陈洁那里取到唐斯交代及从牙科病历卡中抄出的军人名单。回来后，分头派人，按名单送上文件。金明限戈亮于1小时内办完以上四件事。

陈洁和戈亮风风火火般离去了，争分夺秒地去完成各自的工作。

剩下来的只有金明和小宋，他俩也有任务——金明要小宋讲清楚他与唐斯之间的关系……

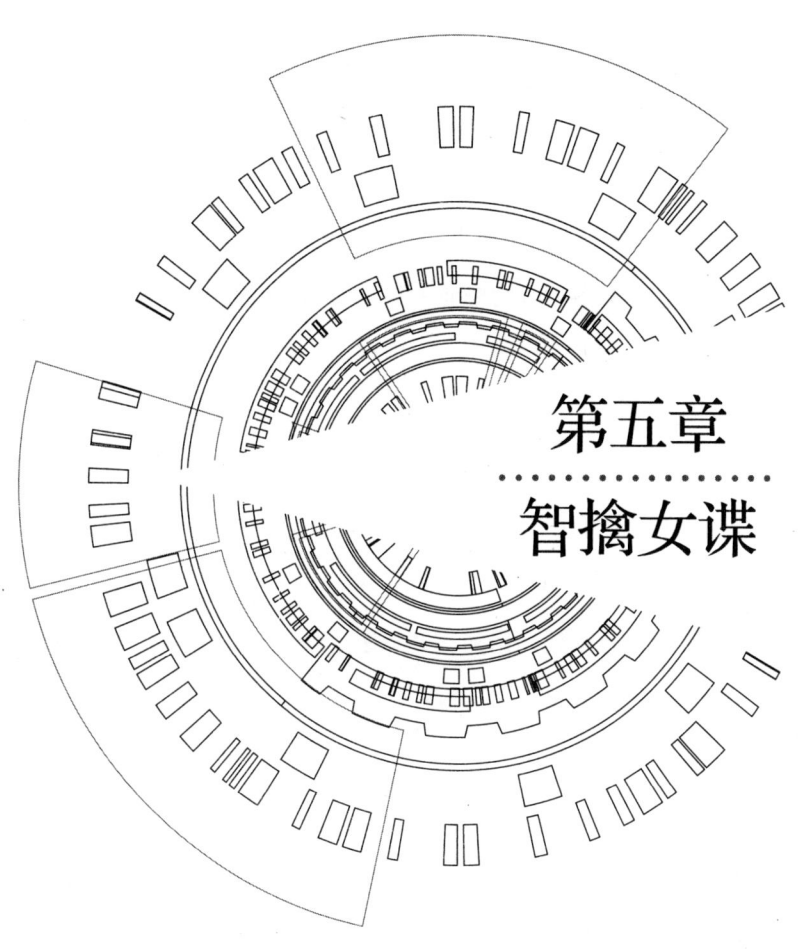

第五章

智擒女谍

"书生"犯了错误

对于这位书生派头十足的宋秘书，金明刚到绿山，就已经注意他了。

金明发觉，这位军事学院的毕业生见了死人怕得要命，而吹起牛来海阔天空、口若悬河。平素，金明在工作中很留心观察这样的人，因为这样的人也正是间谍机关物色的对象——很容易从他们的身上打开缺口。不过，那时候，金明对小宋只是"注意"罢了，并无别的意思。然而，当金明了解到唐斯曾与小宋有所接触、给小宋装过假牙；当阿琼住在唐斯家的时候，小宋曾去过唐斯家，被吴丽华碰上……

这时，小宋耷拉着脑袋，精神萎靡不振，脸色一阵红一阵白。这倒不是因为他在睡梦中被拉起来而迷迷糊糊，却是由于刚才看见自己的牙齿中装着窃听器，知道问题严重。

小宋向金明讲述了自己认识唐斯的经过。他的面前放着录音机，磁带盘在不断转动着。小宋用十分沉痛的口气说道：

"我在基地司令部办公室当秘书。我的工作很清闲，无非是收收发发文件，接接电话，开会时当个记录。对于这种生活，我感到单调、刻板。一空下来，我喜欢聊天、吹牛、串门儿。

"我跟蔡清很熟，每当他回来休假的时候，我爱上他家去坐坐。蔡清跟我是从同一个学校毕业的，比我早几届，说起来算是校友。我很喜欢蔡清，也很尊敬蔡清。蔡清在学校里就是高才生，到了这儿以后，成为年轻的导弹专家，出类拔萃的新秀。他对发展导弹技术作出了重大的贡献。正因为这样，他被委派到鹰山去工作——要知道，那里的工作人员总共才三个，除了他之外，邱杰和杜雪平都是50岁上下的人。

"我喜欢蔡清的另一个原因，是由于他博学多才，兴趣广泛，他对各门自然科学都有所研究，又会弹琴、画画、跳舞、下棋、雕刻、踢足球，精通好几门外语。

"我觉得，跟蔡清聊天，可以学到不少东西。我把他看成是自己的楷模。

"有一次，我在蔡清那里，遇上一位陌生人。他很热情地向我作了自我介绍，说名叫唐斯，是牙科主治医师。

"唐斯主动给我检查了牙齿，说我的一颗装了牙套的臼齿，嚼起来一定不大舒服，有点发胀的感觉——那不锈钢牙套装得太高了一点。

"我一听，便知道这位牙科医师医术高明，因为我那颗臼齿的牙套确实太高了点，嚼起来有发胀的感觉。

"唐斯建议我到他那里拔掉这颗臼齿，装一颗假牙。我同意了。

"我的那颗臼齿，是唐斯的助手李医生给我拔的。她一边拔，唐斯一边在旁边指导。看得出，他对助手是很热忱的。至于装假牙，则是他自己动手。他装的假牙很好，我非常满意。打那以后，我们就熟悉了，交上朋友。

"我向许许多多人推荐唐斯，说他医术高明，为人又热情。

　　"我的女朋友知道了这件事。正巧，她的一个舅舅从乡下到绿山市来。她舅舅的牙齿所剩无几，自嘲'无齿之徒'。他听说唐斯是牙科高手，便托我找他看病。

　　"这下子，我犯难了。因为我知道唐斯很忙，怕他不愿意亲自出马。不给她办吧，又怕得罪了女朋友，真是左右为难。

　　"后来，我的女朋友给我出了主意：给唐斯送点舅舅带来的土特产，让唐斯给帮个忙。

　　"就这样，在一天晚上，我到唐斯家里去。我按门铃按了好久，没人开门。正想回去的时候，唐斯来开门了，他一见礼物，便很热情地答应下来了……

　　"我跟唐斯的交往，也就这些。他给我装的假牙中，有窃听器，这件事我连做梦也想不到。作为一个军人，我丧失了革命的警惕性，而且做了送礼、走后门这样不该做的事情，我犯了错误。"

　　小宋到底是秘书，作起检讨来，也有条有理，很清楚。

　　金明记起，那天在从鹰山回来的途中，小宋曾眉飞色舞，向他介绍起关于杜雪平、邱杰、蔡清的种种情况。不过，金明考虑到谈话是在"彗星牌"轿车内，车壳是用金属做成的，除了几扇小窗之外，轿车金属外壳近乎封闭。在这样的环境中谈话，窃听器是不易发挥作用的。这正如你在轿车内或火车车厢内，如果没有外接天线，半导体收音机是很难收听到外来的广播的。因为封闭的金属外壳有一种"屏蔽作用"，既阻止车内的无线电波朝外发送，也能阻止外界的无线电波进入车内。根据这一点，"电子专家"金明断定，那天他和小宋在轿车内的谈话，敌人无法窃听，至少没法听清楚。至于在那之后，小宋在办公室里讲了些什么话，是否与"尖刀1号"案件有关，就不得而知了。

小宋竭力回忆着自己最近两三天内的活动，回忆自己讲过的话，说道："在办公室里，无非还是收收发发文件，接接电话，开会时当个记录，好像没有讲过什么要紧的话……"金明为人确实精明，他回忆起第三次访问王娟时的印象，问道："王娟同志来的电话，是你接的吗？"

小宋这才一下子记起来了，连连说道："是，是，是我接的，是在今天中午。王娟打电话来，说唐斯在上午到过她家。"

金明追问道："当时，你说了些什么？"

金明根据经验判断，微型窃听器是装在小宋的口腔里，能够清晰地窃听小宋的话音，而王娟的话是通过电话耳机传出，声音微弱，装在口腔里的窃听器不一定能听清楚。正因为这样，金明很关心小宋讲了什么。

小宋把右手举起，放近耳边，仿佛手中拿着耳机似的，苦苦思索着当时的情景。过了好一会儿，小宋才说："当时，我大概是这样说的——'嗯，嗯，嗯，几点钟走的？喔，知道了，谢谢你，再见！'我在司令部办公室工作久了，已经养成接电话的保密习惯，一般只是'嗯、嗯'，不重复对方讲过的话。"

金明又追问道："王娟电话的内容，你向黄冰司令员汇报了没有？"

小宋这才惊叫了一声："哎唷，糟糕。我确实把王娟电话内容，向黄冰司令员作了汇报——当时，我根本不知道我的嘴巴里会有窃听器呀！"

说到这里，走廊里响起了急匆匆的脚步声。

把小宋留了下来

　　门开了，大高个戈亮气喘吁吁地进来了。金明一看手表，从戈亮出发的时间算起，正好过去55分。

　　戈亮刚到，接踵而来的是陈洁，也提前完成任务回来了。

　　戈亮向金明报告道："一切照办。"说完，把一份装有窃听器假牙者的名单，递给了金明。陈洁也向金明报告道："一切照办。在王娟的假牙中，没有发现窃听器。"

　　金明一听这话，放心了。这意味着他和戈亮的三访王娟的谈话内容，没有泄漏出去。这时，门外又响起急匆匆的脚步声。门一开，吴丽华走进来了，她也完成了任务。

　　大家一见吴丽华进来，顿时都噤若寒蝉，不敢随便说话，生怕吴丽华身边带着那颗重新黏好的小宋的假牙——里面藏着窃听器。

　　吴丽华似乎很快就发觉大家为什么都哑口无言，连忙开口说明道："那颗有'耳朵'的牙齿，不在我身边，在地下室里，请你们放心！"

　　这么一来，大家才松了一口气。

　　吴丽华向金明报告道："假牙已经黏好。我把它放在地下室的一只温箱里，温度控制在37℃，就像放在嘴巴里一样。"

　　金明很满意地点了点头，称赞道："你做得不错！"

金明仔细审看了戈亮交来的装有窃听器假牙者的名单，人数不算很多，包括小宋、蔡清在内，共计5人。金明估计，敌人之所以只在这5人口腔内装入窃听器假牙，大抵由于以下两个原因：第一，要装窃听器假牙，首先对方要患牙病，需要拔牙，而且愿意请唐斯来拔牙、装假牙；第二，敌人不敢大量使用这种间谍工具，用得太多，容易露馅——因为假牙中装入金属元件后，机械强度受影响，万一碎裂，"露"了"馅"，马上牵连到唐斯，会造成麻烦。

在这5人之中，都是与"尖刀1号"导弹工作有关的人员。还好，其余3人是在技术部门工作，虽然他们的谈话内容与"尖刀1号"导弹制造技术有关，但是与这一次"尖刀1号"案件的侦破工作无关。蔡清生死未卜，下落不明。所以，唯一与"尖刀1号"案件侦破工作有关的，只有小宋。

金明还回忆起，小宋在鹰山中心控制室中，曾讲过一些话。不过，中心控制室在地下，窃听器的发射波受水泥壁及厚厚土层的阻隔，几乎无法穿越的，敌人无地收听。金明所担心的是，小宋这几天在办公室里究竟讲了一些什么话——这些话连他自己也已经记不起来了！这时，电话机响起了"嘟嘟"声。金明拿起耳机，马上听出是助手张正的声音。张正报告说："在通缉阿琼的命令向全国发布之后，各地都认真进行了侦查，没有发现与通缉令上所附的15张女人照片那样的人，也未发现与通缉令上所附的蔡清照片相似的人。如有发现，便马上报告。"

金明放下电话耳机，自言自语道："这么说，她确实还在里面！"

金明双眉一扬，对大家说："来，我把自己这三天来对案情的分析，系统地谈一谈，请同志们看看我的判断有没有错误的地方？另外，我还想谈一下我们下一步的行动计划。一句话，请同志们横挑鼻子竖挑眼。目前

时间紧迫，大家统一思想之后，马上着手行动。"

戈亮深知金明是一个"头未梳成不见客，不到火候不揭锅"的人。现在，金明愿意系统地向大家作案情分析，可见他已经深思熟虑，胸有成竹。

这时，小宋却站了起来想走。金明一看就知道小宋心里在想什么：小宋犯了错误，以为金明把他当成"嫌疑犯"。如今，公安人员要讨论案情，他当然以"回避"为妙。

谁知金明却把他拉住，说道："小宋同志，请你也参加研究。在下一步行动中，还要请你出马参战呢！"

小宋一听，出乎意外。他茫然不知所措，只得又重新坐了下来……

焦尸之谜

戈亮和吴丽华都用狐疑的目光注视着小宋。显然，他们对小宋不大放心，对金明留下小宋有点不大理解。

其实，金明对小宋作了全面分析后，才把他留下来的。金明深知小宋的缺点，喜欢夸夸其谈，警惕性差，容易不自觉地被敌人所利用。然而，小宋是受过多年革命教育的青年，政治表现一向不错，如果敌人明目张胆地要把他拉入间谍集团，那恐怕是办不到的。另外，小宋刚才的检查，态度是诚恳的，所谈的情况符合事实。正因为这样，尽管小宋犯了错误，金明对他还是信任的。金明把他留下，让他听案情分析，使他对"尖刀1号"案件的来龙去脉有个清楚的了解，以便在下一场"戏"中请小宋当"演员"——这个"演员"非要小宋来当不可！

金明让戈亮、陈洁、吴丽华、小宋坐拢来，并把黄冰司令员也从隔壁房间里请了过来。

黄冰司令员一来，便诙谐地张开嘴巴，对吴丽华和金明说："吴医生、老金，我的嘴巴里没有一颗假牙，请你们放心！"

黄冰司令员的话，使气氛一下子活跃起来。

戈亮笑着指了指小桌上的一只方盒子，说道："这是窃听器检查仪，能够自动查出10兆赫至1800兆赫的所有无线电信号。只要这个房间里有窃听器，它的小红灯马上就会不断闪亮。所以，你不论是牙齿里有窃听器，还是衣袋、手表、鞋跟、自来水笔中有窃听器，全逃不过它的眼睛！"

戈亮说罢，大家都呵呵笑了。

这时，金明说了声"现在言归正传"，便用富有逻辑的语言讲述了自己对"尖刀1号"案件的案情判断：

"从我们已经了解的种种情况来看，'尖刀1号'案件的作案者，有重大嫌疑的是两个人——尤勇和阿琼。

"现已查明，尤勇曾化名'朱家骏''崔颖'，两度来到中国，其中第二次到中国时，来到了绿山。

"敌人看中尤勇，因为尤勇和蔡清是孪生兄弟，外貌酷似。敌人知道蔡清在这儿担任重要工作，利用尤勇冒充蔡清，进行作案。

"我认为，尤勇已死！鹰山中心控制室中那具高大焦尸，是尤勇的尸体。

"为什么说那具高大焦尸是尤勇尸体呢？第一，血型B型。当然，蔡清也是B型。孪生兄弟或姐妹的血型，常常相同；第二，蔡清的门牙、右下第二臼齿是假牙，而焦尸满口真牙。就算唐斯那里的牙科病历卡不可靠，那么蔡清摘除过蔡清的扁桃体，焦尸上却有完整的扁桃体。关于蔡清装假牙、切除过扁桃体，王娟也可作证。

"我曾考虑过，敌人为什么要把尸体烧焦？这是因为孪生兄弟尽管外貌极为相似，但也有明显不同之处。比如，蔡清的发旋朝右旋，尤勇的发旋向左旋；两人的指纹也不同——世界上所有孪生人的指纹都全不相同。敌人把尤勇的尸体烧焦，其用意便是烧去这些不同之处，以便造成是蔡清作案，然后自杀的假象。

"既然那具高大焦尸是尤勇的尸体，那么尤勇是怎么死的？是自杀还是他杀？这个问题现在还很难下结论。至于邱杰是他杀，这一点完全可以肯定下来。

"如果认为焦尸是尤勇的尸体，这就产生了一个新的问题：蔡清到哪里去了？

"对于这个问题，目前还没有任何线索。我只能说，蔡清生死未卜，下落不明。

"另外还有一个相应的问题：鹰山防备严密，每一道门都装有'指纹检验器'。既然尤勇和蔡清的指纹不同，照理，尤勇是无法进入中心控制室的。那么，尤勇采用什么方法潜入中心控制室呢？

"'尖刀1号'案件的主犯，是那位名叫阿琼的女人。她的真实姓名及经历，目前还是一个未知数。从她曾14次来到中国，每次都用不同的化名、不同的身份，从她对唐斯一家所采用的威逼利诱的种种手法，可以看出这是一个手段高超、经验丰富的老间谍。她具有迷人的外表，善于施展'美人计'。目前，国外已越来越注意培养漂亮、年轻的女人作为间谍。俊俏的外貌，是掩盖间谍活动的最好的面纱。间谍们知道，当今担负重任要职的，妇女固然不乏其人，然而男子终究占多数。正因为这样，用姣姣动人的美女作为间谍，就有她特殊的作用。那个阿琼，正是用美色使唐斯父子上当的。

"目前破案的关键，是在于活捉那化成美女的毒蛇——阿琼。只有生擒阿琼，方能彻底揭开'尖刀1号'案件的谜底。"

"你估计，那个阿琼现在在哪儿呢？"陈洁提出了大家都很关心的这一个问题。

棘手的事

接着，金明着重对"阿琼"进行了分析：

"根据唐斯交代，在阿琼与尤勇之间，是阿琼在指挥尤勇。也就是说，阿琼是尤勇的'上司'。我认为，这一点是可靠的。

"另外，唐斯还交代，在大前天夜里，阿琼和尤勇临走的时候，阿琼对司机说过'先去7号桥'。我曾请绿山市出租汽车公司调查了一下，那天晚上确实有一男一女租用了一辆轿车，车号98-0468723，司机叫杨云新。杨云新拿出发票存根，查出乘客姓唐，出租汽车的发票常常只记下乘客的

姓，没有记名字，车子是打电话预订的，原说是到火车站，上车后改驶7号桥。在车上，他们似乎没说什么话。他们在7号桥下车。下车时，那位女乘客对司机说，'我们在这儿要到一个朋友家辞行，你先回去吧。我们上火车站时，另外喊车。'就这样，司机回去了。

"7号桥，正是从绿山市到鹰山的必经之桥，那里已是郊区，行人稀少。据司机说，两位乘客下车的时间是晚上7点20分。

"7点20分意味着什么？意味着没隔多久，蔡清去鹰山值班，将坐着'彗星牌'轿车经过这座桥！

"对于以后发生的事情，虽然还不大清楚，但是，可以作出这样的判断——阿琼和尤勇在7号桥上或7号桥附近，拦劫了蔡清的轿车，直奔鹰山。

"在作案之后，尤勇做了替死鬼，诡计多端的阿琼势必潜逃。因为'尖刀1号'一旦出了国境，鹰山必然会成为对方导弹的攻击目标，她不会在这里等死。

"阿琼往哪儿潜逃呢？

"除了蔡清来的时候所乘坐的那辆'彗星牌'轿车之外，鹰山的地道中有4辆越野车、3辆轿车、3辆大卡车，这10辆汽车在案发后仍在原处，经检查在近期内均没有启用过。至于蔡清所乘那辆'彗星牌'轿车，后来被杜雪平乘坐，在返回绿山的半途中被炸、车毁人亡。这样，阿琼不大可能乘汽车潜逃——除非她自己备有机动车。

"如果阿琼没有机动车辆的话，她很可能仍潜伏在鹰山一带。刚才张正同志报告，在全国通缉这个阿琼，未发现踪迹，也从另一角度说明阿琼未远逃。当然，她也可能化装潜逃，并不完全排斥这样的可能性。

　　"鹰山一带山高林深，荒无人烟，藏匿在那里是不易寻找的。我查过鹰山一带的详细地图，地图上标明有29处天然山洞，有的山洞长达一二百米，至于山岩下可以藏身的小山洞和树洞更是不计其数。这样复杂的地形，给搜索工作带来很大困难，而敌人躲藏起来却很方便。

　　"人们常用'大海捞针'来形容难以寻找的东西。搜寻阿琼，并不见得比'大海捞针'容易！

　　"我们如果用大部队拉网搜山，来回像用梳子梳头一样，迟早就可以把躲在阴暗角落里的间谍抓出来。然而，令人棘手的是，阿琼显然是一个极有经验的间谍，这样的人物身边总是藏有毒药，甚至在牙齿中藏有毒药。一旦发现自己处于包围圈中，就会服毒自杀。阿琼是那种'活着干、死了算'的死硬分子。正因为这样，对她不能采用大部队拉网的搜捕方法。

　　"用小分队搜索，地形如此复杂的深山老林，何年何月才能搜遍？如果小分队被阿琼发现，她也会自杀的。

　　"我们的目的是抓活的！只有抓住活的，才能查清'尖刀1号'案件的真相……"

将计就计

　　"金明同志，那个阿琼明知她的破坏会引起严重后果，为什么还留在鹰山一带呢？她是不是已经自杀了？"吴丽华问道。

"会活在那里!"金明十分肯定地回答道,"原因是复杂的,很可能她接到上级头子的指令,告诉她整个活动失败了,让她继续潜伏,当然也不排除别的可能,也许窃听到除蔡清外其余四个镶有窃听器假牙的人的只言片语,得知有关情况,故而按兵不动。"

金明作了如下分析:

"你别看那些死硬分子,当我们出现在他的面前时,常常服毒自杀,似乎'视死如归'。其实,他也很怕死,非到走投无路,不会自杀。

"就拿希特勒来说,他在柏林被围之日起,就打算自杀。但是,他存在幻想,在地下避弹室里拖了好多天。直到1945年4月29日下午,传来了他的伙伴、意大利独裁者墨索里尼夫妇被意大利游击队处决的消息,才使他下定了自杀的决心。4月30日中午,苏联军队攻入柏林的波茨坦广场,离希特勒的总理府只有一条街了。在这天下午3点30分,希特勒和他刚刚举行了结婚典礼的妻子爱娃·勃劳恩这才自杀。希特勒的帮凶戈培尔夫妇,则在5月1日晚8点30分自杀。

"历史是一面镜子。希特勒、戈培尔如此。我看,阿琼也是如此。何况我们目前还没有直接进逼阿琼,她总还想死里逃生。

"我看,对于阿琼,不可明攻,只可暗取;不要力擒,只可智取。

"以上是我对阿琼现状的分析,以及活捉阿琼的策略,请黄冰司令员和同志们指正。"

金明说完,大家仿佛觉得他像一位数学家,用严密的思维逐步演绎难题,推理准确,阐述清晰,无懈可击。金明平素在空闲时,喜爱下棋、打桥牌,也喜爱解算几何难题和复杂的代数方程,便是为了从中培养严密的思维能力。他常说,每一次侦破案件,就是根据现场调查时所了解的种种情况排列出代数方程式，推理犹如演算，最后求出未知数——也就是查明了罪犯。人们常把金明誉为"数学警察"，而金明则认为，应当创立一门"破案逻辑学"或"破案推理学"这样的科学。

此时，金明见大家对他的分析、判断并无异议，便笑着对大家说道："下一步棋该怎么走？如何智取阿琼？请各位群策群力，解决这个棘手的问题。"

戈亮听了，神秘地一笑，说道："我看，大家先别说，每人把自己的高见写在手心，然后把手伸出来，对比一下。"

戈亮的建议，获得大家一致同意。除了吴丽华是个"外行"、小宋拘拘束束之外，金明、黄冰、戈亮、陈洁各自在手心写了字。

当四只手一齐张开手掌时，只见上面都写着四个字："将计就计！"

金明一看，拍掌大笑道："真是'英雄所见略同'！"

黄冰连连说道："其实，这是你的'高见'。因为你刚才一再说下一场戏要请小宋当'演员'，这话启发了大家！"

小宋和吴丽华到底外行，经黄冰这么说了，他们还不明白要小宋当什么"演员"？

直到这时，金明才说穿了谜底：

"在小宋的假牙中安装了窃听器，用来窃听我方的情报，这本是敌人设下的计谋。如今，我们将计就计，把那颗假牙重新放入小宋的嘴巴，让小宋充当'演员'，讲述某些'台词'，使敌人窃听之后上当，落进我们设下的圈套——这便是'智取'。"小宋一听，愁眉苦脸顿时变为喜笑颜开。他非常高兴，自己犯了错误，如今终于有了立功的机会。

他急着问道："现在就讲？讲什么？"戈亮看了一下手表，已近子夜

了，说道："现在就讲，恐怕不行吧？现在阿琼一定睡觉了，你讲了，她也听不见。"

金明却摇头说：

"不见得！即使阿琼已经睡觉，她醒来以后，一定也可以听见小宋的声音！

"这是为什么呢？

"这是因为现代的窃听技术，大有'进步'，跟当年的那种窃听器相比大不相同！一是窃听距离大为增加。本来只能在几十米到几百米的范围收听到窃听发射的无线电波，如今扩大到几公里、几十公里以至上百公里；二是实现了自动窃听。本来要用人监听，监听者休息了，就不能窃听。如今，用微型电脑控制录音机，自动窃听。只要窃听器中发出声音，录音机就把声音录下来。这样，间谍一觉醒来，只要听一下录音带，便可知道在他睡觉时发生了什么情况。"

"这么说，我现在就准备当'演员'？"小宋急切地问道。他恢复了常态，比原先活跃多了。

"嗯。"金明点了点头，"等一会儿，你跟吴医生到地下室去，她给你装上那颗假牙。然后，你回到你的办公室里当'演员'——在地下室里讲话，敌人是听不到的！"

"讲什么话呢？"

金明低声地吩咐如此如此。黄冰司令员同意了金明的方案，戈亮和陈洁也点头称好。

糟糕，露馅了！

按照金明的吩咐，吴丽华轻手轻脚地带着小宋来到地下室，小心翼翼地把那颗黏好的假牙装入小宋的嘴巴。

本来，小宋的心情已经变得相当轻松。一装上那颗窃听器假牙，他的心情不由得又紧张起来，以至连嘴巴都不敢合拢。不知道怎么搞的，他总觉得装上去的那颗假牙，不大舒服。小宋真的当上了"演员"。

他来到司令部办公室，坐在他的办公桌旁。为了不影响"演员"的情绪，金明、戈亮、陈洁、吴丽华都躲在隔壁的黄冰的办公室里。

没一会儿，黄冰司令员从自己的办公室里踱了出来，来到小宋身边，"演戏"开始了。黄冰把一份手稿交给小宋，然后不紧不慢、十分自如地按照"导演"金明所规定的"台词"，说道："小宋，'尖刀1号'案件的侦查工作已经结束，这是一份简报初稿。你马上给导弹指挥中心打一个电话，把简报的内容对他们念一念，告诉他们，等简报打印好以后，马上再用传真机把全文发送给他们。"

小宋也按照规定的"台词"，连连点头说："是，照办！"

黄冰司令员走后，小宋拿起电话耳机，开始拨导弹指挥中心的电话号码——89486754。小宋所用的是军内载波长途电话，保密性、畅通性均极好，所以电话一拨就通。

从耳机中传出清晰的声音："哪里？"

"739。你是哪里？"小宋说道。所谓"739"，就是绿山基地的代号。

"我是847。"对方答道。所谓"847"，就是导弹指挥中心的代号。对方又问道，"什么事？"

"是这样的，'尖刀1号'案件已经破案，我先把情况汇报，等简报打印好以后……""什么？什么？'尖刀1号'案件已经破案？"对方一听这突如其来的消息，打断了小宋的话，连声追问道。

这时，小宋紧张起来了，急忙解释道："我刚才说的话是假的，是骗敌人用的……"小宋刚说完这话，发觉自己一慌张，说走了嘴！

黄冰司令员、戈亮、陈洁一听小宋"露"了"馅"，也马上从隔壁办公室里奔出。

这时，耳机里传出急切的声音："什么？什么？你说的话是假的？"

小宋手忙脚乱，六神无主，竟把电话挂断，大声对金明说道："金明同志，糟了，我把话说错了！"

黄冰、戈亮、陈洁满脸怒色，气急败坏，却又不能声张。他们知道，小宋的假牙里装有窃听器，他刚才的话都通过窃听器，传入了间谍的耳朵！当然，他们如果斥责小宋，这斥责声也会通过窃听器，传入间谍的耳朵！

戈亮一个箭步跑到小宋面前，这个大个儿不由分说，用粗大的手一捏小宋的两腮，小宋不得不把嘴巴张了开来。戈亮迅速地把手伸入小宋的嘴巴，取出了那颗假牙，交给陈洁。陈洁一转身，急匆匆朝外跑。很显然，她想朝地下室跑去，以便把这长"耳朵"的牙齿放到一个安全的地方。

奇怪的是，金明和吴丽华站在一旁，却是一副坦然自若的神态，一点也不着急。特别是金明，甚至脸上还浮现着笑意哩！

金明见陈洁往外跑，也不顾陈洁的手中拿着窃听器假牙，大声地喊住了她："别跑！"这究竟是怎么回事情呢？

"料人如神"

人们常用"料事如神"来形容某些人对事物的准确的判断力，然而，金明则可称得上"料人如神"！

原来，金明那天看到小宋害怕死尸的那副神色，便知道他是一个遇事慌张的人，让这样的人当"演员"，往往会临场失措，出笑话！

事先，金明曾让小宋背熟几句很简单的"台词"，至于其余的"台词"虽然比较长，但是很方便，都已写在纸上，只消照纸上的"简报"念下去就行了。金明还曾一再交代，让小宋在拿起耳机、拨好导弹指挥中心的电话号码之后，立即轻轻地用手指把耳机托架往下按，切断电话。谁知小宋果真遇事慌张，像蹩脚的演员怯场似的，竟忘了把耳机托架朝下按。这么一来，对方就问话了，小宋乱了套，说错了"台词"！

正因为金明料定小宋会出洋相，事先嘱咐吴丽华给小宋装了一颗没有窃听器的假牙。在吴丽华的出诊箱里，有现成的各种假牙。吴丽华选了一颗与小宋那颗假牙相近的，装入小宋的嘴里。不过，这些现成的假牙一般

是毛坯，要经过修整成合适的形状装入口腔才会适用。正因为这样，那颗假牙装入小宋的口腔，小宋感到不大舒服。

当金明从陈洁的手中拿过那颗假牙，揭穿了谜底，大家才知道原来里面没窃听器，刚才不过是一场"彩排"而已，都一边捧腹大笑，一边称赞金明"料人如神"。

小宋先是惊恐，后来感到羞愧，在大家的笑声中，脸涨得绯红。此时导弹指挥中心来电话询问，黄冰司令员做了简单的说明。

金明对黄冰说道："现在，我充当小宋的角色，重新排演。"

金明说着，坐到了小宋的座位上。然后，他摆出一副导演的架势，仿佛真的在进行"排练"似的，喊道："预备——开始！"

黄冰听见金明的口令，像一位老练的演员似的，从隔壁办公室里踱了出来，走到金明旁边，把一分手稿交给了他，然后不紧不慢、十分自如地说道："小宋，'尖刀1号'案件的侦查工作已经结束，这是一份简报初稿。你马上给导弹指挥中心打一个电话，把简报的内容对他们念一念，告诉他们，等简报打印好以后，马上再用传真机把全文发送给他们。"

在黄冰说完"台词"之后，金明连连点头道："是，照办！"

黄冰踱回了自己的办公室，金明一手拿起电话耳机，一手拨着电话拨号盘。当他拨完"89486754"之后，立即用拨号的那只手轻轻地把耳机托架往下按，切断了电话。

小宋站在一旁，目不转睛地看着"导演"的每一个示范动作。

金明接着进行"表演"，他对着耳机说道：

"喂，847吗？我是739，我是739，有要事汇报，有要事汇报，请准备录音，请准备录音。

"准备好了吗？好的，现在开始！

"我是739。'尖刀1号'案件经739和侦查中心特派员共同调查。已经初有眉目。此案侦查工作主要是在今天有了大突破。不，不，更正一下，应当是说昨天——现在已经过了24点。

"昨天中午，我们接到蔡清的妻子王娟打来的电话，报告绿山市中心医院牙科主治医师唐斯曾在上午去她家，打听有关蔡清的情况。

"我们当即派人前往唐斯家，唐斯已服用大量安眠药。经抢救，唐斯说他上了一个名叫阿琼的女间谍的当。这个女间谍来华时，认识唐斯的儿子唐亮。唐亮在滨海市旅游公司任翻译。阿琼与唐亮发生了恋爱关系。阿琼凭借这一关系，前往绿山市，住在唐斯家，化名唐吟吟，声称自己是唐斯的女儿……

"唐斯在交代他与阿琼的关系时，又昏迷过去。经再度抢救，他只说阿琼于发生'尖刀1号'案件前一天夜里坐火车潜逃，估计逃往滨海市……唐斯刚说完，便因年老体衰、服安眠药过量而死。

"经向唐斯周围的邻居调查，有人曾看到蔡清和阿琼在唐斯家中谈笑风生，也有人反映在深夜看见唐斯家窗帘上出现酷似蔡清的身影。另外，经我们再三向王娟调查，她说出了她与蔡清之间近来不和，是由于她在绿山公园看见蔡清与阿琼幽会。由此可见，蔡清已被间谍分子阿琼拉上贼船。

"前已报告，根据鹰山现场调查及法医鉴定，认为邱杰、杜雪平系他杀，蔡清则是自杀。由此可见，'尖刀1号'案件的作案者确系蔡清。

"蔡清在作案后自杀，纵火焚身，自食其果。

"此案策划者阿琼已潜逃，亟待捉拿归案。

"为此，我们准备把此案侦查人员调离绿山，取消这一地区的紧急戒严令，把侦查工作的重点转移到滨海市，及从绿山至滨海市铁路线沿途各城市，以便早日擒获阿琼。

"侦查中心特派员已飞离绿山，前往滨海市，并已通知滨海市公安局，严密监视唐斯的妻子郑萍和儿子唐亮。

"至于对蔡清、唐斯，因已死亡，等此案侦审终结再作处理。

"以上简报，待定稿，打印后立即用传真机发送给你们。有何指示，即告。

"报告完毕。再见！"

差一点"忘乎所以"

金明把耳机放在电话上，结束了"排练"。大家看了金明的亲自表演，都十分满意。这一方面是由于金明具有演员的天才——金明曾一再强调，公安侦查人员要会演"戏"，特别是当他正面与敌人接触或打入敌人内部的时候，更应当会演"戏"；另一方面是由于金明亲自草拟的"简报"，写得合情合理。敌人布下了迷魂阵，正是想把水搅浑，使我们误把蔡清当作作案者，而金明用种种巧妙的"理由"证实了这一点，反过来给敌人布下了迷魂阵。小宋在一旁非常认真地观看着金明的表演。在金明表演了一遍之后，小宋进行了一次"排练"。很明显，这一次大有进步，没有忘记把电话耳机的托架按下去。

不过，金明指出了小宋的缺点："在念简报的时候，像背书似的，缺乏表情。"

小宋又排练了一次，金明这才满意。于是，吴丽华带着小宋来到地下室，真的给他装上了那颗窃听器假牙。

尽管小宋的心情还是很紧张，不过，当他来到办公室，看见金明那充满热情的目光，感到了宽慰。

这时，倒是戈亮、陈洁和吴丽华紧张起来，他们暗暗捏了一把汗，生怕小宋在"表演"时露馅——这一次，小宋的嘴巴里真的有窃听器，万一讲错了，就会铸成大错，无可挽回！金明看上去很坦然，其实他内心也十分紧张，担心小宋这位"文弱书生"出洋相。

至于黄冰，他顾不上这些了，因为他本人也是"演员"，只顾着背诵自己的"台词"了。小宋总算沉住气，顺利地进行"表演"。当他开始念起简报来的时候，就更为自然了些。然而，当小宋念完简报，把电话耳机摞下来的时候，金明却以闪电般的动作，把一团白色的东西，塞进了小宋的嘴巴！

这白色的东西是什么呢？

是一团消毒脱脂棉花！

原来，金明"料人如神"，他预料到小宋在"表演"结束的时候，以为大功告成，会"忘乎所以"。果真，刚才当小宋把耳机一摞，如释重负，正想说："金明同志，我的表演怎么样？"金明便眼明手快，把棉花塞进他的嘴巴。这消毒脱脂棉花，是金明事先从吴丽华的出诊箱里拿出来，作好准备的。至于金明那塞嘴巴的动作是那么熟练、利索，其中倒也

是另有原因的——金明曾反复练习过这个动作。在逮捕间谍分子时，常要把毛巾之类的东西塞进他们的嘴巴。因为在间谍分子的嘴巴里，往往藏有毒药，塞进毛巾之后，使他的牙齿无法咀嚼。此时，金明略施小技，那团棉花当然也就飞快地塞进小宋的嘴巴。

小宋经金明这么一塞，猛然醒悟。他用感激的目光看着金明。刚才，如果不是金明来了这么个"绝招"，小宋就会"一言既出，驷马难追"了！这时，金明从衣袋里取出一张纸条，递给小宋。那纸条上早已写好这样话：

"你已完成任务，可以回家了。那颗窃听器假牙，仍装在你的口腔中。你照常讲话，只是要切切注意勿涉及'尖刀1号'案件。切记！切记！另外，刚才的事，要绝对保守秘密，不可对任何人谈起。"

小宋一连把字条看了三遍，默默记在心中。他朝金明点点头，表示记住了。正当小宋要把字条往自己的衣袋里塞的时候，金明却把字条取回，随手烧成了灰。金明做惯了公安侦查工作，养成了谨小慎微的作风，他生怕小宋这"马大哈"万一把字条丢失，又会造成"驷马难追"的局面。

金明朝戈亮点一下头。戈亮会意，用越野车送小宋回家。小宋走后，室内没有窃听器了，大家松了一口气。金明表扬了吴丽华，说她这一次配合得很好，让陈洁用那辆浅灰色的轿车送吴丽华回家。另外，金明还让两位战士随车一起到吴丽华家去，这是因为金明考虑到吴丽华一家都已很劳累，所以派战士在她家从窗口暗中监视唐斯的家。

一场紧张的战斗刚刚过去，一场更紧张的战斗又开始了。

唯恐敌人没听见！

对于金明来说，已是第三个不眠之夜了。

此刻，夜深人静，就连聒噪不已的知了也沉寂了。阵阵清风徐徐吹来，带来了几分凉意，使人心旷神怡。

办公室里，只剩下金明和黄冰。他们俩继续在研究工作。

黄冰问道："金明同志，你估计刚才小宋讲的话，阿琼听得到吗？"

这确实是一个有趣的问题：本来，人们总是生怕敌人安装窃听器，担心被窃听；如今，恰恰相反，生怕自己讲的话，未被敌人所窃听！金明答复了黄冰的问题："据我估计，敌人是能够窃听到刚才小宋的讲话的。这除了考虑到目前的窃听灵敏度大为提高、监听器又装有自动录音设备等客观因素之外，还在于阿琼的主观因素。这几天，阿琼如惊弓之鸟，她躲在深山老林之中，非常留心来自窃听器的信息。不过，在5个装有窃听器假牙的对象之中，目前唯有来自小宋的信息，是她最为迫切需要的。因为小宋的谈话中，会涉及'尖刀1号'案件的侦查情况。特别是昨天中午，如果阿琼收听了小宋接到王娟的以及他向你汇报时的讲话内容，一定加倍留意来自小宋的种种信息。

"当然，也可能由于某种原因，小宋刚才的讲话未被阿琼听到。我这里已写好另外两份'台词'，请小宋在今天上午8点30分以及下午1点30

分，再按'台词'表演两次。这两次'台词'的内容、方式都不同。第一次是作为国防科委来电话，询问进展情况，小宋作了新的汇报；第二次是作为小宋向你汇报工作情况。尽管两次汇报的内容不同，其目的都是一个，即告诉阿琼，侦查工作的重点已转到滨海市，这里已撤销戒严。

"这两次'演出'，要请你当'导演兼演员'。我可能顾不上这件事。到时候，仍要请吴丽华帮忙，先在地下室取下那颗假牙，等小宋'排练'熟练之后，再装上窃听器假牙，进行'演出'。

"经过这么反复'演出'，我看，阿琼总会应当听到了吧？只要她知道我们已经放松了对鹰山一带的警戒，那就好办！"

黄冰司令员戴上老花眼镜，很仔细地看了金明拟好的"台词"，笑着对金明说："你不仅可以当'导演'，而且还是一位高超的'编剧'哩！"

说罢，两人都呵呵大笑起来。

就在这时，走廊上响起了一阵匆匆的脚步声。

门开了。这一回，首先完成任务回来的是陈洁。

在陈洁后面接踵而来的，是大高个戈亮。

金明一见，问道："戈亮，小宋的家比吴丽华家近，怎么你回来反而比陈洁晚？"

戈亮笑着说出了其中的原因："我送小宋回到宿舍。他拉住了我，又不敢说话。他拿出纸，在上面写字。我以为有什么要紧的事，就坐他旁边等了一会儿。我看了纸条，才知道原来是他要留我吃一碗夜点心。我连忙在纸上写了个'不'字。他呢？拿起铅笔，在'不'字上打了个'×'。我又写了个'不'，他再打一个'×'。这么一来，可不就把时间耽误掉了！"金明听了，诙谐地说："这个'书生'成了'哑巴'，还那么啰唆！"

黄冰回过身子，打开柜门，说道："说实在的，肚子倒确实有点饿了。来，来，在这儿我是东道主，请诸位吃点儿点心。"

黄冰一边说，一边拿出一盒苏打饼干和一盒芝麻饼招待大家。

金明问道："有咖啡吗？"

黄冰马上把一个写着"coffee"的圆铁罐，递给金明。

大家喝了热咖啡，驱走了倦意，精神抖擞。

这时，黄冰问金明道："'将计就计'，这'计'如何安排？"

出动高空侦察机

金明对于下一步的行动计划，早已胸有成竹。他站了起来，走到墙壁前面，一揿电钮，墙上的一块幕布自动拉开，露出了巨大的白色屏幕。金明关掉了电灯，按动另一个电钮，见屏幕上出现了地图似的影像。看上去，跟人造地球卫星拍摄的地球地貌照片差不多。

不过，此刻出现在白色巨幅屏幕上的图像，跟一般的卫星照片不同：这屏幕上的图像，不是来自人造地球卫星，而是来自鹰山地区高空的一架无人驾驶的侦察机；这屏幕上的图像，不是一动不动的照片，而是像电视荧光屏似的，正在转播来自侦察机的"电视节目"！

世界上最早的高空侦察机，是美国的U-2飞机。它能在3万米的高空，悄悄地进行侦察飞行。由于它飞得很高，虽然多次在其他国家上空进行侦察，偷拍照片，未被发觉。1960年5月1日，当美国飞行员弗朗西斯·加里·鲍尔斯驾驶一架U-2飞机在苏联上空作侦察飞行时被击落，鲍尔斯被生擒。这便是当时轰动世界的"U-2飞机事件"。

从那以后，各国都很重视研制高空侦察机。特别是一些间谍集团，竞相采用高空侦察机作为间谍工具，从高空刺探军事情报。

不久，随着侦察卫星的出现，高空侦察机逐渐被侦察卫星所代替。

这是因为侦察卫星比高空侦察机要高得多，侦察的面积大，效率高；更重要的是，高空侦察机飞临别国上空，会被认为是"侵犯领空"，然而侦察卫星是在太空飞行，不会牵涉到制空权问题。

事物的发展规律常常表现为螺旋式上升。如今，高空侦察机又东山再起，受到了人们的重视。不过，人们已不是用它去侵犯别国领空、偷摄别国军事机密，而是在本国上空飞行，用来警戒，或者用于科学研究（如拍摄地貌照片）。高空侦察机比人造卫星的飞行高度低，离地面近，能够拍摄出清晰的照片，这是它胜于人造卫星的地方。

绿山基地也备有好几架高空侦察机，作应急戒备用。自从"尖刀1号"案件发生以后，这几架高空侦察机就轮流飞临鹰山上空盘旋。高空侦察机上装有电视摄像机，随时把拍摄的图像播出，绿山基地接收来自空中的信息，便在巨大的屏幕上出现鹰山地区的图像。

这种图像有两种：一种是可见光图像，一种是红外图像。这是因为在高空侦察机上，装有两种电视摄像机。金明拨动着接收机上的旋钮，使屏幕上的可见光图像变为红外图像。红外图像，是按照物体的冷热不同而曝光的。越是热的物体，在图像上越亮；越是冷的物体，在图像上越暗。此刻，在图像上可以清晰地看到一条白色的带子。这白色的带子，是绿江。夜间，河水的温度比周围的土地高，所以颜色比两岸明亮。

绿江自西向东流去，在流经赤山市时，分为两叉，至绿山市又合二而一。

鹰山，正是在两叉环流怀抱之中。这当中的地区，被划为自然保护区，闲人不得渡江进入自然保护区。在自然保护区的江岸上，设有激光警戒线，若有人擅自闯入，激光器就会发出激光警报，把他控制起来。在对岸，则到处设有自然保护区条例牌，告诉人们对面是自然保护区，逾越警戒线会受到法律制裁。

自然保护区只在靠近绿山市的地方，架着一座桥梁。桥梁设有岗哨，不许闲人擅入。正因为戒备森严，所以隐蔽在自然保护区内的导弹基地，是极为秘密的，外人不知不晓。至于鹰山中心控制室，在深深的地下，更是神不知鬼不晓。

在自然保护区的图像上，稀稀落落有一些白点。这些白点意味着温度比周围环境高。每一个白点，就是一只野兽——野兽的体温比周围环境高得多。

金明向大家解释道："如果阿琼在自然保护区里的话，当然里头某一个白点可能就是她。不过，图像上有许多白点，很难分辨出哪一个白点是阿琼。绿山基地的遥感监视室的同志从'尖刀1号'案件一发生，就开始从屏幕上进行监视，一直没有找到什么线索。"

令人奇怪的是，金明停顿了一下，然后对大家说道："现在大家的任务，就是从屏幕上的这许多白点中，找出阿琼！"

阿琼会朝哪里逃？

听了金明的话，大家都感到有点莫名其妙。

展现在黄冰、戈亮、陈洁面前的，是灰黑色的地貌图像，那零零散散的白点仿佛天上的星斗。这些白点几乎不动，有什么可看的？怎能从中找出阿琼？

直到这时，金明才阐述了自己的看法：

"照我估计，阿琼在收听到小宋的讲话之后，她会决定迅速离开鹰山，向外潜逃。这正是我们将计就计，希望达到的目的。

"为什么估计阿琼会决定迅速离开鹰山呢？这是因为鹰山上没吃没喝，她只能靠身边的一点干粮度日，日子是很不好过的。她在作案后躲在山里，那是迫不得已，除了那里可以暂且栖身之外，别的地方都很危险。所以，当她获知我们的侦查重点已经转移到滨海市，她当然就想溜。

"只要她一动，那就好了！因为野兽虽然也走动，不过，野兽一般只在原地附近走动，而且不会一直朝一个方向走去。阿琼如果要逃跑，她一走动，我们就可以从屏幕上看出，哪一个白点是她！"

经金明这么一说，大家明白了寻找阿琼的方法，便把屏幕分为四大部分，每个人负责监视一个部分。

金明说，在绿山基地的遥感监视室里，战士们也在监视着屏幕。

"老金，据你判断，阿琼目前在哪里？"戈亮问道。

"你看呢？"金明反问道。在这种场合下，金明常常要"测验"一下助手的判断能力。"具体的地点不能断定。"戈亮答道，"但是，从电子学的角度，可以这样推测——她躲在很高的山顶，不会躲在山谷之中。因为她如果想进行窃听的话，势必会这样。在山谷，由于受到大山阻隔，很难收听到来自窃听器的电波。"

金明听了，对这位年轻的"电子专家"的答复很满意："你的判断不错。从这地貌照片上可以看出，虽然自然保护区中群山起伏，但是西高东低，当中鹰山突起。在鹰山山顶与绿山市之间，并没有很高的山。黄冰同志，在鹰山山顶，用望远镜能够看到绿山市，对不对？"

"对的。"黄冰答道，"我们在建设鹰山基地时，在鹰山山顶曾用望远镜看到过绿山市。我在山顶还曾打开半导体收音机，收听到绿山市电台的广播。"

"你收听时，是用中长波段，不是用短波，对不对？"金明也是一位"电子专家"。

"嗯。"黄冰点了点头。

"根据这些情况，我估计阿琼是在鹰山山顶朝绿山市的那一面，也就是鹰山山顶的东侧。"

"那么，据你判断，阿琼会打算朝哪个方向逃跑呢？"戈亮又问道。

"你看呢？"金明依旧反问助手。

"我看……"戈亮迟疑了一下，说道，"自从那天你打电话给赤山市

公安局，请他们特别注意加强通缉阿琼工作，我也感到，阿琼很有可能朝赤山市逃跑。自然保护区的北面与南面，都是连绵不断的大山，阿琼不大可能朝北跑或向南逃。剩下来的出路，就是朝东——到绿山市，往西——到赤山市。我看，她到绿山市的可能性很小，因为唐斯已经暴露，绿山市公安局正在密切注视着她。她跑到绿山市来，岂不自投罗网？因此，她极可能逃往赤山市，从那里溜走。不过，从自然保护区出来，必定要走过靠近绿山市的那座唯一的桥。阿琼当然知道，这座桥势必防范严密，插翅难逃。另外，即使过了桥，也只有一条通往绿山市的公路，没办法去赤山，所以一想到这一点，我又怀疑起来……"

"不错，我们想到一起了！"金明说道："根据目前的情况分析，阿琼势必要去赤山市——这就犹如当年曹操兵败势必要走华容道一样。至于她如何越过绿江，像她这样训练有素的间谍，会有办法的。我们的侦察重点，应当从绿山市转移到赤山市！我们的专机要随时作好去赤山市的准备。"

"这么说，我们将可以在赤山市擒获这位诡计多端的女间谍？"陈洁兴奋地说。她知道金明总是经过深思熟虑之后才说话的，他的预料常常是非常准确的。

"我连逮捕阿琼时塞她嘴巴用的毛巾，都已经准备好了！"戈亮笑着说道，充满了自信。"不，不，别高兴得太早！"金明神色严峻地说道，"阿琼比泥鳅还滑，比狐狸还精，可千万别让她从我们的手中滑走啊！"

死一般的沉寂

屏幕上的那些白点，仿佛像用钉子钉在那里似的，一动也不动。

在焦急的时候，人们常常觉得时间过得太慢。现在已是凌晨两点了，还未发现屏幕上的哪个白点在明显地移动。这是由于自然保护区一带的野兽之中，"夜游神"很少。偶尔看到有几个白点动了几下，也只是绕了个小圈子，显然不会是阿琼。

黄冰打电话给绿山基地的遥感监视室，那里十几位战士在目不转睛地监视着屏幕，没有发现特殊情况。在这段时间，来过两次电话。

一次是绿山机场调度室打来的，询问专机准备几点起飞？调度员报告说，天气情况良好，无云、微风，专机随时可以起飞，驾驶员坐在专机里等候。

另一次是赤山市公安局打来的，报告说已对所有的要道、火车站、汽车站、机场、旅馆、饭店等作了严密监视，一有情况，立即来电。

大抵由于天气特别好，没有一丝云彩，所以屏幕上的图像格外清晰。高空侦察机的驾驶员也来电报告，说工作一切正常。到上午8点换班，另一架高空侦察机将上天接替他。

时间一秒秒在流逝。金明的眼睛一直紧盯着屏幕。

沉寂，令人心焦的沉寂。

沉寂，使人不安的沉寂。

沉寂，让人难以忍受的沉寂。

沉寂，死一般的沉寂。

难道阿琼没有直接参与作案，真的坐火车走了？难道阿琼在作案后自杀了？难道阿琼作案后早已溜走，不在自然保护区？难道阿琼没有收听到小宋的声音？难道阿琼还在睡大觉？难道阿琼识破了计策，知道小宋的话是骗她？难道阿琼想在自然保护区长期潜伏？……由于阿琼迟迟没有出现，这一连串的问号便在大家的脑海中盘旋。

此刻几乎令人窒息的沉寂，倒并没有使金明对自己的判断发生动摇。恰恰相反，他认为这是正常的，正好证明了他的判断是准确的——因为阿琼在听到小宋的讲话之后，她也需要时间进行思索、进行判断，需要有时间考虑潜逃的方案和路线，需要为潜逃作好准备。另外，金明以为那屏幕上的许多白点像用钉子钉牢了似的不动，倒是一件好事情，这样，只要哪一个白点明显地移动，便可断定是阿琼。

由于根据金明的判断，阿琼可能在鹰山山顶东面，所以大家在监视的时候，特别注意那块地方——上面大约有六七个白点。

黄冰、戈亮、陈洁几乎在同时喊了起来："阿琼在这里！阿琼在这里！"

就在这个时候，电话铃声也响起来了。电话是遥感监视室打来的，他们也发现一个白点离开了鹰山东面，明显地向西移动！金明看了一下电子手表，已是凌晨2点34分。

大家的目光，都注视着那个移动的小白点。奇怪的是，小白点特别明亮，这表明物体的温度特别高。

眼下正是夏季，阿琼充其量只穿了一件长袖衬衫，而野兽们身体表面有着厚厚的兽毛，热量不易散发，表面温度不如人体高。这当然是其中原因之一。不过，这个白点原先并没有这么明亮，只是在开始移动之后，变得异常明亮起来。

"这说明阿琼身边带有会发出很高温度的东西！"金明作出了这样的判断。

这会是什么东西呢？

"新式电扇"的神通

那白点离开了鹰山，很明显地笔直朝西移动。这清楚不过地表明：白点确实是阿琼！金明站了起来，对戈亮、陈洁命令道："出发！"

戈亮和陈洁早就盼望这一声命令了，立即站了起来，把双脚一并，右手举到帽檐，响亮地答道："是！"

金明跟黄冰司令员握手告别，请他转告遥感监视室，随时保持联系。

凌晨，天还黑蒙蒙的，公路上几乎没有什么汽车。一辆急救车孤零零地在公路上飞驶。当它经过路灯下面的时候，可以清楚看见车厢上那巨大的红十字。不过，这辆急救车既没有发出那"呜呜"刺耳的鸣叫声，也没有点亮那紫色的信号灯。

这辆急救车的驾驶员便是戈亮。车内坐着金明和陈洁。他们仨全都穿

着白大褂，戴着白帽子。

金明的格言："谨慎不是多余的。"正因为这样，他时时、处处、事事都很谨慎。尽管根据侦查所了解的情况，目前绿山市内已经没有与"尖刀1号"案件有关的间谍分子，但是金明仍很小心谨慎，宁可弄了一辆急救车驶往机场。他考虑到，眼下车稀人少，如果坐轿车或越野车驶过大街，会引起某些具有"特别神经"的人的注意。坐急救车飞驶而过，可以遮人耳目。当然，他并不特地发出"呜呜"声或点亮紫灯，不想故意引人注目，只不过万一被什么潜伏间谍看到，给他留下这样的印象："哦，急救车！"

急救车驶进机场，径直开到专机旁边。三个穿白大褂的人下车之后，立即上了专机。飞机驾驶员早已在里面等候了。当金明、戈亮、陈洁坐定之后，喷气机发动机就发出了轰鸣声。

没一会儿，专机离开了跑道，起飞了。

专机朝东飞行，似乎是飞向滨海市。几分钟后，就消失在黑茫茫的空中。

专机为什么朝东飞行？这，依旧用得上金明的格言："谨慎不是多余的。"专机钻到一万多米的高空之后，这才调头，向西飞去！

在飞机上，金明收到了"068"发来的密码电报。"068"是遥感监视室的代号。电报说，"423"笔直西行，已到达凤凰山。所谓"423"，就是阿琼。凤凰山是鹰山以西的一座山。

戈亮看了电报，觉得有点奇怪，问金明道："阿琼朝西跑，她将怎样过江？要知道，唯一的一座桥，是在东面呀！"

金明指着电报说："这'笔直'两字，已经回答了你的问题。"

　　戈亮紧皱双眉，思索了一会儿，用手一拍脑瓜，说道："喔，我明白了！从鹰山到凤凰山一带，是'地无三尺平'的山区，如果在地面走的话，无法'笔直'朝西，总得在山头与山谷中绕来绕去。另外，那个白点特别亮，说明阿琼身边有发动机，她可能是……"

　　"对啰，对啰。"金明哈哈笑起来，"我一看到那白点特别明亮，就估计到这一招——阿琼，背着'飞行背包'！这种'飞行背包'里装有原子电池作为动力，背包上装有螺旋桨。背上'飞行背包'能使人在空中自由地飞行。这种'飞行背包'特别适合于山区、林区使用，能够飞越悬崖峭壁、深山峡谷以及江河湖泊。'飞行背包'本来是为地质队员、猎人、药农、探险家、地理学家们设计的，如今却被间谍们所利用。间谍们简直是无孔不入，把一切可利用的现代科学技术都拿来为他们的间谍工作服务！"

　　"怪不得阿琼事先到绿山市来过好多次。她是经过详细刺探军情之后，作了充分的准备。"戈亮说道，"她的'飞行背包'，就是为了适应鹰山的复杂地形而特地从国外带来的。"

　　"是呀。"金明点头说道，"从电子档案中查出，阿琼化名'丁笑秋'来中国时，海关的行李单存根上写着'携带新式电扇一台'，我看，大概就是这'飞行背包'的化名！在现代化的世界中，海关检查人员也得懂一点现代化的科学。不然，间谍工具从鼻子底下运过去，还不知道哩。"

　　"看来，阿琼过江是非常方便的，那些地面上的激光警戒器，对她无可奈何！"戈亮十分感叹地说。

　　"是呀，这全是那台'新式电扇'的神通！"陈洁诙谐地说了一句，

惹得大家都哈哈笑了。

这时，金明接着说道："不过'飞行背包'飞行距离有限，因此，阿琼不可能远走高飞！"

定计

一路上，绿山基地遥感监视室不断用密电码发来电报，报告阿琼的方位。

金明每次接到电报，马上在地图上标明阿琼的位置。这些点连在一起，很明显，成了一根由东往西不断延伸的直线。

专机绕了一个圈子，飞到赤山市西边，然后由西向东降落在赤山市机场。这时，机场上依旧是黑茫茫的，除了影影绰绰的机场大楼和明亮的彩色信号灯之外，几乎看不见什么。

专机从跑道徐徐驶过停机坪，刚刚停稳，一辆漆着巨大红十字的白色急救车，驶到了专机跟前。

从专机上走下三个穿白大褂的人，跟来人打了个招呼，就钻进了急救车。

急救车迅速驶出机场，同样不鸣警报，不亮紫灯。

前来迎接金明的，是赤山市公安局侦查科科长董旭初。他瘦瘦的，眼窝朝里凹，颧骨凸出，一副福建、广东一带人的模样，中等个子，40多岁。董旭初也穿着一身白大褂，戴着白帽子。上车之后，董旭初跟金明、陈洁紧紧握手。原来，他们是老朋友——当年公安学校的老同学！经金明介绍，戈亮也和董旭初互相认识了。

金明和董旭初多年未见面了，如今阔别重逢，分外亲热。金明当年的同学，如今遍布全国各地，所以给他的工作带来许多方便。

急救车在公路上疾驶。一路上，几乎未遇到一辆车、一个人。

赤山市也是一个依山傍水的城市，不过，比起绿山市来说要小得多。这里跟导弹基地无关，所以不像绿山市那样有许多部队。也正因为这是一个小城市，所以公安局中只设侦查科，而不是侦查处。

急救车进入市区之后不久，便直奔市公安局。这时，金明看了一下电子手表，已是凌晨3点34分——离发现阿琼正好整整1小时。俗话说："兵贵神速。"金明是很强调侦查工作必须行动迅速，高效率。

董旭初领着金明、戈亮、陈洁来到市公安局的地下室，那里电灯明亮，侦查科的20位侦查员已经集中在里面待命。

金明很满意，因为老董选择了地下室作为开会的地方，灯光不会外露，会议内容也不易被窃听。显然，老董也是老侦察员，深知这一次是重大任务，格外注意保密。

金明在向侦查员们表示问候之后，简要地介绍了"尖刀1号"案件的案情以及通缉对象阿琼的特征。金明特别强调，阿琼是一个富有经验的间谍，又是侦破"尖刀1号"案件的关键人物，必须谨慎行事，务求生擒。

金明认为，按照阿琼目前的飞行速度，估计在早上5点可以飞越绿江，逼近赤山市。5点之后，拂晓了，低空飞行目标容易暴露，况且靠近赤山市时一路上有车有人，估计阿琼不敢再用"飞行背包"飞行，势必要落在郊

区公路旁，设法搭车进城。

金明估计，阿琼进城的目的，是从这里转乘火车或汽车潜逃。坐火车潜逃的可能性最大，从这里坐火车可以朝西南边境进发。阿琼的手提箱中藏有"飞行背包"，到了西南边境可以借助于"飞行背包"偷越国境。正因为这样，火车站应列为重点监视场所。

董旭初把侦查员们按两人一组，分为十组。每人身边都带有微型半导体报话机，随时进行联络。

在侦查员们分头出发执行任务之后，金明和老董、戈亮、陈洁商量智擒阿琼之计。金明认为，阿琼在赤山南郊公路上搭车的可能性极大，应当如此如此，定可生擒……

没有上钩

随着那白点不断向西移去，越过绿江，向赤山市飞去。高空侦察机也随着向西飞行，不断监视着那奇特的白点。

从白点的飞行方向来判断，确如金明所预料的，它将降落在赤山市的南郊公路附近。于是，在南郊公路上，演出了惊险的一幕：

拂晓，东方渐渐泛白。南郊公路上几乎看不见车辆，也没有行人。

突然，一辆十轮大卡车由北向南，驶过南郊公路。汽车司机穿着一件蓝色的工作服，熟练地驾驶着大卡车。他的旁边，坐着一位穿同样蓝色工作服的工人。

大卡车从一块巨大的形状怪诞的岩石前驶过时，速度稍微放慢了一点。这块巨岩从侧面看过去，犹如一只鹦鹉，所以人们把它称为"鹦鹉岩"。

大卡车从鹦鹉岩前平安驶过，毫无动静，便笔直朝南驶过，拐了几个弯，消失在丛山之中。

过了约莫20多分钟，两辆汽车相隔约三四十米，由南向北在南郊公路上奔驰。

前面一辆是银白色的食品冷藏车，司机是男青年，大高个。后面一辆是越野车，开车的男司机穿着一身军装、戴着军帽在驾驶。

这两辆车驶过鹦鹉岩，平安无事，便径直向北驶向绿山市。当两辆汽车一前一后穿过山洞的时候，就消失了。

又过了一刻多钟，一辆急救车从山洞内驶出。司机是一位军人，穿着白大褂，戴着白帽、墨镜，从鹦鹉岩前驶过，向南驶去，一转眼，在群山之中消失了。

这来来去去的汽车经过鹦鹉岩前，居然那里毫无动静，不禁使人纳闷。

原来，金明从半导体报话机中接到确切的情报——小白点已经降落在鹦鹉岩附近。金明断定阿琼必然会在那里拦车，要求搭车，于是便设下了圈套，诱敌上钩。

参加这场捕获阿琼的战斗，是6名富有经验的侦查人员——

金明、董旭初、戈亮、陈洁和两名当地侦查人员。

金明对侦查人员作了这样的安排：第一次由北往南的十轮大卡车，由金明驾驶，董旭初坐在他的旁边，戈亮、陈洁和其他两位侦察员隐蔽在车

厢内。

十轮大卡车进入南面的一个大山洞之后，在那里换车。大山洞里事先已调来好几辆不同式样的汽车。

第二次由南往北时，戈亮驾驶食品冷藏车，董旭初躲在戈亮车内；一位当地侦查人员驾驶急救车，金明坐在车厢内。

第三次由北往南时，由董旭初开车，金明坐在董旭初旁边，戈亮和那位当地侦查人员躲在后座下面。

为什么阿琼不上钩呢？大家在山洞里进行了讨论。

如果说，第一次是金明开车，老董坐在旁边，第二次则是两人对换了一下，被阿琼认出来，那是不大可能的。因为每一次驾驶的汽车不同，司机又经过化装，戴着墨镜，何况汽车一晃而过，隔着驾驶室的玻璃，是不易看清司机的脸的。

如果说，阿琼不愿意搭车，也几乎不可能。因为阿琼急于潜逃，靠两条腿走到赤山市是不大可能的，何况她还拎着一只手提箱，徒步走路是很吃力的。

金明分析了阿琼没有露面的原因：

第一、第三次，汽车是由北往南，而阿琼的目的是由南往北前往赤山市，不会搭车。当然，她也可能采用拦车之后，杀死司机，夺车往北。不过，一般会开轿车的人，不一定会开卡车。

第二次，两辆汽车由南往北，照理阿琼是会截车的。不过，这两辆车相距太近，使阿琼不敢下手。因为她如果拦截其中的一辆，很容易被另一辆发觉。

这时，陈洁自告奋勇，提出了一个方案："由我单独驾驶一辆出租公司的轿车，由南往北行驶。我是女司机，车内又无乘客，况且阿琼肯定会开轿车，这么一来，她会上钩！"

陈洁的话音刚落，大家都觉得她的方案很有道理。金明听了，连连点头。不过，他是一个很谨慎的人，说道："你是法医，对于侦查业务不算太熟悉，而阿琼是一个异常狡诈的女间谍，你一个人恐怕对付不了她。另外，作为一辆出租汽车，这么早在郊区公路上行驶，车内无乘客，恐怕也不大合理。"

"我来当乘客！"戈亮抢着说道。

"你？"金明摇头道："你个子这么高大，熊腰虎背，往车里一坐，会把女间谍吓跑！"

"我来当乘客！"董旭初拍了拍自己的胸脯。

"行！"金明点头了，"老董个子不高，又瘦，年纪也比较大，充当乘客正合适！"

就这样，陈洁驾驶着轿车出发了。临走，金明一再叮嘱他们要小心行事，一有危险，马上报告……

鹦鹉岩前的搏斗

东方一抹红霞化作漫天红云，托出一轮太阳，天亮了。

逆光看过去，鹦鹉岩那黑色的剪影，酷似鹦鹉的侧影。

　　陈洁驾驶着轿车，远远看到鹦鹉岩，心中不由得有点紧张。她，确实如金明所说的，"是法医，对于侦查业务不算太熟悉"。不过，在六名侦查人员之中，唯有她是女的，因此金明别无其他选择。尽管陈洁也曾协助金明做过一些侦查工作，然而，把这样重大的逮捕要犯的任务交给她，还是第一次。

　　在出发之前，陈洁特地把车窗玻璃擦得一尘不染。此时，她透过明亮的车窗望着鹦鹉岩，心中不免有点失望——除了黑魆魆的鹦鹉岩剪影之外，路面上空荡荡的，毫无动静。看来，又要扑空了！

　　就在轿车驶近鹦鹉岩的时候，突然，在路面上闪过一个黑色的东西。

　　陈洁一看，是一只黑色的手提箱！

　　紧接着，从岩石后面跳出一个女人，手里挥舞着花手绢，做着拦车的手势。

　　陈洁把车速降低，驶近那女人，停在她的旁边。

　　这时，陈洁才看见那女人的模样，二十五六岁左右，个子稍高，凌乱的波浪形长发，一对长睫毛包围着的大眼睛，泪汪汪的，右手持花手绢擦泪。她长得异常俊俏迷人。然而，却衣衫褴褛，粉红色的绣花衬衫上好几处撕破，喇叭裤的宽大的裤脚也破了，一双尖溜溜的皮鞋溅满污泥。她用娇滴滴的声音哭着……

　　陈洁先跳下车，董旭初也下了车，两人一左一右站在姑娘旁边。

　　陈洁问道："怎么啦？"

　　姑娘止住了哭泣，用花手绢擦干了泪花，一边打量着陈洁和董旭初，一边非常委屈地诉说道："同志，昨天夜里我从兰县搭一辆卡车，想到赤山市。谁知那司机不怀好心，在半路上……"

姑娘痛苦地呜咽起来，泪花像断了线的珍珠，不断从眼角流下来。

陈洁的眼里露出同情的目光，说道："我带你到赤山市吧！"

"谢谢，谢谢！"姑娘喜出望外，弯腰拾起地上的小箱子。

董旭初拉开车门，让姑娘进车。

正当姑娘弯腰钻进轿车的一刹那，董旭初以极为利索的动作，用铁钳般的双手，一下子把姑娘的双手朝后一扭，反绑起来。

那姑娘被这突如其来的事情所震惊，她刚喊出一声"我……"，陈洁闪电般把一块毛巾塞进了姑娘的嘴巴。

这时，董旭初"咔嚓"一声，给姑娘戴上了手铐。

那姑娘泪如泉涌，痛苦极了。

董旭初拾起落在地上的小箱子，放进车后载物箱。

陈洁和老董对视了一下，两人都满脸兴奋的神色——狡猾的狐狸终于落入法网！

这时，陈洁让老董用双手按住姑娘的脑袋，她从衣袋里拿出一根竹棒，撬在姑娘的嘴巴里，然后小心地掏出毛巾，开始检查姑娘的牙齿。对于这项工作，陈洁可算是"行家里手"。她迅速用镊子取下了姑娘的3颗假牙。陈洁把假牙用纸包起，以防止万一，放进手提包内女民警制服的口袋里。尽管她这时很难确定假牙中是否有毒药，但是她知道，毒药一般总是装在假牙中，取下假牙就比较安全了。

接着，陈洁把姑娘推进车内，要把姑娘的衣服、袜子、鞋子全部换掉。因为金明曾对她交代过，像阿琼这样的高级间谍，可能在衣袖、领口、鞋跟、袜口、裤脚、裤腰之类地方藏有毒药，在抓住之后，必须把她原先的衣服换掉。金明临别时曾从赤山市公安局一位女民警那里借了一套

警服和一套便服，放在了陈洁随身携带的手提包里。这一次，金明让陈洁参加逮捕阿琼的工作，也是考虑到有了女侦查人员进行某些工作方便一些。

不过，阿琼的手被用手铐反剪着，无法换上衣。陈洁便先让老董暂时给阿琼松绑。然后，拉上窗帘从手提包里取出便服，在车上给阿琼换衣服。

董旭初背着身子站在车外，拿出了半导体对话机，把天线拉长。

董旭初正要开口讲话，突然感到一股热浪从身后袭来，顿时眼冒金星，倒在地上……

夺车而逃

这是怎么一回事呢？

那姑娘，真的是阿琼。不过，阿琼确实像泥鳅一样滑——即使被抓到手里，一不小心，也会被滑掉！

阿琼趁换上衣之际，用右手轻轻碰了一下左手手腕上电子手表的一个按钮，然后，把左手在陈洁面前晃了一下，陈洁便昏倒了！

原来，电子手表中装有高效麻醉剂。阿琼用手按了一下按钮，高效麻醉剂便喷射出来，使陈洁昏迷。

阿琼知道今天在奔赴赤山市途中，可能会遭遇到危险，事先服了解醉剂，所以她自己闻了，并不会昏迷。

阿琼见陈洁昏倒，非常利索地从喇叭裤口袋中掏出了激光手枪。

这时，董旭初正背对着汽车，手持半导体对话机，根本不知道在几秒钟内轿车里发生了什么。阿琼从背后用激光手枪朝董旭初射击，把他击倒在地。鲜血从董旭初被激光烧焦了的衣服中涌出……

然而，激光手枪射击时没有声音，一次刺杀在无声无息中结束了。

阿琼反过来取出陈洁的民警制服，给自己穿上，然后把陈洁推下车，把自己的破衬衫、破喇叭裤朝她身上一扔，关上车门，扬长而去。

阿琼熟练地驾驶着轿车，径直朝赤山市驶去。一路上，虽有许多岗哨，但一看轿车的车号，看到一位女民警在驾驶，都以为是陈洁，竟然通行无阻！

这时，一辆越野车和一辆急救车，从南向北，赶到了鹦鹉岩。

这是金明赶来了！

原来，尽管阿琼用激光手枪朝董旭初射击的时候，没有声响，然而，激光束的温度极高，却被远在数百公里之外的绿山基地遥感监视室的战士们发现了。他们立即通过无线电话向金明报告："鹦鹉岩附近发现高温亮点！"

金明估计那里发生了战斗，立即和戈亮坐着越野车出发了。另两位侦查人员则驾驶着急救车，紧紧地跟在后面。

金明远远看见鹦鹉岩前倒着两个人，便让戈亮加大油门，直奔岩下。

金明来到现场，见倒在地上的是老董和陈洁，心情非常沉痛，他请那两位侦查人员把老董和陈洁抬上急救车火速送往赤山市医院。这急救车本是"道具"，如今却真正担负起急救车的使命来了！

金明跳上越野车，对戈亮说了声："追！"

越野车像离弦之箭一般，在南郊公路上飞驶。

金明在车上用半导体报话机发出了警报："罪犯夺车而逃，罪犯夺车而逃，车号49-6785432，车号49-6785432，发现该车，立即用枪射击轮胎，发现该车，立即用枪射击轮胎……"

接到金明的警报，从赤山市驶出一辆辆摩托车，截击阿琼。

阿琼驾驶着那辆轿车，在盘山公路上七拐八弯。她发现后面有一辆越野车追来，一边开车，一边在动脑筋怎样对付后面的"尾巴"。

金明已经隐隐约约看见阿琼那辆轿车，便放下了手中的半导体报话机，从腰间掏出两支手枪，一手拿着一支，随时准备射击。

戈亮用脚一踩油门，越野车像发疯似的朝前紧追，在盘山公路上转弯抹角，车身猛烈地左右摇晃着。

"急事要慢做！"金明提醒戈亮道，"当心敌人玩弄花招！"

戈亮点点头，把脚移近刹车板。

越野车朝上爬坡，驶近一个90°的急转弯，金明再一次提醒戈亮应当降低车速。

就在越野车准备转弯时，戈亮听见迎面一阵轰鸣声，用脚狠狠踩在刹车板上。

说时迟，那时快，只见一辆轿车唰地窜了出来。"砰"的一声，轿车撞在越野车车头的保险杠上，由于冲力太大，轿车竟然一直朝前蹿，从高高的盘山公路上翻了下去，骨碌碌地沿着山坡滚了下去，越滚越远，一路上扬起一股浓烈的泥尘……

诡计多端的女人

戈亮望着那滚下山坡的小轿车，正为阿琼摔死而感到惋惜的时候，金明却砰的一声从越野车上跳了下来。

戈亮回头一看，吃了一惊：一个女人正手持激光手枪，枪口对准金明！戈亮这才明白：那女人在这90°的转弯处，把轿车调头，事先把轿车发动好，当越野车爬坡上来时，她计算好时间，自己跳出车外，在越野车临近急转弯处的一刹那，她让轿车冲了下去。幸亏金明早有提醒，自己来了个急刹车，不然，就会被轿车撞下去，滚进深深的山谷。

就在那女人准备开枪的时候，金明一扣扳机，一道明亮的光芒，不歪不斜，正好击中女人手中的激光手枪！

金明一个箭步奔过去。那女人一弯腰，左手又从衣袋里摸出另一支手枪。

这时，戈亮也跳下了车。

金明飞起一脚，踢掉了女人左手所持的另一支手枪。然后，横扫一脚，把那女人打翻在地。

正当金明俯下身子准备抓住那女人的时候，那女人竟然在地上打滚，迅速朝公路边上滚过去。金明动作敏捷，一把抓住她的脚，这时，她的上半身已经悬空。也就是说，金明的动作如果慢半秒钟，她就从山上滚下

去了！

戈亮赶了过来，抓住女人的另一只脚。金明和戈亮用力一拉，把女人拖回公路。

那女人见打滚无济于事，便用嘴狠狠地往衣服上一咬，衣领又大又厚，她这才猛然醒悟：已经换过衣服了，衣领上没有毒药了！

戈亮掏出毛巾，以熟练的动作，塞进那女人的嘴巴。金明拿出手铐、脚铐，把女人的手、脚铐住，这才算稍微放心了点。

金明和戈亮把女人抬上越野车的后座。金明坐在后座，牢牢地监视着这个诡计多端的女人。

这时，那辆急救车也赶上来了。大家知道阿琼终于被活捉，高兴得手舞足蹈。于是，两辆车一前一后，一起朝赤山市进发。

戈亮驾驶着越野车，金明坐在阿琼旁边，警惕地监视着她。

越野车在山区公路上奔驰，车厢左右猛烈地摇晃。金明发觉，阿琼的手虽然套上手铐，却不住地在右边的衣袋上擦来擦去。

金明意识到阿琼又在玩弄什么新花样，便伸手去掏衣袋。

咦，衣袋里有一块花手绢。打开花手绢，见里面包着3颗假牙！

金明推测，这大概是刚才陈洁抓住阿琼时，从她的嘴巴里取下来的，放进自己手提包里警服的衣袋。后来，陈洁的衣服被阿琼夺走，假牙又回到阿琼身边。这狡猾的女间谍，竟然想起这3颗假牙，打起坏主意来！

金明用花手绢重新包好假牙，放进自己的衣袋。他取下塞在阿琼嘴巴里的毛巾，检查了一下，果真，阿琼的嘴巴里缺3颗牙齿。

正当金明准备把毛巾重新塞进阿琼的嘴巴时，想不到阿琼狠狠地一咬牙，只过了几秒钟，头就朝后一仰，然后向前一冲，无力地低垂下来。她双目紧闭，呼吸急促，胸脯急剧地起伏着。

难道她的嘴巴里还藏有毒药，难道她又自杀了？

阿琼真的自杀？

"快！稳！"金明对戈亮说道。

越野车又像离弦之箭，飞奔起来。戈亮目视前方，精神高度集中。天已大亮，公路上的车辆也渐渐多起来了。

越野车在剧烈地颤抖着。金明无法仔细检查阿琼的嘴巴，她的呼吸越来越急促，真使人担心——落在手中的间谍自杀！

金明翻起阿琼的眼睑，似乎还好。不过，她的口角已开始吐白沫。

这时，公路上迎面驶来赤山市公安局侦查人员们的三辆摩托车。金明请戈亮暂时停车。金明对侦查人员们说，马上去检查一下那辆翻在深谷中的轿车，看看车上有没有什么重要物品。金明说完，便让戈亮继续前进。

离赤山市越来越近，公路也越来越平，越来越宽。

赤山市是一个美丽的小山城，一幢幢小楼房掩隐在绿树丛中，市区分布在绿江两岸，一架铁桥飞渡天堑。这里是绿江的上游，树木青翠，碧水潺潺。这里的山是红土山，赤山便是因此得名的。在铁桥两端的桥头上，

都写着这样的对联：

白云蓝天天高洁

赤山碧水水长流

此刻，当越野车驶过赤山市大铁桥，金明无心旁顾，他神情专注，严密监视着身边的罪犯阿琼。阿琼的头无力地低垂着，长发散乱地遮住了她的脸。她抽搐着，不时发出想要呕吐的那种难听的声音。

进入市区以后，改为急救车在前，越野车在后。这一方面由于市区汽车比较多，别的车见了急救车都要让路，另一方面由于戈亮对赤山市街道不熟悉，不知道医院在哪里。

两辆汽车过了大桥，直奔赤山市中心医院急诊室。这家医院的医生们早已接到市公安局的通知，知道有重要的抢救任务，事先作好准备。不过，他们只知道有两位病人要抢救，谁知从急救车上抬下一男一女之后，又从越野车上抬下一个穿着民警制服、戴着脚镣手铐的女人，使医生们都感到惊讶！

金明把情况简单地告知中心医院的钱院长之后，钱院长马上吩咐把董旭初和陈洁送往急诊室，精心抢救。

阿琼呢？钱院长吩咐把她送进了一间特殊的急救室。金明让戈亮去照料抢救董旭初、陈洁的工作，自己则寸步不离阿琼，以防这"泥鳅"再玩弄花招。

钱院长和金明扶着阿琼，让她躺在候诊室的一张形状特殊、布满电线的躺椅上。这时，阿琼不住地吐口水，不断发出呕吐的声音。她开始浑身颤抖，眉头紧皱，满脸极为痛苦的神色，仿佛中毒已非常严重。

她在躺椅上躺了约莫3分钟，钱院长进来了，把阿琼的病情报告单递给金明。

原来，那躺椅不是普通的椅子，而是"电子自动诊断仪"。病人只消躺在椅子上，电子仪器就能自动测出病人的血压、体温、脉搏、呼吸次数、血型、白细胞数、红细胞数……对病人全身进行X光检查。这种检查迅速而准确。3分钟后，打字机就把各项化验结果，自动打印在病情报告单上。

金明对医学颇为精通。他一看病情报告单上那一项项化验数据，都在正常范围之内。化验结论一栏内，写着这样的话："除呼吸急促之外，其余一切正常。"

呼吸急促？要使呼吸急促，那是很容易的，谁都可以装得出来！

金明不由得想起刚才在车上的情形：阿琼双目紧闭，仿佛痛苦万分。然而，当她低垂着头，长发散乱地遮住了她的脸的时候，金明透过头发的缝隙，看见她睁大了眼睛，还在贼溜溜东张西望哩。

"电子自动诊断仪"的诊断结果，证实了金明当时的判断：阿琼是在假装自杀！她企图假装自杀，送进医院急诊。在急诊时，势必会把她的手铐、脚镣拿掉；她假装昏迷，一动不动，对她的监视也就会随之放松。这么一来，她只要抓住合适的机会，就可以……

阿琼，真是一个阴险刁滑的女间谍！

特殊牢房

唐朝文学家柳宗元写过一则脍炙人口的寓言《黔之驴》。如今，阿琼处于"黔驴技穷"的境地了：她先是借换衣服时夺车而逃，接着在急转弯处企图撞车，被捕后又假装服毒自杀。这"三斧头"过去之后，她意识到，她的对手——金明非等闲之辈。尽管她曾"游历"过许多国家，做过许多"生意"，跟各式各样的探长、巡官、警察打过交道，她都像泥鳅似的从他们的手心中滑走了。然而，如今遇上的这位金明，却棋高一筹，不好对付。

阿琼被从医院里押走，作为要犯，暂时关在赤山市公安局。这是一间特殊的牢房，四墙、天花板、地板，全都铺着一层软绵绵的泡沫塑料，犯人即使想用头撞墙自杀，撞上去也不过像撞在棉花上，连头皮都不会碰破。房间四壁没有窗，只在屋顶和墙角各有一处碗口那么大的圆洞，上面盖着尼龙丝网，那是空气调节器的进口与出口。室内没有床，因为地上到处软绵绵的，不论朝哪儿一倒都可入睡；室内也没有毯子、被子，因为温度宜人，睡觉时连被子也不必盖。天花板上，日夜点着一盏光线柔和的灯，灯外罩着铁丝网，在这里分不清究竟是白天还是黑夜。天花板上装有电视摄像机的镜头，看守从巨大的荧光屏上随时可以看见犯人的动态。

阿琼经过严格的全身检查，连长长的头发都被仔细查过，查出发夹里居然还藏有毒药！那只装有麻醉剂的电子手表也被拿走了。她的衣服，全部被换过，连鞋、袜也换了。

就这样，阿琼被关进了这间特殊的牢房。这种特殊牢房许多公安局里都有一间，专门关押那些企图以自杀进行顽抗的重要罪犯。

由于泡沫塑料能够隔音，阿琼被关进去之后，万籁俱寂，这才感到异乎寻常的孤独、寂寞。

室内什么家具都没有，空空荡荡，四壁、天花板和地板全是鲜黄色，使人感到刺目、烦躁，不愿在这里多待。

6位女民警分三班轮流监视阿琼。这时，阿琼才明白自己已处于严密监视之下，再狡猾也很难溜走。

金明安置好阿琼，才得以脱身来到赤山市中心医院探望董旭初和陈洁。

金明来到病房，见陈洁已在那里跟戈亮研究工作呢！原来，阿琼那电子手表中装的是高效麻醉剂，麻醉速度快，在短暂的几秒钟之内便可奏效，使人昏迷，然而，它来势虽猛却药效不持久，所以在医生给陈洁注射了催醒剂之后，她很快就醒过来了。她一见到戈亮，便要他立即打电话告诉金明——阿琼抢去她的上衣中，有3颗假牙，要赶紧拿出来，以防阿琼自杀！这时，陈洁见到金明，作了检讨。她很诚恳地说让阿琼夺车而逃，是她的失职；老董受枪击，也是她的失职。

金明劝陈洁好好休息一下，工作问题以后再谈。

金明来到隔壁董旭初的病房，老董也已脱险。医生告诉金明，老董被激光枪击中以后，出血过多。老董是A型血，戈亮也是A型，坚持要给老董输血。后来，陈洁清醒了，马上打听老董的情况。她听说老董需要输血，

挽起袖子，一定要给老董输血。

陈洁反复强调说，我是"O"型——万能输血者！

老董醒了，见金明走过来，挣扎着要坐起来，金明连忙把他按住。

老董用轻微的声音热情地说道："代我谢谢戈亮同志和陈洁同志！"

金明握住老董的手说道："应当谢谢你，谢谢赤山市公安局的大力支持！"

手提箱里的秘密

阿琼被捕时，正好是上午7点。也就是说，"尖刀1号"案件发生之后整整三昼夜——72小时，金明捕获了该案主要作案者。

这一案件事关重大，金明立即向侦查中心首长作了汇报，向黄冰司令员通报了情况。黄冰司令员又向导弹指挥中心作了汇报。

侦查中心根据金明的汇报，取消了在全国通缉阿琼的命令。

上午9点多，赤山市公安局侦查科的几位同志回来了。他们从那辆翻到山沟里的轿车车后载物舱中，找出了一只手提箱。那轿车翻到山沟里，摔得四分五裂，玻璃一块也不剩，可是那只手提箱只碰破了皮。

金明打开了箱子，见里面果真放着一台"新型电扇"！那"电扇"的叶子板可伸可缩，非常结实而又轻盈。在座底中，有一只原子电池和电动机。装配起来，倒蛮像一台"新型电扇"哩。这说明金明从屏幕上看到小白点在山区笔直快速前进后，断定阿琼用"飞行背包"在飞行的判断是非常正确的。

在手提箱中，还找到了窃听监听机。金明一揿开关，从里面传出小宋讲话的录音来！手提箱里还有压成一颗颗像陆军棋棋子大小的"高浓度食品"，这本是供宇航员们在宇宙飞船中吃的营养丰富的食物，如今也被间谍们利用来作为应急干粮。

手提箱里有一只透明的塑料袋，袋里装着许多芝麻大小的塑料球。那袋子湿漉漉的，发出一股刺鼻的臊味儿！金明一看，便知道又是间谍们利用现代技术制成的新玩意儿：这种塑料小球，是用"清尿剂"做成的。本来，是为宇航员及地质队员们设计的。人们在缺水的地方工作，不得不把自己的小便撒进塑料袋中，经"清尿剂"吸收其中的尿素等成分，从袋里流出来的就是清水，可供饮用。这么一来，水可以循环使用，节约用水量。然而，间谍们居然看中了它，用来为间谍工作服务。

在手提箱里，金明还找到一盒"金属元件"——微型窃听器，一瓶密写墨水，几支微型无声手枪，化装用品（不是一般的化装用品，而是假胡子、假头发、假痣、假眉毛之类特殊化装用品），袖珍地图，微型发报机、收报机，微型定时炸弹……

这一切，都无可辩驳地证实了阿琼的间谍身份。

在手提箱内壁上有一个小袋子，袋口装着拉链。金明拉开拉链，见里面有一个信封。信封里，是一沓唐斯丑态百出的照片！阿琼正是把这些照片拿在手里要挟唐斯，迫使他就范的。手提箱里还有一只白色的塑料薄膜袋，袋口用细绳扎着。金明解开细绳一看，袋里的东西使金明这样老练的侦查人员都大吃一惊，浑身的汗毛不禁竖立起来！

金明赶紧把这塑料薄膜袋重新细绳扎好袋口，放回原处。

金明把手提箱合上，对戈亮说："关于这箱子的事要严格保密，不能让阿琼知道我们已经截获它。你去找一个普通的木箱，把这手提箱装入木箱，在木箱外刷上'科学仪器、小心轻放'之类的字。"

戈亮立即照办了。

上午10点30分，金明、戈亮、陈洁告别了董旭初以及赤山市的战友们，押着阿琼，登上了专机，飞往绿山市。

阿琼显得很安静，没有玩弄什么新花样。她确实是"黔驴技穷"了。

陈洁负责看管阿琼，监视着阿琼的每一个动作。她遵照金明的嘱咐，在把阿琼押上飞机的时候，趁机拉下几根阿琼的头发作为法医鉴定用的样品。

天空湛蓝湛蓝的，没有一丝云霓。专机像一只银燕起飞了，依旧先是朝西飞行，钻入高空之后，再调头朝东飞行。

在专机上，戈亮和陈洁满怀凯旋的豪情，脸上洋溢着胜利的笑意。特别是当他们看见阿琼那垂头丧气的神色，心中更是说不出的高兴。

金明的脸色却是异常严肃。他的眉头紧皱着，右手托着下巴，这是他陷入沉思的习惯动作。

金明在思索着：阿琼虽然被捕了，并不意味着大功告成。审讯阿琼，将又是一场艰难的战斗。蔡清如今在什么地方？在阿琼背后，会不会还有更为狡诈、阴险的幕后指挥者？如果有的话，这幕后指挥者在哪里？……

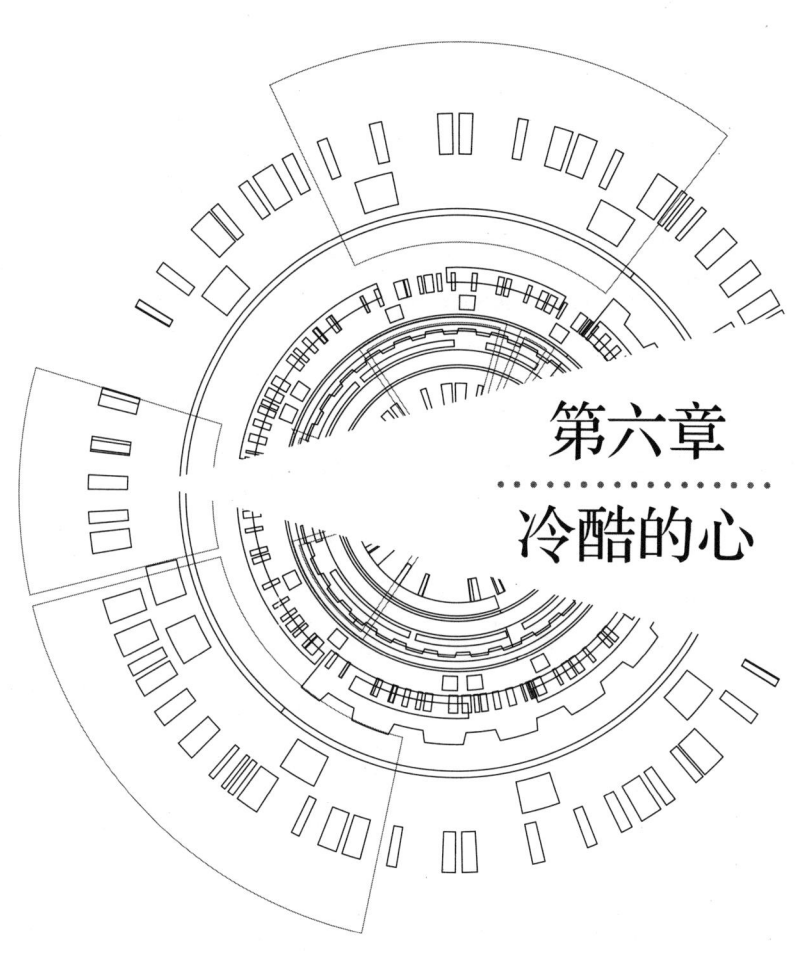

第六章
冷酷的心

一反常态

专机越过了绿山市上空，然后调转机头，从东面降落在绿山市机场，看上去仿佛是一架从滨海市飞来的飞机。这时，太阳晒在头顶上，已是中午了。

金明在胜利之后依旧保持着清醒的头脑。他所以让专机在起落时还要做"假动作"，是考虑到万一还有残余的间谍分子的话，他们会留意天空中每一架飞机的行踪的。在金明看来，在任何时候都用得着那句格言——"谨慎不是多余的"。

在绿山市，同样有一间特殊的牢房。阿琼来到之后，便成为这间特殊牢房里的"居民"。吃完中饭以后，金明同黄冰、戈亮、陈洁商量了审讯阿琼的方案。

根据金明的部署，戈亮暂不参加审讯工作。他，带着一个排的战士去找王娟，另有重要任务。

陈洁也暂不参加审讯工作。她，拿着刚才从阿琼头上揪下来的几根头发，到化验室去了。

金明呢？他背起一只窃听器检查仪，来到绿山基地司令部的一间地下室，对那里进行了严格的检查。窃听器检查仪表明，那里确实没有窃听器。于是，金明选定了这间地下室作为审讯室。

下午1点，审讯正式开始了。

审讯室内总共只有3个人——金明、黄冰和阿琼。

阿琼戴着手铐、脚镣坐在那里。她低垂着头，头发凌乱，身上穿着蓝白直条相间的囚衣，面前放着录音机。

金明根据自己以往的经验，一般来说，在审讯像阿琼这样的重要间谍分子时，一开始总是遇上冷场——对方一言不发，仿佛成了哑巴似的。一直到你拿出过硬的证据，对方在铁证面前，才不得不交代自己的罪行。金明曾写过论文《论审讯罪犯的规律》一文，谈到过"沉默、抵赖、交代"是死硬分子受到审讯时的"三部曲"。

然而，阿琼一反常态。在金明简单地问了几句之后，她竟然很痛快地开始交代。

阿琼抬起了头，用一口标准的普通话讲述着。金明注意到，她讲话吐字清楚，抑扬顿挫，富有表情：

"我姓潘，名字叫春安，乳名叫阿琼。平常，大家都喊我阿琼。我是一位华侨。

"我的心情非常沉痛，因为我犯了不可饶恕的罪行，我对不起自己的祖国。

"我受间谍机关派遣，来到中国。间谍机关交给我的任务，就是想尽一切办法，打进绿山。

"我来到滨海市，很偶然看见旅游公司的翻译唐亮在抽绿山牌香烟，引起了我的注意。我打听到唐亮的父亲唐斯在绿山市工作，就想尽办法接

近唐亮。通过唐亮的关系，我假装唐斯的女儿，来到了绿山市，住在唐斯家中，改名唐吟吟。

"我用女色诱惑了唐斯，拉他下水，抓住了他的把柄。然后，我把唐斯发展为间谍集团的成员。

"我又利用唐斯接近蔡清，多次把蔡清请到家里。我用同样的方法诱惑了蔡清，使他陷入泥坑。等蔡清发觉之后，我已拍到了我与他在一起的照片。他是一个军人，知道我一旦把这些照片公开，将会给他带来什么样的后果。他没有办法，只好听命于我，也参加了间谍集团。

"我征服了蔡清，心里是非常高兴的。因为蔡清担任着重要的职务，正是我实现间谍计划所需要的关键性人物。

"蔡清按照我的计划，使你们的导弹突然发射……

"以后的事情，我不大知道。我在事情发生前一天的晚上逃离了绿山市，去了兰县。今天早上从兰县来到赤山市的途中，被你们……"

金明和黄冰极力克制自己，以极大的耐心听完了阿琼絮絮叨叨的交代。

金明一边听，一边在暗笑，因为阿琼的"交代"，是把小宋念的"台词"略加"改编"而已。阿琼万万没有想到，"原著者"就坐在她的对面！

尽管一般的罪犯在一开始总是沉默，而阿琼则口若悬河，滔滔不绝，实际上两者是一样的，都无非在摸底、在顽抗而已。

看来，不给阿琼一点颜色看看，她是不会老实交代的。

金明不动声音，从抽斗里拿出了一样东西……

袋子里是什么东西？

金明拿出来的，是一只微型收录两用机。金明一按电键，便传出了小宋的声音：

"喂，847吗？我是739，我是739，有要事汇报，有要事汇报，请准备录音，请准备录音……"

金明注意到，阿琼聚精会神地听着录音，听着，听着，脸变成了灰白色。

放完录音之后，金明问道："你是不是窃听了刚才播放的讲话？用什么方法窃听的？"

这下子，阿琼变得沉默不语，仿佛成了哑巴。她只是摇摇头，否认进行窃听。

金明按了一下电铃。地下室的门开了，吴丽华和小宋进来了。

吴丽华当着阿琼的面，取下小宋的假牙。

那假牙是用黏结剂黏合的。吴丽华往假牙上涂了一种"去黏水"，黏结剂就分解了，假牙分成两片。吴丽华从里面夹出银光闪亮的窃听器，放在阿琼面前。

这时，阿琼依旧狡辩道："那是唐斯干的事情，窃听器是他的，我不知道……"

金明又按了一下电铃。地下室的门开了，唐斯走了进来。

阿琼像触了电似的，全身猛地一震。她从窃听到的小宋的讲话中，获知唐斯已经死去，曾松了一口气。她以为唐斯已死，死无对证。出乎意外，唐斯竟活着！这时，她才悟出小宋的讲话是用来骗她的，中了计！

唐斯见了阿琼，起初有几分羞惭、胆怯，但是他一看到金明充满正气的目光，顿时鼓足了勇气。唐斯当面戳穿了阿琼的谎话，使阿琼显得十分尴尬。

金明紧紧追问道："你交代，你的窃听监听机在哪里？"

阿琼又沉默不语。她以为，那窃听监听机放在手提箱中，而手提箱又放在轿车后面的载物舱里，当轿车从高山上摔下去，那手提箱早不知摔到哪里去了。

阿琼思索了一下，反咬一口道："我的窃听监听机，在我临走的时候，交给唐斯保管，他知道！"

唐斯一听，气得根根汗毛竖立，肺都要炸了，连声说道："造谣！胡扯！造谣！胡扯！"

这时，金明沉住气，又问阿琼道："蔡清究竟是受害者，还是作案者？"

阿琼装出一副可怜相，叹了一口气。说："蔡清是受害者，也是作案者。他是受我之害，成了间谍分子，他是受害者。作案者也是他——那个地方，只有他才能进去。"

金明深知，对这个狡猾的女间谍还要用铁的事实打破她的侥幸心理，才能迫使她作出真正的交代。

金明第三次按响了电铃。地下室的门开了，两位战士提着一只手提箱进来，放在桌子上。阿琼一看她的手提箱，两只眼睛呆呆地望着，出了一身冷汗。

金明问道："这只箱子是你的吗？"

阿琼只是"嗯"了一声。

唐斯在一旁作证道："是她的，我看到过。"

金明又问阿琼："箱子里有些什么东西？"

阿琼紧闭着嘴唇，一声不吭。

金明打开了箱子，不拿别的东西，单取那只白色的塑料薄膜袋。

金明再一次厉声问阿琼："袋子里是什么东西？你说不说？老实告诉你，没有袋子里的东西，你无法跨进鹰山控制室的大门！你，还有你的那个同伙——'崔颖'，不，更确切地说，他叫尤勇！你跟尤勇干了些什么？我们早已清楚。你即使把尸体烧焦，也骗不了我们。现在，已经到了你该老实坦白的时候了。你即使不肯交代，罪证俱在，你也无法逃脱，反而只会加重你的罪行！"

直到这时，阿琼才用颤抖的声音说道："请您不要……不要打开袋子。我见了……见了心里害怕。我……我……我……愿意如实交代！"

"软骨头不能用在刀刃上"

　　金明富有审讯经验，他一看阿琼的表情，一听她刚才说的话，知道"火候"到了。

　　金明让唐斯、吴丽华、小宋回去休息，于是，审讯室里又只剩下三个人——金明、黄冰和阿琼。

　　阿琼面对着录音机，开始进行交代：

　　"我诚恳地交代我的罪行。

　　"我曾多次来到中国，每一次差不多都换一个名字。我的化名太多，连我自己都记不太清楚了……"

　　这时，金明递给阿琼一张纸条，见上面打印着如下姓名："鲁莎、刘爱华、孙菲菲、杨芝、朱英、钱美玲、叶桂馨、高爱珍、彭惠芳、郑如玉、李雪莲、丁笑秋、贺茜、潘春安。"

　　阿琼一看，暗暗吃惊，打心眼里佩服金明对情况那么熟悉，知道金明在审讯前曾作了大量的调查工作。她连连点头说：

　　"是的，是的，这些都是我的化名。

　　"我曾两次来到绿山，最后一次是跟尤勇一起来的。尤勇化名崔颖。

　　"我第一次来到绿山，主要任务是把唐斯家作为一个落脚点，把唐斯发展为一个外围成员，初步摸清绿山和鹰山的情况。

"我几乎没有费多大力气，就征服了唐斯。我抓住了他的小辫子，要他为我做事情。

"不过，我知道他是一个软弱的人，所以只是利用他而已，并没有真正让他参加间谍组织。我们的间谍组织有一句格言——'软骨头不能用在刀刃上'。因为很容易被征服的人，一旦被捕，也会很容易把一切都说出来的。

"对于唐斯的身份——牙科医生，我在上一次来华时，就从他儿子那里知道了。我们决定利用唐斯职业上的方便，'因人制宜'，采取在假牙中装入窃听器的办法，既不易被发现，又便于窃听。正因为这样，我事先准备好了许多微型窃听器。

"另外，我在滨海市还详细了解了唐斯的历史，知道唐斯在日晖医院工作时，曾与一个护士有过不正当的关系，受到过处分。因此，我认为唐斯是一堵容易攻破的墙壁。特别是如今他一个人在绿山工作，更容易上钩。后来的事实证明，我的判断是准确的。

"我以为自己第一次来到绿山后的最大收获，还不在于控制了唐斯，而在于通过唐斯了解到在鹰山担任重要职务的是蔡清。我把蔡清作为主要的目标，详细了解他的情况。

"我让唐斯想方设法接近蔡清。唐斯把自己的照片送给了蔡清，蔡清礼尚往来，把自己的照片也赠给了唐斯。

"我拿到了蔡清的照片，真是喜出望外，我觉得好像在哪里见过他。我藏好了他的照片。

　　"唐斯在蔡清和好几个军人的假牙中，装入了窃听器，使我窃听了许多重要的情报，知道了鹰山的秘密。

　　"我弄清楚了鹰山的值班日程表，知道蔡清什么时候值班，什么时候休息。也知道了另外两个值班人员，一个叫杜雪平，一个叫邱杰。

　　"我通过唐斯，给绿山基地办公室的宋秘书装了窃听器假牙。于是，了解的情况就更多了。

　　"我特别感到高兴的是，从窃听器中，我截获了你们的重要情报——你们计划从鹰山向太平洋某区域发射洲际导弹，进行试验。

　　"这样，我认为自己第一次来到绿山，已经很顺利地完成了我的使命。

　　"当我准备离开绿山的时候，我把那台窃听监听机暗藏在唐斯家的屋顶。这台机器能够自动录音，记录在微型磁带上。当一盒磁带用完之后，它能自动换上另一盒磁带。这样，即使我离开了绿山，监听机仍然继续工作。

　　"我从绿山市经滨海市回去了……"

"长期失业者"

　　金明全神贯注地听着阿琼的交代。他一边听，一边推敲着阿琼的每一句话，思考着她的话究竟老实不老实。

这时，响起了门铃声，陈洁进来了。

陈洁递给金明一张阿琼头发的化验单，血型O型，与唐斯家找到的波浪形长发的血型相同，其他成分的化验结果也相同，证实了面前这个被捕的女人，确实就是在唐斯家住过的女人。

金明朝陈洁满意地点了点头，请她也参加审讯。只是戈亮到王娟家执行任务，还没有回来。

阿琼又开始交代：

"我回去之后，受到了我的上司霍金的赞赏，认为我的工作卓有成效。

"对了，很抱歉，我应当交代一下我自己的身份——我是'第8纵队'的最佳女队员。'第8纵队'是椰市威廉·克鲁克斯财团手下的一个庞大的间谍组织。'第8纵队'的前任司令叫黑鹰，新任司令就是霍金。"

金明听到这里，便把阿琼所谈的"第8纵队"的情况，与自己所记得的"嗡嗡博士"所著《年轻的老头儿》一书中的介绍一一对照，发现两者是吻合的。

阿琼继续说道：

"我的上司霍金最为欣赏的，是我带回来的那张蔡清的照片。他也觉得，这个人有点面熟。

"奇怪，蔡清是在遥远的绿山工作，我和霍金都从未见到过他，怎么会有似曾相识的感觉呢？我们仿佛曾在椰市看见过他！

"当时，霍金十分震惊，甚至怀疑蔡清会不会是一名中国间谍，被派到椰市来工作过？

"'第8纵队'的总部设在怪岛，在怪岛上有一个庞大的电子情报室，那里存有大量的照片复印件，几乎每一个椰市居民的照片那儿都有。霍金把蔡清的照片输入电子计算机，很快的，就查出一个与他相似的人。不过电子计算机在那张照片旁打了一个'？'。

"我们一看，那张照片上的人，与蔡清极为相像，只是前额正中的发旋方向不同——蔡清的发旋是顺时针的，那个人的发旋是逆时针的。

"那个人的照片下面的说明是这样的：'尤勇，又名威廉·克拉克，长期失业者，现为椰市电影公司及椰市电视台临时演员。

"喔，霍金和我明白了为什么对蔡清有似曾相识之感——原来，尤勇在电影、电视中出现过，给我们留下了一点儿印象。不过，他只是跑跑龙套而已，所以留下的印象不深。

"我们感到奇怪，尤勇怎么会姓'威廉'呢?

"在电子情报室里，我们很容易就从人名档案中，查出了尤勇的档案。真是'不看不知道，一看吓一跳'——原来，尤勇曾是我们的大老板威廉·克鲁克斯的儿子哩!

"在尤勇的档案中，还附有剪报《无端蒙冤，清白受污》。我们读了这篇文章，才知道尤勇并非威廉·克鲁克斯的亲生子，而是一位中国妇女把她的双生子之一送给了威廉·克鲁克斯当时的夫人尤玉兰。后来，尤玉兰被威廉·克鲁克斯遗弃，尤玉兰的干爹、导演尤其也受到威廉·克鲁克斯的诬告。尤玉兰无奈，只得把尤勇托付尤其，而尤其则把尤勇转交给椰市孤儿院。

"尤勇在孤儿院里长大。后来，尤其病死，尤勇无依无靠，成年之后成为失业者。他靠尤其和尤玉兰当年在椰市电影公司的旧友帮助，在一些电影、电视剧中充当临时演员，混口饭吃。

"霍金认为，虽然尤勇的同胞哥哥在中国何处，从档案中不得而知。然而，蔡清与尤勇外貌酷似，出生于同年同月同日，发旋方向相反，可以断定蔡清即是尤勇的孪生兄弟。也就是说，当今中国年轻有为的'导弹专家'与椰市的长期失业者尤勇之间，存在着极密切的血缘！

"霍金把希望寄托于尤勇身上，于是，派我到椰市寻访尤勇……"

从演员到间谍

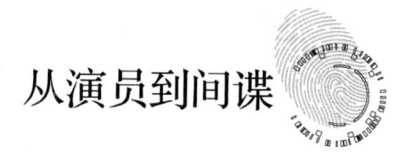

接着，阿琼交代了找到尤勇时的情形：

"我在一座大楼的楼梯下的狭小房间里，总算找到了尤勇。

"尤勇长得眉清目秀，一表人才，可是，长长的头发几乎垂到肩上。我不知道这是因为他没钱理发，还是拍电影的需要？八字形的胡子，又浓又长又黑。

"他的房间里只有一张单人床、一只方凳而已，连桌子都没有。天花板是倾斜的，上面是楼梯，不时传来人们上、下楼的脚步声。

"我们干间谍工作的人，擅长骗术。我告诉他，威廉·克鲁克斯很想念你，派我来接你回去。我说着，出示了威廉·克鲁克斯给他的亲笔信。

　　"尤勇当然很高兴。他只花了几分钟，就收拾好他的行李，往肩上一扛，就随着我下楼。我的轿车停在门口，他的全部'财产'放在轿车后的载物舱中，只占据了一个角落！

　　"我把尤勇悄悄地弄到了怪岛，他才明白了是怎么回事。

　　"我把尤勇交给了霍金，他亲自负责对尤勇进行间谍训练。尤勇本来过着贫穷潦倒的生活，来到怪岛以后，吃得饱，住得好，又有高额津贴，也就愿意成为'第8纵队'中的一员了。

　　"在这期间，我多次来到中国，还曾几次秘密来到绿山。我复制了唐斯家的钥匙。我到绿山，一般是过一夜就走。我到那里，主要是去取录音磁带。我不敢把这样的工作交给唐斯，我始终相信这样的间谍格言——'容易被征服的人，一旦被捕，也会很容易把一切都说出来的'。另外，我多次去绿山，也是为了熟悉那儿的地形和其他情况。我没有告诉唐斯，他也未曾发觉我来过。

　　"后来，霍金让我带尤勇到中国'旅游'，让他熟悉一下中国。他虽然是中国人，可是从小离开了他的祖国，不了解那里的一切。

　　"霍金嘱咐我，尤勇这次到中国去，纯属'旅游'，不可附带做任何'生意'。绝不可带尤勇去绿山市，因为蔡清在那里，尤勇与蔡清长得一模一样，一去就会引人注意。另外，在滨海市也不可让尤勇到处招摇——尤勇的生身母亲孙敏在那里。尽管我没有让尤勇知道这一点，但是，万一在那里遇上孙敏，就麻烦了。当然，我和尤勇都进行了化装，不过，作为生身母亲，总还是很容易辨认出自己的儿子来的。

　　"我和尤勇游历了大半个中国。由于我们没有做任何'生意'，所以一切都很顺利，并没有引起中国有关部门的注意。我们很安全地返回了怪岛。

"这时，从中国窃听到的情报表明，中国进行新型洲际导弹试验的时间临近了。这新型导弹的设计师，便是蔡清。

"这时，尤勇经过间谍训练，已经成为一名够格的间谍。他具有演员的才能，所以学什么东西，一学就会。他已能流利地讲中国话，用筷子吃饭，习惯穿中山装，能看懂中文报刊，还学会了开车、格斗、收发电报、使用枪支之类间谍的基本功。霍金最欣赏的是尤勇要哭就哭，要笑就笑，像演员一样做出各种不同的表情，这正是作为一名间谍所需要的特殊才能。

"霍金曾把监视、考察尤勇的思想的任务，交给了我。在漫长的'旅游'过程中，我发现，他对他的祖国——中国，似乎没有多大感情。我想，这大抵是由于他从小背井离乡所造成的。我们正是需要这样的人。不过，他常向我打听起他的同胞哥哥——蔡清，打听起他自己的生身父母，流露出怀念之情。我想，这大概是人之常情吧，一个从孤儿院里长大的孩子，对母亲、对兄弟会有一种强烈的怀念之情。好在这种感情时隐时现，在他高兴的时候就淡忘了，在他苦闷的时候却占据了他的心灵。我竭力想冲淡尤勇的这种怀念之情。我知道，这种感情是不利于他执行间谍任务的。

"霍金经过一个阶段的准备，认为条件已经逐渐成熟。他亲手制订了'绿山行动计划'……"

绿山行动计划

什么是"绿山行动计划"呢？阿琼作了具体交代：

"'绿山行动计划'的攻击目标，就是绿山。具体地讲，是鹰山。

"几乎'第8纵队'的'智囊团'的所有成员，都参加了讨论、制订'绿山行动计划'。他们甚至还启动电子计算机，进行了周密的计算、运筹。

"然而，执行'绿山行动计划'的人，却只有我和尤勇。

"'每一次行动，人员尽可能少而精。'这是我们'间谍学'上规定的一条法则。在历史上，有好多次间谍行动失败，都是由于人多嘴杂而泄密造成的。

"说实在的，这么重要的间谍行动，让尤勇参加，完全是因为他的'长相'酷似蔡清。不然的话，像他这样初出茅庐的新间谍，是没有资格参加这次行动的。

"我很担心尤勇在关键的时刻会出问题。霍金把全权交给我，万一尤勇在行动中不力，我有权随时随地把他'解决'掉。

"这次'绿山行动计划'，是为了破坏你们的洲际导弹试验计划。霍金要我和尤勇抢在你们发射之前，完成任务。

"我化名'潘春安'，尤勇化名'崔颖'，我们以华侨的身份来到中国。我比尤勇早到一天。我们分开走，是为了尽可能避免'麻烦'。

"在滨海市，我们不住旅馆，而是借住在唐斯家中。唐斯的儿子唐亮无微不至地照料我；他对我的'表哥'尤勇，也很友好，但也有一点猜疑。我知道，这并不是怀疑'表哥'的身份，而是怀疑我和'表哥'的关系。

"我们在滨海市作了短暂的停留。唐亮要为我和尤勇买前往绿山的飞机票，我谢绝了。

"我亲自出马去买票。在买票时，我出示了我和尤勇伪造的工作证和介绍信，我是某商店采购员，他是某报记者，一个到绿山市采购，一个到绿山市采访，姓名也改了。我们的身边备有好几个伪造的工作证和好多空白介绍信。这是因为根据我的经验，在中国，以中国的工作人员身份出现，行动要比作为华侨方便得多。

"唐亮要为我送行，我也谢绝了。

"我和尤勇来到飞机场后，各管各的，仿佛不认识似的。尤勇钻进了公用电话亭，把门反锁。电话亭上的玻璃是乳白色的磨砂玻璃，从外边看不见里面的情况。尤勇在公用电话亭里化了装，变成一个白发苍苍的老头儿。这是因为考虑到飞机场上也许有蔡清的熟人，万一看到尤勇，就会感到惊讶，暴露马脚。

"我们到了绿山市之后，来到唐斯家，尤勇则穿上军装，变成蔡清的模样。这是考虑到万一被人从窗外看见，也没什么，以为蔡清到唐斯家做客。

"霍金在制订'绿山行动计划'时，很详细地规定了这些行动细节。他认为，中国有句成语——'差之毫厘，谬以千里'，这话同样适用于间谍工作。任何细小的差错，弄不好就会使整个计划告吹。

"不过，在绿山，我们却有过一次故意的暴露。我知道，蔡清的妻子王娟常到市少年宫辅导孩子们学习芭蕾舞，我详细地了解了王娟去市少年宫的时间和路线。于是，我们选准了时间，坐着唐斯的轿车来到绿山公园。出发时，尤勇化装成老头儿。到了那里，拿掉假胡子，变成蔡清模样。王娟果真来了，盯着我们看了好久。我当时心里非常高兴，料定王娟会中我们的圈套。我事先从窃听到的蔡清的话中，已经知道蔡清和王娟之间为了生不生孩子的事情，产生了矛盾。这么一来，他们夫妇之间的矛盾就扩大了。搞乱蔡清的'后方'，也是我们'绿山行动计划'的一部分。他们夫妇之间的矛盾，将有利于我们的行动。我知道王娟是一个爱面子的人，她在绿山公园看到的情形，除了在家里质问蔡清之外，是不会告诉第三个人的。因此，我认为那次故意的暴露，是很安全的，不会导致真正的暴露。

"经过两个多月的紧张工作，我们终于选定了行动的时间——在蔡清休假之后前往鹰山值班的那天晚上……"

这时，审讯室里响起门铃声。

门开了，戈亮站在门口，朝金明点了点头。金明立即会意，站了起来，走到门外。

戈亮附在金明耳边，低声地说着……

桥上劫车

金明一走，陈洁警惕地注视着阿琼。审讯暂时停止。

在门外，戈亮低声、简短地向金明汇报了刚才执行任务的情况。

金明听罢，不断点头，表示赞许。

他问道："王娟的情绪怎么样？"

戈亮答道："她还不知道真实的情况。"

金明只是简单地说了声"好"，便拉着戈亮进来了，让戈亮一起参加审讯。

金明坐了下来，对阿琼说道："你继续交代作案的详细经过，我们已经掌握了你的全部罪证！"

阿琼胆怯地看了看金明、戈亮那严峻的目光，继续说道。

"那天晚上，我和尤勇订了一辆出租汽车。我对唐斯说是上火车站回滨海市去，实际上我们到了7号桥就下车了。

"我从蔡清的活动规律中知道，今夜他去鹰山换班，必经7号桥。

"我让尤勇隐蔽在7号桥东头。他的任务是看见那辆黑色的'彗星牌'轿车，查对一下车号，确系蔡清的那辆车，立即揿一下袖珍半导体报话机

的电键，我身边的那只报话机就会发出'嘟'的一声。

"我在桥的两端，作好了一切准备。

"真是老天帮忙，夜里乌云满天，伸手不见五指。那里是郊区，到了那时已经几乎没有行人，也没有汽车。

"桥的东端有一棵柳树，尤勇爬上了树，监视着公路，一旦发现车灯或汽车声音，马上报告。

"这时显得非常宁静，只听见绿江江水的哗哗声。

"突然，我的衣袋里的袖珍半导体对话机，发出'嘟'的声音。我马上横卧在桥头，曲着身子，双手捂着肚皮。

"黑色的'彗星牌'轿车驶过来了。轿车没有开灯，一阵风似的飞快地朝前开。尽管汽车发动机的声音也很轻，但轮胎在路面上发出唰唰的声响，这声响离我越来越近。

"在一刹那间，我真的感到害怕——万一蔡清没有看见我，轿车从我的身上……

"正在这时，轿车猛地刹车，车头差一点要碰到我的身子！

"我松了一口气。只见车灯突然打开了，射出两道明亮、炫目的光芒。我连忙把眼睛闭上，依旧用手紧捂着肚子。

"车门咔嗒一声开了，蔡清下车了。他走近我，弯下腰问：'同志，你怎么啦……'

"我趁他俯下身子的时候，掏出了藏在衣襟下的麻醉手枪，朝他开了一枪。蔡清顿时就昏倒在地。

"我连忙爬起来，关上了车灯。这时，尤勇噔噔地跑过桥，尤勇吓得惊叫起来！

"轿车平稳地朝前开去。我这才明白，原来这是用电脑自动驾驶的轿车。只要打开车门，它能在半途停下；如果关上车门，它就自动朝前驶去。

"我坐在前排座位，尤勇坐在后排，蔡清昏迷不醒，斜靠在后排座位上。我回头一看，在车内小灯照耀下，这才发现，他们俩何等相似！如果不是蔡清紧闭着双眼、脸色惨白的话，我几乎分辨不出谁是蔡清，谁是尤勇！

"我敏锐地注意到，尤勇直勾勾地望着蔡清的脸，眼神中流露出对同胞哥哥的一种同情之感。在我看来，这是很危险的感情！

"轿车朝前开了一段，在一个山坳里，我把车子停下。我打开车后的载物舱盖子，和尤勇一起把蔡清放进里面，盖好。然后，我让尤勇坐在前座，我横着躺下，躲在后座垫子之下。

"就这样，轿车很顺利地穿过了山洞，驶过了绿江大桥。那里的哨兵一看轿车的车号，再朝车里一照，见只有蔡清（尤勇），跟他点点头，就让轿车过去了。

"轿车进入深山，公路两边是密林。我知道，时机到了，便从后座钻了出来，用手拍了拍尤勇的后背，他就明白了……"

拿到了"钥匙"

阿琼说到这里，停顿了一下，眼里露出恐怖的目光。

金明看到阿琼的表情，不由得想到那白色塑料袋里的东西。他的目光从阿琼的脸上，移到了手提箱上，又移回阿琼的脸上。

阿琼见金明注视着手提箱，心里有点紧张，不得不如实作了交代：

"我一拉车门，轿车就停下来了。

"我和尤勇在黑暗中打开车后载物舱的盖子。我万万没有想到，蔡清竟然已经醒了，猛地一拳头打过来，正好打中尤勇的胸口。尤勇踉跄地朝后退了几步，蔡清便跳了出来。这时，尤勇站稳了脚跟，回敬一拳头，打在蔡清的脸上，把蔡清打得站立不住。谁知蔡清伸出手，一把抓住尤勇的前襟，尤勇也一把抓住蔡清的前襟，亲兄弟俩厮打起来。

"我连忙从腰间抽出麻醉枪。然而，就在我找枪的工夫，蔡清和尤勇打成一团，我竟然分不清哪一个是蔡清，哪一个是尤勇！

"我焦急万分，两人打得难解难分。我很怕蔡清把尤勇打死，因为蔡清并不知道他面前的正是他的同胞弟弟！万一尤勇被打死，一切都完了！至于如果尤勇把蔡清打死，那倒没什么。

"我一着急，便扣了一下麻醉枪的扳机。一个人很快就昏迷倒下，另

278

一个却安然无恙。

　　"我这下子分清了蔡清和尤勇：倒下去的，是蔡清。因为尤勇和我事先服用了解醉剂，所以不会被麻醉倒。我估计，刚才蔡清之所以在车后载物舱里苏醒过来，可能是由于轿车在崎岖的山区公路上行驶颠簸得厉害，把他从昏迷中震醒了。

　　"我催促尤勇赶紧照原计划行动。

　　"尤勇弯下腰，背起了蔡清。我在前面领路，爬上了山坡。

　　"我知道这个地方叫'鬼见愁'，异常险峻。在不远的地方，有一个山洞。

　　"我走进山洞，才敢拧亮了手电筒。我们走进山洞深处，尤勇把蔡清放了下来。

　　"我拿出了匕首，交给尤勇，要他按商定的方案去办。

　　"然而，咣啷一声，匕首竟从他的手中滑了下来，落在地上。我看见他的手在发抖！我不知道他究竟是胆怯呢，还是同胞之情支配了他？刚才，尽管他与蔡清厮打，可是在黑暗中，彼此看不见对方，而现在手电筒照得雪亮，他清清楚楚看见了自己的同胞哥哥……

　　"我知道时间很紧，不能再犹豫了。我推开了尤勇，把手电筒交给了他。

　　"我抬头看了一眼尤勇，发现他的眼睛里流出了泪水！

　　"我顾不得别的了，拿起匕首，割下了蔡清的双手，放进了一只白色的塑料袋里。

　　"匕首上事先涂了止血药，所以切口没有血，我还在切口上涂了一层速凝塑料。

"我发现手电筒的光在猛烈地摇晃着。回头一看，尤勇站在那里，像筛糠似的浑身发抖！

"我匆匆用碎石掩盖了蔡清的尸体，便拿着那白色的塑料袋，与尤勇一起走出山洞。在洞口，我给尤勇整了整衣服，理了理因厮杀而蓬乱的头发。

"我们坐上轿车。我加快了轿车的前进速度。

"尤勇木然地坐在前座。我却长长舒了一口气——我，总算拿到了打开鹰山铁门的'钥匙'！因为尤勇尽管跟蔡清外貌酷似，但是指纹不同，我们要用蔡清的手作为'钥匙'。尽管在'取'这'钥匙'的时候，连我自己的手都有点发抖，可是，不这样做'绿山行动计划'就完不成……"

用"电子鼻"追踪

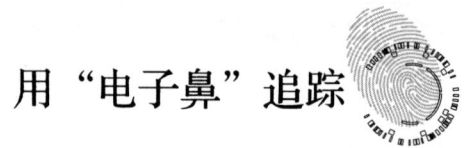

金明一边听着阿琼的交代，一边把她的交代跟自己所掌握的情况相对照。

金明那天去鹰山，听说那里装着"指纹检验器"，便谈了自己在一个星期前看到的《奇特的钥匙》一文，估计到间谍分子可能会采用类似于法国那个窃贼盗取金库黄金的手法。当金明查出鹰山中心控制室中那具高大焦尸并不是蔡清的尸体时，便更加确信敌人可能会采用《奇特的钥匙》一文中描述的那种手法。

于是，金明开始追查蔡清的下落。金明估计蔡清可能被敌人暗害，尸体被丢弃在深山僻野。不过，当时不便进山搜寻，因为敌人也正藏匿在那一带，一进山势必会惊动敌人。

后来，金明从阿琼的手提箱中搜出那个白色塑料袋，发现里面放着一对断手。他对断手指纹进行了鉴定，证明确是蔡清的手。这表明，蔡清遭到了不幸！

金明一回到绿山，便派戈亮带着一排战士去搜山。

戈亮接到任务之后，马上赶到王娟那里。金明关照过戈亮，不可把蔡清的噩耗告诉王娟。戈亮见到王娟，只是说要借点蔡清的衣物，做鉴定之用。于是，就从王娟那里借了蔡清的衣服和鞋子。

戈亮为什么要借这些东西呢？原来，公安侦查人员在追踪的时候，常常要请警犬帮忙。警犬的嗅觉极为灵敏。如果要追踪某人，事先给警犬闻过这个人的衣物，熟悉了特殊的气味，警犬就能跟踪追索，直至找到目标。

不过，警犬一出动，引人注目，很容易被敌人发觉。金明仿照警犬的鼻子，制成了"电子鼻"。电子鼻比警犬的鼻子还灵敏。它是一个小方盒，可以放在衣袋里。在追踪时，事先让电子鼻"闻"一下追踪对象的衣物，电子鼻就"记"住了这种特殊的气味。如果空气中有这种气味，电子鼻"嘟嘟"作响，或者不断闪亮小红灯。

戈亮让电子鼻闻过蔡清的衣物，它就"记"住了蔡清的气味。然后，戈亮带着一个排的战士，分坐在好多辆越野车上，每辆越野车的窗口，都放着一个电子鼻。

越野车驶过7号桥两端时，电子鼻发出轻微的"嘟嘟"声，表明蔡清曾在这里走过。当越野车驶过"鬼见愁"的时候，电子鼻发出响亮的"嘟嘟"声。戈亮立即让越野车停下来。戈亮下车后，在路边拾到一只军服上的纽扣，便估计到在这里曾发生过搏斗。

戈亮和战士们手持电子鼻，在现场搜索着。当他们走进山洞时"嘟嘟"声越来越响亮。他们拧亮了手电筒，向山洞深处走去，终于发现被一层薄薄的碎石覆盖着的蔡清！戈亮拍摄了现场的照片，仔细检查了蔡清的衣服，见上衣的第二颗纽扣掉了。蔡清双臂无手，身边放着一把雪亮的匕首……

金明听了阿琼刚才的交代，经核对，她的交代基本上与事实相吻合。

金明让戈亮出示了那把雪亮的匕首、失落的纽扣和现场的照片，阿琼看罢，鼻尖上冒出了晶亮的汗珠。她心里明白，金明确实已经大量掌握了她的罪证。虽然她在"第8纵队"的司令霍金那里，早就已经听说金明的大名，今天才知名不虚传。

金明用严正的声调对阿琼说道："你继续交代进入鹰山以后的作案经过！"

潜入了中心控制室

阿琼戴着手铐，无法擦去鼻尖上的汗珠。只得把头一歪，把汗擦在肩膀上。

阿琼接着交代了进入鹰山时的情况：

"'彗星牌'轿车在11点30分准时来到鹰山山脚，车前的大灯射出淡淡的光，对准山岩上的一棵小树，自动地时明时灭，山岩就自动移开了。

"轿车驶进地道，我的心忐忑不安，仿佛要跳出胸膛似的。

"轿车停在大铁门前面。尤勇和我下车了。下车时，我们都顺便用手绢擦了一下车门把手，以便把留在上面的指纹擦去。

"我躲在门旁。尤勇把蔡清的手放在'指纹检验器'上，大约10秒钟之后，门果真开了！门刚一开，我就闪了进去，尤勇跟着走了进去。门又迅速自动关上。我才发现这里原来是电梯。

"出了电梯，我们又很顺利地通过了一道铁门，来到了中心控制室门前。

"这一次，我不进去了。我躲在'指纹检验器'那方柜子后面。尤勇打开铁门之后，把蔡清的手甩给了我。

"我提心吊胆地在门外等候，很担心尤勇独自进去，会出差错。可

是，我又无法跟他进去。

"过了一会儿，铁门开了，杜雪平走了出来。

"杜雪平沿着长长的甬道向前走去。他在甬道中消失之后，甬道内一片黑暗。

"杜雪平的离去，使我放心了。因为这意味着在交接班的时候，杜雪平并没有发现来者是尤勇，而是把他当成了蔡清。我已在轿车内放好定时炸弹，以便在半路上炸死杜雪平。

"在黑暗之中，甬道里安静极了，一点杂声都没有，我可以清楚地听见自己的呼吸声。说实在的，我在女人之中，一向以胆大而著称，这时也感到有点害怕。

"时间过得很慢，我耐心地等在门外。我又在担心，尤勇跟邱杰在里面，会不会被邱杰识破？

"过了好久好久，铁门终于发出了咚咚声。我一听这暗号，就用蔡清的手，打开了铁门——如果我不用蔡清的手开门，尤勇在里面是无法开门的。

"我一进门，见尤勇朝我点点头，就知道他已按原计划完成了任务。

"我见邱杰一动不动躺在床上，知道尤勇已用小玻璃瓶装的麻醉剂把他麻醉。但是，尤勇并没有按计划把他打死。唉，我知道他有点手软。

"我拿起铁凳，猛击邱杰的头部，使他在昏迷中结束了生命。

"我回头，见尤勇的额上沁出了冷汗。

"我没有理他。我用手绢擦去铁凳上的我的指纹，然后用蔡清的手在凳上留下了他的指纹。

"尤勇呆呆地站在那里，双眼直愣愣地看着我的每一个动作。

"我从怀里掏出香烟，拿出一根，递给尤勇，给他压惊。我给自己也拿了一根。

"尤勇点上香烟，刚抽了一口，身子一歪，倒在地上。

"原来，我递给尤勇的香烟里，装有另一种麻醉剂。

"我戴上手套，拉起尤勇，把他放在床上，躺在邱杰旁边。

"我拾起了地上的香烟，放进我的衣袋。

"接着，我花了很长时间调整电子计算机的控制程序。'尖刀1号'导弹本来是朝太平洋发射的，我改变了飞行方向和路线。我在怪岛曾专门学习了有关的电子计算机控制程序技术。我戴着手套拨动各种旋钮，尽量不留下指纹。

"按照事先规定的时间，我在那天上午7点，战战兢兢地用蔡清的手，按了发射导弹的电钮。

"在导弹发射之后，我匆忙地往尤勇和邱杰身上浇了汽油，放了一把火。

"我急匆匆地从中心控制室里逃出。我用蔡清的手，打开了一道又一道铁门。

"我走出鹰山之后，在草丛中找到我来的时候藏在那里的手提箱。

"我把蔡清的手装进了白塑料袋，放入箱子。我想，这把'钥匙'也可能还要用，何况把它随便扔掉，被人发现反而不妙。

"我拎着手提箱，爬上鹰山山顶东坡，躲了起来……"

阿琼说到这里，金明追问道："你交代，你为什么连尤勇都要杀死？为什么要放火烧尸？"

冷酷的心和火热的心

阿琼回答了金明的追问：

"霍金有一句'名言'：'一个优秀的间谍，胸膛中应当有一颗冷酷的心！'

"霍金非常欣赏19世纪德国作家威廉·豪夫所写的童话《冷酷的心》，认为做一个间谍，应当像那个烧炭的孩子彼得·蒙克一样，换上一颗用石头做成的心——冷酷的心，变得冷酷无情。

"我在霍金的熏陶之下，也变得冷酷起来。正因为这样，我不仅对蔡清、邱杰下毒手，就连尤勇也不例外。

"在我和霍金看来，尤勇只不过是我们手中的一种工具而已！我们看中尤勇，无非是因为他与蔡清外貌相似。

"我们利用他打入鹰山中心控制室，便达到了目的。目的达到了之后，他就像一双穿旧了的鞋，可以随意抛弃！

"霍金在制订'绿山行动计划'的最后一部分时，对尤勇是保密的。尤勇并不知道，最后要干掉他。

"我放火烧尸灭迹，是从希特勒那里学来的。希特勒死后，是用灰绿色的军毯包裹尸体，浇上汽油，烧成焦尸。希特勒的同伙戈培尔自杀后，

286

也是要他的党卫队勤务兵在尸体上浇了四桶汽油，点烧焦。

"我烧焦尤勇的尸体，是为了使你们误以为他是蔡清。尤勇的指纹与蔡不同，不烧焦尸体，会露马脚的。

"我们的目的是要造成蔡清作案的假象。这样，你们就会把注意力集中到蔡清身上，把王娟作为审查对象——因为王娟与蔡清不和……"

"这样一来，你就把水搅浑，趁机溜走，是不是？"金明说道。

阿琼不得不点了点头。

这时，陈洁说道："我看，你们是'机关算尽太聪明，反误了卿卿性命'！你们以为，把尸体烧焦，就可以掩盖真相，其实，欲盖弥彰，反而露了破绽。你想想，蔡清装有假牙，尤勇没有假牙；蔡清摘除过扁桃体，尤勇没动过这样的手术……这些特征难道是一把火所能烧掉的？"

阿琼听了，恍然大悟，这才明白为什么金明没有上当，没有把蔡清当作嫌疑对象。

金明补充道："更重要的是，我们看人不光是看表面，而是看本质。蔡清是一个受过长期革命教育的人，在学校里是品学兼优的高才生，毕业后是成绩卓著的青年导弹专家。他是一个热爱祖国的人，怎么可能做出背叛祖国的事情？在他的胸膛里，跳动着一颗火热的心，而不是像你们间谍分子那样的冷酷的心！你们企图嫁祸于他，那完全是徒劳的！"

金明义正词严的批驳，使阿琼不得不低下了头。

金明接下去对阿琼说道："现在，你应当谈谈你自己了！你是什么样的人？你的心是怎样变成冷酷的心的？"

阿琼又重复她开始进行交代时说过的话：

"我叫阿琼，我曾多次化名来到中国，我是'第8纵队'的……"

金明打断了阿琼的话，说道：

"在这里，我提醒你一下——你刚才所作的交代，大部分是符合事实的。不过，你说你见到蔡清的照片时，有'似曾相识'的感觉，究竟是'似曾相识'，还是'极其熟悉'？再说，对于尤勇，你也不必用'似曾相识'这样的话来形容了吧？"

金明这突如其来、没头没脑的问话，不知内情的人听了感到莫名其妙，而阿琼听了不仅鼻尖上冒出冷汗，前额也沁出了汗珠。

阿琼知道，金明的这一句话，意味着他了解她的底细，了解她的真正面目。

阿琼的最后一道防线，面临着崩溃的局面！

感情的热浪

金明见阿琼沉默不语，知道牙膏不挤不行。金明一按电钮，审讯室里的荧光屏唰地亮了。荧光屏上出现一个尖颏男人与一个漂亮姑娘的结婚照片。这是金明从曲秀珍家翻拍的威廉·克鲁克斯与尤玉兰的结婚照片。

阿琼目不转睛地看着荧光屏上的照片，脸上出现痛苦的神色。

接着，荧光屏上出现第二张照片，照片上是两个面目酷似的姐妹。一望而知是曲秀珍、曲秀玲（尤玉兰）孪生姐妹的合影。

阿琼的眼睛一直盯着荧光屏，脸上依旧是十分痛苦的表情。

荧光屏上出现的第三张照片，是一张全家福：在一对年约60的夫妇中间，坐着一位20多岁的姑娘。三个人的脸上，都浮现着幸福的微笑。一望而知，这是一个和睦而温暖的小家庭。

阿琼的眉头微蹙，脸上露出不解的神色。

这一次，金明对照片作了说明："这是曲秀珍一家的近照。曲秀珍现在是滨海市金星电视机厂工程师。她的丈夫叫顾金铨，与曲秀珍同厂，也是工程师。他们俩在电视技术方面，作出了许多贡献。最近，正在研制'家用彩色立体电视机'。他们中间的姑娘，是女儿顾盼，滨海大学无线电系学生。"

奇怪，金明为什么给阿琼看曲秀珍一家的照片呢？更奇怪的是，阿琼居然对这张照片发生莫大的兴趣，默默地注视了好久好久。

金明按了一下电钮，荧光屏上的照片消失了，审讯室里一片寂静。

金明朝戈亮点了一下头，戈亮就从自己的手提包中，小心翼翼地拿出一只狭长的盒子，打开了盖子。

盒子里是什么东西呢？里面放着一根又粗又长的辫子！

辫子的两端，用红尼龙丝扎着。

阿琼用惊讶的目光，注视着这根辫子。显然，她认出来了这是谁的辫子。

金明说明道：

"这是当年蔡清的母亲珍藏的一根长辫子。这根长辫子有着一番不平

凡的经历。蔡清的母亲叫孙敏，如今还健在，她是滨海军区乐队指挥，著名的作曲家。"

接着，荧光屏上出现两张照片，一张照片上的女人大约20多岁，另一张上的女人则已60岁了。

金明作了解释：

"这是孙敏35年前的照片。另一张是孙敏的近影。"荧光屏上还出现了孙敏在指挥乐队、孙敏在钢琴旁弹奏的照片。不难看出，她的生活，充满着乐趣，充满着朝气！

阿琼望着孙敏的照片，倒真的有"似曾相识"之感！金明补充说明道：

"当蔡清长大成人之后，孙敏就把这一根长辫子交给蔡清。蔡清一直把它作为最珍贵的礼物保存着。"

戈亮这时又拿出了一个小盒子，盒子里垫着洁白的棉花，上面放着一根火柴那么长的黑发。

金明说明道：

"蔡清非常怀念他那个从小离散的同胞弟弟——尤勇。蔡清擅长发刻，他从那条辫子抽出头发，刻上王维的诗句，表示他对同胞弟弟的思念之情。"

这时，荧光屏上出现刻在头发上的诗句的放大照片，可以清晰看到这样14个字：

遥知兄弟登高处，

遍插茱萸少一人。

接着，荧光屏上出现孙敏一边弹钢琴，一边唱着自己谱曲的《游子吟》：

慈母手中线，

游子身上衣，

临行密密缝，

意恐迟迟归，

谁言寸草心，

报得三春晖！

那琴声、那歌声，震撼着阿琼的心扉。她那颗冷酷的心，不断受到母子之情、兄弟之情、姐妹之情、祖国之情的热浪的冲击。

阿琼失声痛哭起来了！

始料不及的事……

阿琼是一个不愿回首往事的人。她的人生道路，不是一条铺满鲜花的阳关大道，而是一条长满荆棘的羊肠小路。她是一个快要把泪水流干了

的人！

阿琼是谁？阿琼就是尤玉兰，也就是曲秀珍的孪生姐姐曲秀玲！

曲秀珍已是年逾花甲，阿琼却是妙龄少女，她们之间怎么会是孪生姐妹？特别是阿琼曾做过"改容手术"，已经变得面目全非了。

然而，金明仔细对照了阿琼和尤玉兰的照片，陈洁仔细把那根长辫子与阿琼的头发进行了化验，发现有许多共同之点。金明又把阿琼身边的笔记本上的笔迹，跟曲秀珍所保存的尤玉兰当年的绝命书相对比，发现笔迹极为相似！尽管阿琼在每次入境填写的表格时，不断变化笔迹，然而，在往自己的笔记本上记事时，却信手写来，没有"乔装打扮"。金明是一个对笔迹颇有研究的人，很快就准确地断定两份笔迹同出于一人手笔。

查清了阿琼就是尤玉兰，是金明在开始侦查"尖刀1号"案件时所意想不到的，也是查清"尖刀1号"案件真相工作的重大收获。

尤玉兰不是早已在拍摄屋顶格斗时坠地身亡了吗？即使尤玉兰还活着，应当与曲秀珍同龄，怎么会如此年轻呢？

说来话长，阿琼就从写绝命书一事说起，追溯那曲折多变的人生道路。

"那是在35年前，我被迫跟威廉·克鲁克斯离婚，悲痛欲绝，后来又遭威廉·克鲁克斯造谣污蔑，于是便给父母和妹妹写了绝命书，在拍摄屋顶格斗时故意失足坠地。在场的人，都以为我已身亡。

"电影公司派车把我送进医院。他们的目的是想请医院检查后，开一张事故死亡证明，了结此事罢了。

"总算天无绝人之路。我居然没有死！我摔昏了，大腿骨骨折。一个名叫路易的老医生救活了我。

"当我清醒之后，他就问我摔下来的原因。我向他诉说了一切。

"我感到很奇怪，我讲到我的同胞妹妹在中国，是一位电子技术工程师时，路易大夫很感兴趣，竟拿来了录音机录音！

"我害怕了，不敢再说什么。我怀疑路易大夫是密探。

"路易大夫向我作了解释，我才知道许多闻所未闻的事情。

"原来，路易大夫是'世界孪生学研究会'的会员。据说，世界上每年一度，举行什么'孪生大会'，出席大会的有几百对、上千对孪生人，还有世界孪生学研究会的会员们。

"路易大夫虽然是外科医生，但是对孪生学很感兴趣。正因为这样，他一听我有一个孪生妹妹在中国，就拿来录音机录音。

"他很同情我，知道我在医院里的处境很危险，就把我悄悄转移到他家中。

"路易大夫开了一张事故死亡证明，交给椰市电影公司派来的人。路易还拿出一沓钞票，给那个人。那个人吃了一惊，不知道路易大夫为什么拿钱给他。路易大夫告诉他，尤玉兰的尸体送给医学院作学生们实习用，这是医学院付给的收购尸体的钱。

"那人高高兴兴地走了。一边走，一边说：'本来以为，把尤玉兰送去火葬，要花火葬费，想不到这下子反而赚了钱哩！'

"就这样，人们都以为我死了！"

恩将仇报

阿琼诉说了她住在路易大夫家里的情况：

"路易大夫是一个心地善良、酷爱科学而又医术高明的人。他给我治好了大腿骨折，竟没有留下什么后遗症，我依旧能够健步如飞。

"他还懂得美容、改容技术。他知道椰市到处有威廉·克鲁克斯的爪牙，我即使治好了病，也不能出门。他给我做了改容手术，使我'面目全非'。

"路易大夫非常详细地询问了我和曲秀珍的历史、性格、爱好，他说这是一个很好的科学研究课题。他特别重视对分居两国的孪生人的研究，可惜，这样的例子不多，孪生人一般总是在一起长大，在一起工作。他认为深入研究我和曲秀珍，可以了解孪生人的遗传因子与外界环境之间的关系。

"我病好之后，很感谢路易大夫对我的照顾。他并不要我谢他，只是要求我每月到他家去一次，报告一下这个月的生活情况。他说，他将与世界孪生研究会联系，通过他们了解曲秀珍在中国的情况。

"临别，他给了我很多钱。他说，如果我生活有困难，尽管向他开口就行了。

"从此，我过着打杂的生活。我当过饭店里的招待小姐、商店里的店员、时装展览模特儿、导游、轿车司机，后来实在没办法，当酒吧间的舞女。我醉生梦死，打发着光阴。

"然而，在酒吧间里，我的行踪被'第8纵队'的一个队员发现了。他不知道从哪儿打听到，我就是尤玉兰。

"一天，在我回家的路上，几个蒙面人把我绑架了，塞进了一辆小轿车。我的眼睛被蒙上布。

"我以为这下子完了。谁知我又一次死里逃生。

"当蒙在我眼睛上的黑布被除去之后，我发现自己是坐在一艘潜水艇中。

"我的面前站着两个人。一个是老头儿，瘦瘦的，矮个子，他有两个明显的特征——一双三角眼，一对露在嘴唇外的大门牙。他叫黑鹰，是'第8纵队'的司令。另一个是大高个，青年人，络腮胡子，满脸横肉。他叫霍金，是黑鹰手下的一员大将。看得出，绑架我的蒙面人之中，就有这一矮一高两个家伙。

"潜水艇径直驶向'第8纵队'的总部所在地——怪岛。

"到了那里，我才明白黑鹰为什么不杀掉我：原来，他们要把我当作试验品！

"在怪岛上，黑鹰豢养了一批专为间谍工作服务的科学家，发明了许许多多现代化的间谍工具。其中，有一对'孪生子'——一个叫'脑信息电子遥测机'，一个叫'脑信息电子遥控机'。

"起初，我被用作'脑信息电子遥测机'的试验对象。我坐在一张像

理发椅的宽大的椅子上，脑袋上被戴上一顶高帽子似的东西。我坐在那里，黑鹰审问我从楼顶上摔下之后，怎么会死里逃生的。我编造了一套谎言，一个字也未提路易大夫，生怕连累这个善良的老人。谁知黑鹰用'脑信息电子遥测机'测出了我的脑子中在想什么，识破了我的假话。我没办法，只得说出了实情。我这样一来，他们很高兴。他们并不是因为我说了实话而高兴，而是为'脑信息电子遥测机'试验成功而高兴。他们认为，这种间谍机器很重要，在逮捕了别国的间谍分子之后，用'脑信息电子遥测机'便可从被捕者的脑信息中获取最真实、最可靠的情报。

"后来，我又成了'脑信息电子遥控机'的试验对象。'脑信息电子遥控机'的样子，跟'脑信息电子遥测机'差不多，也是一张理发椅似的大椅子，坐上去以后头上套了一顶'高帽子'。不过，它的作用正好相反——'脑信息电子遥测机'是为了从你的脑子中取出脑信息，而'脑信息电子遥控机'却是往你的脑子灌输某种脑信息。这种机器是黑鹰用来培养间谍分子的，硬往抓来的人的脑子中灌入间谍意识。

"黑鹰往我的脑子中灌入种种间谍意识。起初，我的脑袋像炸裂似的疼痛。等这疼痛过去之后，我变了，变得暴戾，变得冷酷，变得残忍。

"本来，我是一个看见老鼠都害怕的人，如今却敢于杀猪宰羊，解剖人的尸体，甚至敢于杀人！当黑鹰派我去暗杀路易大夫，我欣然接受。我亲手用枪打死了我的救命恩人路易大夫，反而回来向黑鹰请功！

"黑鹰非常高兴，他们并不是因为我刺杀了路易大夫而高兴，而是为'脑信息电子遥控机'的成功高兴。其实，路易大夫与他们并没有什么利害冲突，他们要我去谋杀路易大夫，只不过是想试验一下'脑信息电子遥控机'的效果如何罢了！

"本来，我以为德国作家威廉·豪夫写的《冷酷的心》只不过是童话罢了。那善良而又贫穷的烧炭孩子彼得·蒙克，受了森林中的巨人米谢尔的骗，被他取走了心，换上一颗石头的心——冷酷的心，这奇特的故事只是作家笔下的幻想。谁知这样的故事，竟在我的身上再现！

"我正在思索着，我脑海中的信息却被黑鹰用'脑信息电子遥测机'测出来了。他笑着对我说，现代科学使古代许多美好的幻想变为现实，也使许多冷酷的幻想变为现实。如今，他就是那森林中的巨人米谢尔！"

"乌龟爱的是王八"

关于"脑信息电子遥测机"和"脑信息电子遥控机"，金明早已有所闻。然而，捕获用"脑信息电子遥控机"培养出来的间谍，却还是第一次！他深切地感到，现代科学可以给人带来幸福，也可以给人带来灾难，关键在于现代科学掌握在谁的手里，为谁服务。

阿琼接下去说道：

"在怪岛，我看了大量关于纳粹德国'盖世太保'、苏联克格勃（KTB）、美国中央情报局（CIA）的电影、书报，进一步培养我的间谍意识。那些阴险、凶残、狡诈的间谍分子，在我的心目中成了英雄，成了

楷模。

"这样，我不再成为'试验品'，而成了'第8纵队'的一名队员。我被派去执行各种各样的间谍任务。

"黑鹰十分欣赏我，认为我是所有用'脑信息电子遥控机'培养出来的间谍分子中最拔尖的一个。黑鹰认为，这是因为我原来的'素质'很好——我本来就有很强烈的'金钱欲''名利欲''地位欲'，因此很容易一拍即合。他还认为，当年我为了当电影明星可以舍弃父母和同胞妹妹，如今加以'培养'之后，当然可以背叛祖国。我的欲望越来越无止境。后来电子计算机告诉我尤勇是我的养子我都无动于衷，以致为了使命而杀了他就更不在话下了。

"有一件事情，连我自己都感到纳闷：我在过了40岁之后，怎么会越来越年轻？渐渐地，我变成只有30多岁的模样。到后来，我甚至看上去才20多岁！

"威廉·克鲁克斯越来越年轻，这是人所共知的事情。我知道，那是因为他注射了哈立德博士发明的'还童素'。

"然而，我从来也没有注射过什么'还童素'呀！

"这个秘密，一直到前些年黑鹰因得罪威廉·克鲁克斯而被处死之后，才终于揭开。

"原来，黑鹰是一个比威廉·克鲁克斯还狡猾的家伙。黑鹰也梦想长生不老、青春永在，所以他偷偷地给自己留了一瓶'还童素'。不过，他又怕'还童素'会有什么不好的副作用，于是先让威廉·克鲁克斯注射了'还童素'。威廉·克鲁克斯在注射了'还童素'之后，青春焕发，非常健康。黑鹰的狐疑消除了，便给他自己注射了'还童素'。

"黑鹰变得越来越年轻，第一个发现这件事的是他的妻子。他的妻子十分嫉妒，因为黑鹰越来越年轻，而她越来越年老，一个老态龙钟的妻子跟一个英姿勃勃的丈夫在一起，当然显得很不相称。她担心，黑鹰会把她遗弃——像黑鹰这样冷酷无情的人什么事情都干得出来。

"黑鹰的妻子也想给自己注射'还童素'。不过，'还童素'从未在妇人身上试用过，她很担心会不会产生不良的副作用。于是，她把我当作了试验品。有一次，在我生病的时候，她把'还童素'掺在药水里，护士不知道其中的奥秘，照样给我注射。就这样，我在不知不觉之中，变得越来越年轻。

"黑鹰的妻子见我太平无事，后来，悄悄地把剩余的'还童素'全部注射到自己的身体中。谁知她太贪心，打得太多了，反而因此当场死去了。

"在黑鹰被威廉·克鲁克斯处死之后，霍金得到了重用，被提升为'第8纵队'司令。霍金的提升，使我深为高兴。

"我们之间早就彼此相爱。特别是当我显得越来越年轻的时候，他更喜欢我了。他认为，在'第8纵队'所有的女间谍中，我是最能干的一个。

"当然，我也知道，霍金是比黑鹰更冷酷、更奸诈的人，黑鹰的秘密，就是他私下向威廉·克鲁克斯报告的。至于黑鹰妻子之死，据传说是死于注射过量'还童素'，而霍金在一次酒后却兴冲冲地告诉我，是他偷偷地用毒药换走了黑鹰妻子的那瓶'还童素'。霍金给自己注射了那瓶偷来的'还童素'，他也逐渐变得年轻了。

"尽管我知道霍金的胸膛里跳着的是一颗冷酷的心，然而，我自己的也是一颗冷酷的心！俗话说'鱼恋鱼，虾恋虾，乌龟爱的是王八。'我跟霍金那两颗冰冷的心，恋在一起了！"

"希特勒再世"

在阿琼交代了自己的身世之后，金明向她提出了一个重要的问题："你们为什么要制造'尖刀1号'事件？你们的罪恶目的是什么？"

阿琼思索了一下，作了答复：

"制造'尖刀1号'事件，这是威廉·克鲁克斯的意图。

"威廉·克鲁克斯是一位财产不知数的亿万富翁，一位能够左右椰市政界而又没有任何官衔的铁腕人物。他是一个野心勃勃的人。

"威廉·克鲁克斯最崇敬希特勒。他的办公室、会客室以至卧室里，都挂着希特勒的画像。他的窗帘、沙发套以至被面，都印着纳粹标志。他的案头，总是放着希特勒的《我的奋斗》一书。在他的办公桌的玻璃板下，压着希特勒的一句名言——希特勒面临战争失败时讲过的话：

"'这次战争中德国人民所作的努力和牺牲巨大，使我不能相信会是白费的。目标仍然必须是为德国人民赢得东方的领土。'

"威廉·克鲁克斯恭维希特勒是'疯狂的天才'，而如果有人恭维威廉·克鲁克斯是'希特勒第二'或者'希特勒再世'，他就非常高兴。

"威廉·克鲁克斯妄图继承希特勒的事业，征服世界，统治世界。

"威廉·克鲁克斯深知，希特勒的一个秘诀，就是组织秘密警察，用间谍、特务作为手中的王牌。正因为这样，威廉·克鲁克斯建立了神秘的'第8纵队'。'第8纵队'这名字，是从'第5纵队'衍生而来的。'第5纵队'本是西班牙内战中佛朗哥叛军中的一支秘密纵队，由间谍、叛徒组成，听命于德、意法西斯。1936年，'第5纵队'从内部瓦解西班牙政府军，使叛军顺利地攻下了西班牙首都马德里。

后来，有的间谍组织自称'第6纵队''第7纵队'，而威廉·克鲁克斯则组织了'第8纵队'。

"威廉·克鲁克斯虽然没有军衔，然而，他是椰市军队的幕后指挥者、决策者。

"金钱、间谍、军队，这是威廉·克鲁克斯的三大支柱。

"正当威廉·克鲁克斯做着鲸吞世界的迷梦的时候，也是他越来越年轻、精力越来越旺盛、野心越来越大的时候，却发生了意想不到的事情：他将不可遏制地'还童'，变成了少年，变成了儿童。照这样的趋势发展下去，再过几年，他变成了婴儿，以致变成胚胎……这意味着，他的末日即将来临。

"希特勒在覆灭前夕，倍加疯狂。威廉·克鲁克斯也是如此。他丧心病狂地策划了一个阴谋：他即便不能称雄世界，也要在离开这个世界之前

放一把火!

"'尖刀1号'事件,就是威廉·克鲁克斯放的一把火。他想把中国本来射向公海进行试验的导弹'尖刀1号',射向其他国家,引起一场大战……

"威廉·克鲁克斯虽然子女成群,没有一个使他中意的。他最喜欢的是霍金。他说过,如果他离开这个世界,就把自己的一切财产都交给霍金。

"霍金呢?他最喜欢、最信任的是我。于是,他把执行'绿山行动计划'的重任交给了我。为了这笔大得惊人的财产,我决定冒死一战。'尖刀1号'升空以后,我本应马上离开鹰山基地,却不料'飞行背包'出了故障,正在我焦虑万分之际,我窃听到宋秘书的只言片语,知道计划失败了,便准备缓一步再走,谁知落到……唉!

"我一手制造了'尖刀1号'事件,对祖国、对人民犯下了不可饶恕的罪行。我还害死了5条人命,我恨我胸膛中的这颗冷酷的心!"

阿琼说完,深深地低下了头。

金明问道:"你说自己害死了5条人命,请讲得具体一点。"

阿琼满脸愧色地答道:"路易大夫、蔡清、邱杰、杜雪平和尤勇。"

出乎意料,金明竟然摇头说:"更精确地说,你是害死了4条人命,而不是5条人命!"谁还活着呢?

"明天，另有任务！"

确实出人意料：蔡清居然还活着！

金明一掀电钮，荧光屏上出现蔡清的镜头，他已经睁开了双眼！

原来，蔡清的生命力极为顽强。尽管他失去双手，但是匕首上涂着的高效止血剂，反而帮了他的忙——他并没有大出血。加上山洞里相当潮湿，不时从洞顶滴下泉水，使他有水可喝。在1976年7月28日唐山地震时，有的人被压在断墙之下的缝隙里好多天仍然活着，何况蔡清还能不时喝到清水呢。

这样，戈亮在山洞里找到蔡清时，见他一息犹存，火速送基地医院急救。

蔡清终于得救了。医生们正在准备给他配制一副跟真手一样方便的假手，以便这位年轻有为的中国导弹专家，能为祖国继续贡献他的才智。

荧光屏上还出现王娟的镜头。她脸上那笼罩多日的愁云一扫而光，夫妇之间的猜忌当然也早已冰释，她正守在蔡清床边，悉心照料着九死一生的丈夫。

对阿琼的审讯，暂时告一段落。

当天深夜，一架专机离开了绿山机场，径直飞往导弹指挥中心和侦查

中心的所在地。专机上，坐着金明、戈亮、陈洁，还有黄冰司令员和宋秘书。另外，阿琼也被押上了飞机。窗外，一片漆黑，发动机发出单调的轰鸣声。金明用右手托着下巴，陷入了沉思。

金明在想，"尖刀1号"事件的教训是深刻的：它提醒大家，尽管希特勒已经死去多年，但是他的阴魂不散——在这个地球上，还有希特勒的徒子徒孙们在活动着，还有那些野心勃勃的、想称霸世界的战争狂人，还有"第8纵队""第9纵队""第10纵队"之类的秘密纵队在四处活动着。间谍和反间谍的斗争，还要持续下去。我们应当时刻提高警惕，跟各式各样的秘密纵队展开坚决的斗争，保卫我们的祖国，保卫我们的革命事业……

陈洁负责看管阿琼——尤玉兰。黄冰司令员和小宋正在思索着怎样向导弹指挥中心汇报"尖刀1号"案件。

戈亮坐在金明身旁，见金明在沉思着，便对他说："老金，回到侦查中心，向首长汇报之后，明天可以轻松一下了——已经四天四夜没合一眼了！"

谁知金明把头摇得像货郎鼓似的，对戈亮说道："明天，另有任务！"

戈亮一听，马上精神振作起来，问道："怎么，又发生别的重大案件？"

"哪有那么多重大案件？"金明爽快地笑了，说道，"明天，我们还要到中国科学中心遗传研究所孪生遗传学研究室去，向科学家们汇报。"

"喔，是这么回事。"戈亮恍然大悟。他想了一下，又问道："我们向科学家们汇报些什么呢？"

金明说道："在侦破'尖刀1号'案件的过程中，我们也同时了解了两对孪生人——蔡清与尤勇、曲秀珍与尤玉兰（也就是阿琼——曲秀玲）之间的莫大差异。

　　"他们生活在不同的国度，生活在不同的社会制度之下，他们的性格、生活道路和命运也截然不同。蔡清是火箭专家，尤勇成了间谍分子；曲秀珍是电子专家，尤玉兰却从黄色电影明星堕落为冷酷的女间谍。这一对孪生兄弟和一对孪生姐妹的不同命运，是很值得科学家们认真研究的。我认为，曲秀珍那天晚上对我们所说的'题外话'，是值得深思的：'科学家们不能光是从自然科学的角度研究孪生现象，而且应当从社会科学的角度研究孪生现象——因为人的命运，是跟社会休戚相关的！'"

　　戈亮点点头，非常赞赏曲秀珍这段含义深远的"题外话"。

　　金明又陷入了沉思，他在想：如果曲秀珍知道她的孪生姐姐还活着，成了冷酷的间谍，成了背叛祖国的罪人，她又会说些什么呢？